Sophie je uzbudljiva ljubavna priča. Autorka će vas voditi kroz pravi rolerkoster emocija. Sa Sophie ćete se smejati ali i plakati. U međuvremenu uživaćete u autorkinim opisima, svetskih gradova, verskih običaja, ali i običnih osećanja.
Da li će vas Sophie i Daniel očarati, sigurno da hoće. Mene jesu.

Ljubav uzima.
Ljubav prašta.
Ljubav prelazi sve prepreke.

*Amelia Stewart*

J. Collins

SOPHIE


IZDAVAČ
MiS


UREDNIK
Milena Smiljanić

RECENZENT
Slavojka Bubić

LEKTOR
Slavojka Bubić

PRELOM
Milena Smiljanić

DIZAJN KORICA
Milena Smiljanić

© Copyright 2022.
ISBN-978-86-904036-0-8

*Tebi, moj vjerni čitaoče -
hvala ti na odvojenom vremenu*

Slavojka Bubić
*SPOKOJ DUŠE U GOVORU SRCA*
(O prvom dijelu romana „Sophie" J. Collins)

Prema legendi, prva rečenica izgovorena od strane cara Justinijana u tek izgrađenoj Aja Sofiji (Svetoj Sofiji) glasila je „Solomone, nadmašio sam te". Bila je namijenjena bogatom jevrejskom vladaru koji je izgradio čuveni Prvi hram u Jerusalimu. Da li je autorka ovog, novog romana pod nazivom „*Sophie*" nadmašila samu sebe je pitanje koje se nameće nakon iščitavanja rukopisa. Sagledavajući ono što je zajedničko njenom prvom romanu „*Divenire*" i ovom, uočavam ono što je različito u ova dva romana i obrnuto, mada je više onog zajedničkog, a to je bavljenje pitanjem ljubavi, različitih životnih sudbina i uopšte životom, dok je razlika u tome što u prvom romanu, većinski dio romana je autobiografski, a u ovom romanu, J. Collins svojom osebujnošću i maštovitošću stvara likove i preplice njihove sudbine. Različitost se ogleda u samim nazivima romana. Snažna poruka sadržana u samo jednoj riječi „Divenire", što znači „postati" je, sudeći po tome koliki je uspjeh roman doživio, autorki dao krila i ona je „postala" prepoznatljiva spisateljica, za sad, ljubavne tematike, te joj je težište ovog romana životna sudbina glavne junakinje kojoj je dala ime Sophie, u značenju mudrost, ona koja posjeduje moralne kvalitete, ime koje je zaživjelo još u doba antičke Grčke. Dakle, riječ je o imenu biblijskih razmjera koje je nosila hrišćanska svetica Sveta Sofija Milanska koja je imala svoje tri kćeri: Ljubav, Vjeru i Nadu, postradale zbog svojih hrišćanskih uvjerenja, zbog čije smrti, nakon tri dana i tri noći neprestane molitve na njihovim grobovima i sama Sofija umire. Ali njena vječnost se ogleda u izgradnji istoimenih crkava, a jedno od njih je velelepna Aja Sofija, jedini svjedok hrišćanskog Carigrada, u današnjem Istanbulu. Nekad crkva, zatim džamija, a danas muzej, sudar je suprotnosti kultura i religija i u tome se ogleda njena veličina.

Iako je tematiku romana čine životni usponi i padovi glavne junakinje, ali i sporednih likova, uočljiva je dijametralna suprotnost vjere sadržana u nazivu romana, naslovljenom po upečatljivom hrišćanskom imenu Sophie i uvođenjem sporednog lika hafiza Amira, učitelja islamske vjere. Pa čak i u toj izraženoj suprotnosti, što ovaj roman čini neobičnim, postoji ono zajedničko, kao što je npr. vjera u vječni život nakon smrti, zatim poređenje veličine ljubavi prema Bogu i prema ženi čiji život se tragično završio jer im nije bilo suđeno da budu zajedno, koja je za Amira veća od ljubavi prema Bogu. Autorka vješto dočarava susret njihovih pogleda kao uslišenu molitvu. Nije li tako u svim vjerama?

J. Collins promišljeno bira humano zanimanje glavne junakinje koja se bavi suštinski važnim životnim pitanjem, pitanjem neplodnosti žena, odnosno rađanja i opstanka ljudske vrste, predstavljajući je kao vrlo uspješnu i time opravdavajući njeno ime u značenju mudrost.

Ideja vodilja u romanu se može prepoznati u Goetheovoj mudrosti: *„Nikad nije zaista ljubio onaj koji misli da je ljubav prolazna."* Ljubav kao tanana nit na razboju zvanom život je motiv kojim se J. Collins domišljato dovija i dinamičnom radnjom stalno čitaoce drži u neizvjesnosti u cijelom romanu. Ona rečenicom: „*Život je lomljiv kao čaša*" nagovještava trnovit put glavne junakinje koja slijedi svoje srce, i unatoč brojnim preprekama uspijeva ljubav prema Danielu, koji je po zanimanju ljekar kao i ona, učiniti neprolaznom. Takođe, Amirova nesuđena ljubav je vječna i to je ono što ovaj roman čini posebnim, pobjeda ljubavi, ma koliko ta pobjeda bila bolna.

Pitanje koje se nameće je - Da li je ljubav jača od razdvojenosti? Autorka u jednom trenutku naglašava „*Ljubav je kao vazduh, ako nam predugo nedostaje, duša lagano umire*". Njena poruka je jasna, čak i besmrtnost duše nije moguća bez ljubavi i treba da bude kao opomena, jer često se i u životu, baš kao u romanu desi da se razdvojenost dvoje ljudi koji se vole događa bez razloga, najčešće iz ljubomore.

Radnja romana je dinamična, gravitira na širokom području, od Zagreba do Amerike, tačnije New Yorka, preko Evrope (Francuske, tačnije Pariza, Italije, Austrije), što je čini privlačnom i zanimljivom i čitaoca stalno drži budnim. Citati na uvodu u poglavlja romana, kako poznatih mislilaca, tako i same autorke su kao znaci interpunkcije u rečenici. Služe čitaocu kao predah u tečnom nizanju i smjenjivanju događaja radnje i kao najava onog što će se desiti u poglavlju romana. „*Šta je sa tugom mama? Tuga je tu da te podsjeti na ono što si imala, a sada više nemaš*", misao autorke koji nagovještava preokret radnje, jer se zbog posjedovanja ključeva prošlosti koje u ruci drži pogrešna osoba izaziva razdvojenost glavne junakinje sa voljenom osobom.

J. Collins veoma ubjedljivo opisuje likove i dočarava njihove postupke tako da imamo osjećaj da su tu pred nama i da se radnja odvija pred našim očima. Naročito se to ističe kad opisuje izgled prijateljice glavne junakinje. Takođe se ističe vještina opisa enterijera, kao i ljepote prirode, iz čega se vidi da voli prirodu, saživljava se s njom i želi da podstakne u čitaocu ljubav prema prirodi. Autorka posjeduje sposobnost prikazivanja inteziteta emocija koristeći poređenje, što naročito prepoznajemo u rečenici „*Strah se poput pare dizao s pločnika*", kojom slika Danielov strah da neće uspjeti pronaći Sophie, ili u pjesmi, pletisanki tuge koja predstavlja plač duše zbog bivše ljubavi:

*...Jecajima gradim*
*Naše carstvo tuge*
*Ne zna niko tiho*
*Da ispušta krike*
*Razbijene vale*
*O hridi uboge...*

 Ono što krasi i osvježava dinamični tok radnje jesu anegdote, kao ona o đavolu koji je nadmudrio graditelja mosta, kao i duhovne poruke koje se naročito ističu u pismu koje Amir na samrti ostavlja Sophie.
 Nepredvidivost i neizvjesnost šta će se desiti je prisutna u cijelom romanu, pa u trenutku kad se čitaocu učinilo da je na vrata glavne junakinje konačno zakucala sreća, dešava se neočekivano. Tako da nas je autorka zavarala i pri pomisli da zatvara krug na način kako je i počeo, a to je sreća zbog konačnog zajedničkog života, ona nam nudi najavu za nastavak novog dijela romana.
 Radnja ovog, prvog dijela romana bi se mogla oslikati tvrdnjom Difrena: „*Budi ono što si da bi njih pustio da bivstvuju u tebi i zahvaljujući tebi, ali u isti mah ćuti da bi njih pustio da govore*" kao poruka da je ono neupadljivo, duhovno u nama vrednije od matrijalnog. Naime, izvorište J. Collins misli u ovom dijelu romana bi se moglo prepoznati u činjenici: „*Ako pustimo srce da govori razum će osluhnuti spokoj duše.*"

Mr Slavojka Bubić,
23.06.2020.

# IZJAVE ZAHVALNOSTI

*Ova priča ugledala je svjetlo dana, zbog izuzetnih osoba koji su učestvovali u njenom stvaranju.*

*Prije svega i svih zahvalila bih se Bogu. Na Njegovoj Mudrosti, Plemenitosti, Dobročinstvu, Strpljenju prema meni. Na svemu pruženom, i uskraćenom. Zauvijek sam Ti zahvalana.*

*Zahvalnost također zaslužuje - moja sestra Jelica koja je pročitala roman i dala svoje sugestije i savjete.*

*Zahvaljujem se Slavojki Bubić, mojoj dragoj prijateljici, koja je dala nesebično svoj doprinos za Sophie svojim trudom, upornošću i savjetima. Hvala na lekturi, na divnoj recenziji i emotivnoj pjesmi, i na nezaboravnim trenucima provedenim zajedno.*

*Veliko hvala Yvonne Maduro Beks, na inspiraciji, predivnoj mesinganoj figurici „Sophie", na svim nesebično pruženim informacijama na polju medicine.*

*Zahvaljujem se Damiru Pašiću, na pročitanim djelovima knjige, nesebično pruženoj podršci, koji je jednim djelom udahnuo određene karakteristike Amiru. Hvala ti.*

*Zahvaljujem se Selmi Kowatli, na nesebično pruženim informacijama, neću zaboraviti naš susret u Parizu, i zbog toga vjerujem da se sve dešava sa razlogom.*

*Zahvaljujem se Jennifer Guerrero Tascon, na prevedim rečenicama španskog jezika. Jlo, kako je od milje zovem, hvala ti puno. May we meet again :)*

*Zahvaljujem se Amelia Stewart, na pročitanom primjerku, nesebično pruženim savjetima. Facebook ima svojih prednosti, stvorite prijateljstva sa ljudima koje i ne poznajete, ali kao da ih znate cijeli život.*

*Zahvaljujem se Mileni Smiljanić na prelomu i koricama, i mnogo čemu drugom još odrađenom u "Divenire". Mikice You' re the best!*

*Zahvaljujem se Sanji Stanić i njenom sinu Sergeju, izuzetno mi je zadovoljstvo što vas imam za svoje prijatelje.*

*I na kraju veliko hvala mom sestriću Gabrielu. Voli te puno tvoja tetka. Ti si ona zraka sunca na kraju tunela. Ovdje možda nisi Gabi, ali jesi Adrian. :)*

*Zahvaljujem svima onim koji nisu ovdje navedeni, ali su svojim mislima, djelima, doprinjeli da ovaj roman ugleda svjetlo dana. Hvala vam.*

*Zaista sam sretna što imam tako divne ljude oko sebe!*

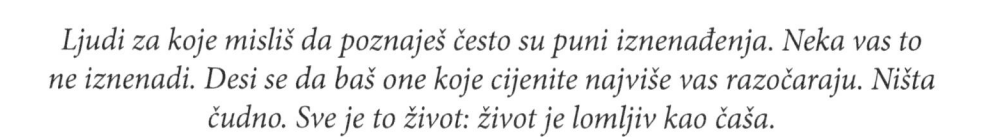

*Ljudi za koje misliš da poznaješ često su puni iznenađenja. Neka vas to ne iznenadi. Desi se da baš one koje cijenite najviše vas razočaraju. Ništa čudno. Sve je to život: život je lomljiv kao čaša.*

*J. Collins*

*Napomena autorke:
Ni najboljim prijateljima više ne otkrivam završetak romana. Neizvjesnost izgrađuje čovjekova čula.*

*Ja ne mogu da kažem da li će stvari krenuti na bolje ukoliko se promjene. Ono što mogu da kažem je da moraju da se mijenjaju ukoliko želimo da bude bolje.*
Georg Lichtenberg

Proljeće je. Sunce lagano probija oblake, zima kao da nije sasvim još prošla. Dah vjetra je hladan, njegov šapat kao da nešto poručuje. Ima nečeg vanvremenskog u njegovom šapatu. Život je čudo. Zagrli ga. Nikad ne znaš gdje će da te odvede, kojim putem. Kao djevojka koja je živjela u Zagrebu, Sophie je navikla na buku i vrevu velikih gradova. Letovi joj nikad nisu bili dragi, čak šta više plašili su je, ali u jednom skrivenom dijelu sebe voljela je izazove. Došavši u New York, osjetila je talas panike. Izašavši iz aerodroma, konačno se našla vani, van sve te buke, hladan vazduh je zapuhnuo žareći joj pluća, trgnuvši je iz misli.

- Zašto to nisam ranije uradila?

Daniel ju je i prije pozivao da se preseli kod njega. Razdvojenost jednostavno nije više funkcionisala. Trebala je napraviti skok, protresti svoj život. Sve sastojke koje je imala, konačno da pomiješa. Voljeti svakim danom sve više i jače i ne dozvoliti nikom da ti kaže da je nešto nemoguće. Nakon smrti roditelja karijeru je mogla da nastavi i u Americi gdje bi imala i bolje uslove za usavršavanje, ali kao da je tražila opravdanja da ostane u svojoj zemlji, da nešto doprinese. Lako je spakovati kofere - to joj je bila jedna od uzrečica.

- Dobro jutro- uzviknuo je zagrlivši je jako. Konačno si ovdje, svaki sekund sam brojao samo da te vidim. Kad je potegnuo za njenom rukom, gotovo se uplašio, dodir je u njemu istog trena izazvao snažnu želju.

Sophie je duboko uzdahnula i stresla se. Stavivši telefon u zadnji džep zagrlila ga je jako.

- Puno si mi nedostajao - konačno je progovorila izgubljeno.

Obrazi su joj pocrvenjeli i zbunjeno je oborila pogled. Srce joj je snažno udaralo.

Podigao joj je bradu prisilivši je da ga pogleda u oči iz kojih je izbijala strast. Za trenutak kao da je vrijeme stalo. Podigao je njenu ruku do svojih usana i poljubio je. Zadrhtala je. Nije mu promaklo kako je zadrhtala na njegov poljubac. Primjetio je nervozu na njenom licu.

- Veliki je ovo korak za nju - pomisli.

Misli koje su joj se vrzmale prije dolaska prestale su da se roje. Uspijela ih se osloboditi nakratko. Upijala je svaki detalj, glasove ljudi, mirise, buku. Jedan dio toga, pohranjivala je u svom pamćenju, naročito mirise, kasnije ih se prisjećala kada nije imala drugih misli da joj se vrzmaju glavom. Glavobolju koju je imala prije par dana više nije osjećala, osjetila je nevjerovatnu snagu udišući hladan vazduh u zagrljaju čovjeka kojeg voli. Život i ljubav, to su dve avanture. Usudi se da slušaš svoje srce i vjeruj, vjeruj u sebe. Napetost je polako splašnjavala, ramena su joj se opustila. Nasmijala se zadovoljno, pustivši lagani vjetar da joj donese lijepe trenutke.

Ulazna vrata su se otvorila, začula ja lagano tapkanje šapica kako brzim koracima idu prema njoj. Daniel je obavio ruku oko njenog struka. Odložila je kofer i okrenula se prema njemu. Nagnuo se i nježno je poljubio u čelo. Uzdahnula je pošavši sa njim u stan. U svakom uglu je bila po jedna vaza svježeg cvijeća.

Antički namještaj lijepo iskombinovan sa modernim davao je prostoru prijatnu atmosferu. Spazila je violinu okačenu na zidu u crnoj futroli nalik malom sarkofagu. Sjetila se Italije kada su je kupili na putovanju. U jednom uglu stajao je lijepo ručno izrezbareni pisaći sto što ga je Daniel specijalno kupio za nju napravivši joj mali kutak za pisanje i opuštanje misli.

- Lice prostora krije dio ljudske duše i srca njihovih vlasnika - često joj je govorio. U dnevnoj sobi pored prozora stajao je klavir, prišla mu je lagano, prešavši prstima preko dirki. Danijel ju je promatrao. Melodija je odjeknula stanom. Stan je bio toliko lijep da je ostavljao bez daha.

- Chap, pazi se - rekao je državši je za ruku.

Sada će biti ljubomoran. Chap imamo društvo, konačno nismo više sami. Psić je lagano vukao nogavice njenih hlača.

Nasmiješio se, njegove tamne oči su nestašno svjetlucale. Sanjao je ovaj dan, dan kada će konačno da budu zajedno. Imao je sjajnu crnu kosu koja je uvijek bila njegovana, lice sa izraženim jagodicama, ruke kao da su od svile, njegove smeđe oči dobile su sjaj. Sophie je primjetila taj sjaj dok ju je gledao.

- Chap - pomilova psa koji je lagano skakutao kraj njenih nogu.

- Chap, znam previše si uzbuđen. I ja sam, konačno smo zajedno- rekla je i uzela psića u ruke gledajući u Daniela.

- Dušo, dobro došla - rekao je unoseći preostali kofer unutra lagano zatvorivši vrata.

- Ovdje je već prijatnije nego van- rekla je dok je sjedala na stolicu kuhinjskog stola. Okretala je sat na zapešću gledajući u brojčanik lagano prelazeći pogledom po stvarima, kao da tu nije bila godinama, a ne prije dva mjeseca.

- New York je takav, znaš i sama, bolje počni da se privikavaš - rekao joj je i poljubio je u obraz. - Napravit ću ti čaj da se malo zagriješ - rukama joj protlja ramena kao da želi da joj hladnoću izbaci iz tijela.

- Hvala ti. Možda je bolje prvo da se istuširam, malo da me voda zagrije. Chap je počeo da laje.

- Rekao sam ti da je ljubomoran - rekao je Daniel kroz smijeh lagano ustajući i pripremajući bokal vrućeg čaja.

Bol koju je osjećala za roditeljima nije bilo lako izbrisati iako nije bila njihovo dijete, jer je usvojena. Zbog toga je odlagala preseljenje u New York, da ostavi sve te lijepe uspomene na roditelje bilo joj je teško. Ali i majka bi joj rekla: „Ideš tamo gdje ti je srce veselo, ne obaziri se na nas." Boljelo ju je i to što ju je njena prava majka dala u sirotište? Zašto ju nije željela?- često je razmišljala o tome. Mišljenja je da istinsku, pravu ljubav ima samo majka prema svome djetetu. Sve ostalo stvar je interesa u ovom pomahnitalom svijetu. Svoju ljubav prema Danielu, nije dovodila u pitanje. Ali, kako neko može da ostavi svoje dijete? Sophie tako nešto ne bi mogla da uradi. Ljudi sa kojima je odrasla naučili su je životnim vrijednostima. Bila im je zahvalna, sa njima nikad nije osjetila nedostatak ljubavi. Oni su za nju bili njeni biološki roditelji. Saobraćajna nesreća je sve promjenila, uzela joj je roditelje i jedan dio duše za njima. Čovjek može samo da zataška i da se nada kako će vrijeme da izbriše sva sjećanja, svu bol koju osjeća, ali ono što je neizbježno prije ili kasnije morat će da se suoči s tim.

Život joj otvara vrata iza kojih se krije jedan novi pogled. Daniela je upoznala u Zagrebu gdje je stigao na razmjeni studenata. Zadnja godina fakulteta, jedva je čekala da znanje koje ima sprovede u djela. Učenik generacije i mnoga druga razna priznanja otvarala su joj širom svijeta vrata. Voljela je prije njega, ali je nakon toga zavoljela samoću, tako da ju je svakodnevno njegovala, čuvala, održavala i kao cvijeće redovno opskrbljivala vodom.

Provodila je sate u pisanju dugih stihova lutajući samo njoj znanim svijetom. Nije se puno stvari promjenilo ni u vezi sa Danielom, i dalje je voljela jedan dio svoje privatnosti ispunjen samoćom. Kao da je dušu prečišćavala sa njom. Ne, nemojte da miješate samoću i usamljenost, nije to isto- često je objašnjavala. Možeš pobjeći od svega i svih, ali promjene koje napraviš u sebi, od njih bijega nema. Bila je zapanjena, mnogo vremena je prošlo da je neko mogao da privuče njenu pažnju. Privukla ju je njegova kreativnost, smisao za humor, sposobnost da negativno pretvori u pozitivno, upornost.

Od samog početka djelovao je iskreno i ljubazno i bio je jako uporan po pogledu nje.

- Tebi treba neko da otopi taj led kojim si okovala srce - jednom prilikom joj je rekao.

Bio je zgodan, pametan, i odlučan da uspije u onome što je naumio. Prema njoj je bio jako pažljiv, čuvao ju je kao zrno pijeska na dlanu. Pravi džentlmen, kako bi ona rekla. Ljubav na prvi pogled, tako je on to nazvao.

Muškarac sa dubokim, blago hrapavim glasom ostavio je na nju dojam i uspio lagano i strpljivo otopiti led oko srca. Sophie je imala smeđe oči koje kada te pogleda prosto kao da prodire kroz tebe, svjetliju put i dugu smeđu kosu i uvijek lijepo njegovane ruke. Čudno je to da je kod muškaraca isto obraćala pažnju na ruke i zube. Daniel je često znao da je upoređuje sa Disney-vim likovima iz crtića. Njeni roditelji nisu bili imućni, oduvijek su željeli dijete, ali nakon više neuspješnih pokušaja umjetne oplodnje odustali su. Pristali su na usvajanje. Sophie je donijela radost u njihovu kuću. Prije su živjeli na selu, ali zbog njenog daljeg školovanja odlučili su da se presele u grad.

Njena majka je ulagala u njeno školovanje. Znala je da je znanje otvara čak i najteža vrata. U početku je mrzila grad, duša joj je žudjela za selom, ali vrijeme je to izbrisalo. Uzevši prvi put bebu u ruke, njena majka joj je rekla- Odmah sam te zavoljela iako tvoje srce nije kucalo u meni, nisam osjetila lupkanje tvojih nožica, ali želim da znaš, da sam ja najsretnija žena na svijetu. Onog trenutka kada sam te primila u svoje ruke, ljubav koju sam osjetila, niko i ništa to ne može da izbriše. Bila je to žena koja je imala malo drugačija shvatanja nego ostali ljudi na Balkanu. Samouvjerena, hrabra, pouzdana, požrtvovana, i mnoge druge plemenite osobine je posjedovala. Zbog toga joj je dala ime Sophie, ona koja je vješta, ona koja je mudra.

- Te osobine treba kroz život, zvaće se Sophie - rekla je mužu. Ne dovodeći u pitanje njegovo mišljenje, ne, odlučila je i to je to. Sophie je često razmišljala kako bi upravo voljela da ima muža kao što je bio njen otac. Mirnog duha, radišan, spreman da pomogne drugima, čovjek koji je svoje slobodno vrijeme ispunjavao knjigama. Pored kuće nalazio se mali voćnjak, napravivši sebi mali kutak za čitanje, tu je provodio svoje slobodno vrijeme. Spustivši tabakeru sa cigarama na zelenu travu, oslušnuvši zvuk ptica koje su veselo pjevale, zavalio bi se udobno u stolicu i uzeo knjigu. Otplovio bi u mislima daleko dok bi ga ona i majka promatrale kroz prozor, gledajući u blago ovijeni dim cigarete oko njega.

- Samo neka duvani vani. Od dima u kući nam požutiše zidovi- rekla bi mahnuvši rukom. Uz njega je Sophie zavoljela knjige, a uz majku muziku. Bilo je dana kada je majka satima prelazila prstima preko dirki starog klavira koji joj je ostao od djeda kao uspomena.

Pored silnog muževog insistiranja da se kupi drugi klavir, a stari izbaci van, nije željela da pristane na to.

- Ovdje počivaju uspomene.

- Vidim samo crve koji su počeli da nagrizaju staro drvo - odgovorio bi odmahnuvši rukom bez dalje rasprave.

Nije nikakvo čudo što je Sophie izabrala medicinu za školovanje. Sophie Šuman, specijalist ginekologije i opstetricije i subspecijalist humane reprodukcije. To je njen život. Pomoći ljudima da dobiju sreću u svoj dom, dijete, posvetila je sav svoj rad tome. Upornost i pravi izbor dovode do cilja- to je bio njen moto, kao glavne liječnice i načelnice odjeljenja za vantjelesnu oplodnju. Oduvijek je imala nagon da stvara, nebitno o čemu se radilo, samo je željela da se izrazi. Majka i otac su je podržavali u svemu. Kao tinejdžerka sama je učila da svira gitaru, kada je čula prvi put majku da svira „ Moonlight Sonatu" učila je predano note, da može da svira klavir. Sate i sate majka je nesebično odvajala na nju, usmjeravajući je na pokrete tijela i ruku pri sviranju.

- Leđa ispravi, a ramena opusti. Jagodice osjeti kada dodirneš tipku. Nema potrebe da tipku udaraš, osjeti je. Osjeti prste kako su živi i svjesni tvog čina što izvodiš. Odlično! - uzviknula bi. Pljesnula je rukama, zagrlivši je jako, ponosna što usvaja savjete koje joj pruža. Sate bi izgubila trošeći na nju, zaboravivši pritom da je stavila ručak na peć da se kuha, dok ne bi osjetila kroz kuću da dopire miris zagorjelog jela. Preselivši se u stan, ona je ostala bez klavira, a otac bez svog kutka za čitanje ispunjenog ptičijom pjesmom.

- Nema tuge, da bi se nešto dobilo, mora se nešto i dati. To nešto možda sada izgleda malo. Ali jednog dana, kada ti se svijet nakloni, tebi i tvome znanju, tvoj otac i ja bićemo ponosni što je i tvoja i naša žrtva bila opravdana. Zbog tih njenih riječi učila je predano. Nije željela da se razočaraju. Ponosno, sa sjajem u očima sve su to posmatrali, sav njen trud.

Sophie je slobodno vrijeme koristila i za pisanje poezije, voljela je miris papira, da miriše korice starih knjiga. Da odluta mislima daleko, mašta duboka kao okean, samo se vidi duboko plavetnilo. Čitajući raznorazne knjige doživljavala je zajedno sa njima svakojaka putovanja, zašavši u predjele, gdje do tada nije bila. Ali medicina je bila njena prava ljubav. Sva priznanja koja je dobila nisu je zadovoljavala, težila je ka još većem usavršavanju. In vitro fertilizacija - IVF je danas najčešća i najuspješnija metoda liječenja neplodnosti. Često se pogrešno naziva umjetna oplodnja, a zapravo tu nije ništa umjetno. Neplodnost je sve češća, u sve većim dijelovima svijeta. Uvijek se istovremeno obrađuju oba partnera, sveobuhvatna pretraga vrši se pomoću spermiograma. Oba partnera rade testove za hepatitise, sifilis i HiV i razne druge bolesti. Obavezan je ginekološki pregled. U napredne pretrage uključena su DNK fregmentacija spermija, analiza kromosoma-kariotip, histeroskopija i mnoge druge. Znanje koje je stekla u Americi, prenijela je u Zagreb obezbijedivši time sebi mjesto u samom vrhu. Njeni roditelji su bili jako ponosni na nju. Sjetila se njigovih suza kada su je nazvali i rekli da je bio dokumentarac o njenom uspjehu u Americi. Majka je zvala sve redom, prijateljice, poznanike, bivše radne kolege, obavještavala ih je o vremenu puštanja emisije da bi ljudi vidjeli njenu curicu. A sada sve to ostavlja zbog ljubavi i karijere na drugom kraju svijeta.

Istuširala se toplom vodom, hladnoću koju je osjetila pri dolasku voda je konačno izbacila iz tijela. Obukla je dobri stari džins i džemper i spustila se do kuhinje. Danijel je sjedio za stolom, čekajući je sa vrućim čajem.

- Dođi, popij toplu šolju čaja, da izbjegneš hipotermiju – smiješeći se reče joj. Sada izgledaš već bolje. Prišla mu je dovoljno blizu da mogu udahnuti isti vazduh pored sebe, zagledavši se u njegove oči. Priđe joj prstima preko usana shvatajući koliko mu je samopoštovanje krhko u njenoj blizini. Bilo je nešto u njoj neobjašnjivo. Bila je otvorena ličnost što je privlačilo ljude, bila je neiskvarena u ovom surovom svijetu. Povučena, suzdržana, tiha, sramežljiva, nekada tako ranjiva i slaba.

- Torta - rekla je gledajući je na stolu. Divan si, hvala ti puno. Zagrli ga jako blago se stresuvši od topline njegovog tijela.

- Bolje jedi dok je Chap nije primjetio, inače ostat ćemo bez svega - rekao je kroz smijeh. Podigao je ruku polako joj odmaknuvši pramen kose sa lica, ne žureći, uživajući u tom trenutku kao što je to prije činio.

- Ovo sam ti želio poslati prošli mjesec poštom, ali nisam bio siguran da li će stići kako treba, ipak sam bio strpljiv i čekao dok ne dođeš - rekao je gurnuvši kutijicu prema njoj preko ulaštenog stola od trešnje. Kutija je bila mala, crvena, sa crvenom trakicom. Pažljivo ju je uzela kao da je najkrhkiji predmet koji drži, promatrajući Danielovu reakciju. On je napeto gledao u nju. Malo je protresla kutijicu, osluškujući zvukove. Ne čuje ništa. Nema zvuka. Srce joj lupa. Znatiželja je izgara. Čime sada želi da je iznenadi. Otvorila ju je polako, uz škljocaj i ostala bez daha.

- Wow, divna je! - nasmiješi se nestašno, neiskvareno osmijehom djeteta. Unutra se nalazila mala figurica od mesinga, kalup djevojke koja u rukama drži knjigu.

- Oh Bože, naziv knjige koju čita - zaustila je dok joj on uze ruku isprepletavši sa svojom. Zaiskri joj suza u dubini oka.

- Sviđa ti se?

- Prelijepa je, hvala ti puno - reče zagrlivši ga ponovo i poljubivši u obraz.

- Sada dolazi na red torta. Taj pas je baš blesav, nikad prije nisam vidio da psi jedu kolače kao on - rekao je gledajući u psića koji je poskakivao pored stolice. I da znaš otkrio je novu igru. Žvaće cipele i sakriva ih po kući.

- Šta? – upita Sophie kroz smijeh. Imaš fetiš na cipele - našali se prišavši psiću i češkajući ga po ušima.

- Pronašao sam cipele u kadi. Izderane.

- Auu Chap, nisi to prijavio da si postao zločest. Zato ćemo mi sada da budemo brži - rekla je sijekući malo torte za Daniela i sebe.

Prsti su mu klizili stražnjom stranom njezina uha, pokretom mekim poput šapata. Odmače joj kosu iza uha, oči su mu prikovane na njene. Od tog pogleda zaboravila je na sve.

- O Bože, šta si sve napravio, kladim se da nisi imao vremena za sebe - rekla je trgnuvši se iz transa, blago se zacrvenuvši.

- Jesam, ne brini. Znaš da nije lako biti onkolog, ali ako želiš uvijek imaš vremena i za druge stvari. Za kupovinu kolača na primjer - rekao je kroz smijeh.

 - Da, birali smo poslove gdje je svakodnevni stres neizbježan, ali ih neizmjerno volimo - tiho izgovori stavljajući komad kolača u usta, osjetivši slatki okus na nepcu.

 - Da, baš prije dva dana, bio sam pod velikim stresom. Nisam htio da te opterećujem pred tvoj dolazak, dječak koji je bolovao od karcinoma pluća... umro je, imao je samo deset godina - rekao je tužno, držeći šolju čaja u jednoj ruci, vrteći mali tanjirić sa kolačem na stolu drugom rukom.

 - Žao mi je, znam da si uradio sve što je u tvojoj moći da ga spasiš - ustala je sa stolice i poljubila ga u obraz zagrlivši ga nježno. Osjetila je njegovo razočarenje.

 - Ti si najbolji čovjek na svijetu kojeg poznajem, volim te puno. Ali na neke stvari jednostavno ne možemo da utičemo. Znaš to - reče dok mu je blago prolazila rukama kroz kosu.

 - Da, ali tako mi je nekada teško da to prihvatim, da u jednom trenutku imam moć, a u drugom sam opet tako bespomoćan. Rad, trud, upornost su neophodni i život treba staviti u svoje ruke bez oslanjanja na druge. Sreća dolazi kada prestanemo žaliti zbog problema koji su nas snašli i postanemo zahvalni na onima koji su nas zaobišli. Danas treba uraditi nešto za sebe. Vrijeme prolazi, starimo i odlazimo polako. Ne koristiti kauč za odmaranje već kao sredstvo da ideš u nove pohode. To sam neki dan rekao na predavanju svojim studentima. Želim da ih motivišem da iskoriste svaki trenutak u svom životu. I onda izgubim pacijenta i osjetim se nemoćno kao da je sve što sam njima rekao govor u prazno.

 - Nažalost svi smo u takvim situacijama nemoćni znaš to. Prolazim to sa svojim pacijentima, toliko želje, nade, straha, suza, i onda cijeli proces je uzaludan. Svaki trenutak je važan i neprocjenjiv.

 - Dok si bila odsutna, sva moja jutra i moje noći su pripadale tebi, a sada kada si ovdje, tada...

 - Šta? - upita dok ga je gledala zbunjeno, obuhvativši rukama šolju čaja.

 - Moj život pripada našoj porodici, ti, ja, beba - reče joj tiho ustavši lagano sa stolice, zureći kroz georgijanski prozor sa rukama u džepovima.

 - Daniel... ja...

 - Znam, karijera, posao, ali do kada? - upita tiho okrenuvši se prema njoj gledajući je tupo.

 - Sophie, već smo na tu temu razgovarali, kao da osjećam tvoj strah, ali kako da činimo druge srećnima ako to sami nismo. Nema većeg zločina za čovjeka od pogrešno izgubljenog vremena. Ti si za mene umjetnost. Čeznuo sam za tobom dok si bila daleko. Ne želim da čeznem i sada kada si pored mene. Nikad nijedna žena nije uspjela da potrese moju dušu osim tebe. Sva moja divlja ćud pokleknula je pred tobom.

Nakašljala se. Vratio se do stola, nagnuo se prema njoj.

 - Šutio sam i u tišini patio, molio Boga samo da sam pored tebe da budem lijek za tvoje boli. Kao da sam imao osjećaj da sam blizu ostvarenja želje? Da li je to blagoslov ili prokletstvo sada se to pitam kad mi želiš reći da za bebu još nije vrijeme? A kada je idealno vrijeme i ima li ga? Uzdrmala si u meni željeznu snagu i ostavila modrice na duši, ne mogu bez tebe.

Lagano joj uze ruku i prinese usnama.

- Ne, nisam zaljubljen već te volim. Volim te, to znači, ljubavi potrebna si mi. Želim nešto naše. Ne želim da imam ovaj strah koji me kida, koji mi govori da jednog dana možeš da me napustiš. Imam strpljenje i čekat ću, ali ne mogu predugo. Vrijeme je učinilo svoje, ne želim više da se razdvajamo. Želim da od danas razmišljamo kao porodica. Porodica je Sophie sve što mi treba. Njegov govor bacio ju je u razmišljanje, ali držala se svog stava da još je možda rano za porodicu. Da li uopšte postoji pravo vrijeme za to? Ljubav oslobađa dušu, ali ako je pritisak veliki, može da je i uguši. Porodica je veliki korak. Nije znala da li je još spremna na to.

# Sophie

*Savršen brak bi podrazumijevao: Slijepu ženu i gluvog muškarca.*
Michel de Montaigne

Sljedećeg jutra se probudila rano. Protrljala je koljena i udahnula jutarnji vazduh. Izvukla se tiho ispod jorgana i nogama dodirnula hladan parket blago se stresuvši.

- Grijanje nikada nije kako treba u ovom stanu - pomisli u sebi, uzevši deku koja se nalazila na fotelji pored kreveta, ogrnu se njom gledajući kroz prozor i prođe rukama kroz rasčupanu kosu.

Poslije jučerašnjeg razgovora sa Danielom nije mogla najbolje da spava. Imala je strah od porodice, ali nije željela da mu to prizna. Bojala se da li će biti dobra majka i da li će moći da pruži djetetu vrijeme, požrtvovanost koju su pružili njoj? On, ona, dijete? A karijera? Daniel je još spavao. Vrtila je zaručnički prsten na ruci. Sve je odgađala što se ticalo njenog života. Tako i njihovo vjenčanje.

Sjetila se riječi Oscara Wilda: „Muškarci se žene jer su umorni, a žene se udaju jer su znatiželjne."

- Da, ali znatiželja je ubila mačku - prozbori sama sebi u bradu.

Jeste da joj je bilo više muka od svakodnevnih putovanja na relaciji Zagreb - New York, ali voljela je slobodu, pored koje je znala da opet ima neko pored nje ko je voli i ugađa joj u svemu. Da li će ovaj prsten na ruci da zaustavi te njene migracije i ubije njenu samoću i slobodu na koju je navikla? Duboko dišući pokušavala je smiriti ubrzane otkucaje srca. Razumjela je da je imao strpljenja do sada i vjerovatno mu je više dosadilo sve ovo.

Neko vjerovatno ne bi sve to dopuštao.

Par slobodnih dana dobro će im doći da lutaju malo gradom, budu zajedno i razmisli o karijeri i porodici. Proći će ga već ta priča oko djeteta. Stajala je pokraj prozora gledajući kako se rađa novi dan. Rumenilo joj se razlilo po obrazima i nosu, vratila se u krevet. Položila je glavu na njegova topla prsa, osjećajući udare srca i njegov dah na svojoj glavi. Daniel se probudio, zavukao je prste u njenu kosu i spustio usne na njene.

- Dobro jutro.

Usne su mu bile tople i strastvene, u tom trenutku nije više osjećala hladnoću, vrijeme kao da je stalo. Tijelom su joj prolazili blagi trnci. Prešla mu je rukama preko grudi, spustila ruku na lice nježno ga milujući.

- Dobro jutro - rekla je kroz smješak.
- Mirišeš tako dobro. Volim ovo mjesto gdje si kapnula samo mrvicu parfema.

Nagnuo se da je poljubi. Zatim je utisnuo meki poljubac u njen vrat, usnama polako kliznuo gore, okrznuvši joj čeljust došavši do usana. Topla je, blago miriše na parfem i jako je privlačna. Udisao je miris njene kose.

- Volim te Sophie - šapnuo je stavljajući joj pramen kose iza uha. Želim da ovaj trenutak traje zauvijek - rekao je i i spustio ponovo usne na njene. Misli mu nakratko odlutaše, dok mu ona obavi ruke oko vrata i privuče ga sebi.

- Volim te.

Udahnula je njegov miris i duboko izdahnula. Sjetila se da su u školi učili da žene privlače muški mirisi. Mirisni hormoni koje muškarci luče preko žlijezda. Zapamtila je njegov miris dobro. Poznala bi ga bilo gdje i bilo kada. Bila je sasvim opijena uzavrelim emocijama, njegovo tijelo je imalo mješavinu cvijeća sa okusom cimeta. Zaronio je lice u njen vrat i ljubio joj ramena. Posao doktora donio mu je prisustvo mnogih žena u životu, ali Sophie je jednostavno bila posebna, otkada su zajedno druge žene ga nisu zanimale. Nešto neobjašnjivo ga je držalo sada na odstojanju od njih. Iskorištavao je žene prije, a i one njega. Ali ni sa jednom nije gledao oluju, išao na pecanje, ispreletenih prstiju gledao u zvijezde. Čitao joj knjige. Zatvorila bi oči i upijala njegov glas i riječi koje su joj dodirivale dušu:

„*(Oni osjećaju da je ovo nešto drugo, da ovo nije igrarija, da mi je ova žena draža od života. I upravo to im je neshvatljivo i ljuti ih. Ma kakva bila i ma kakva će biti naša sudbina, mi smo je stvorili i na nju se nećemo potužiti.)*".[1]

Slušao je sve šta govori, njene planove i želje, trčeći do trgovine da je iznenadi omiljenom knjigom. Nekada bi kupio nešto po svom izboru. Zapitkivala bi ga kao djevojčica zašto je to kupio, kako je saznao za tog pisca, gdje je pročitao recenzije za knjigu?

Kada ju je prvi put poljubio kao da je dohvatio samo nebo. Pitao se mnogo puta poslije zašto je uopšte toliko čekao? Sa svakim njenim odlaskom za Zagreb odnosila bi i dio njega. Činilo mu se kao da se oduvijek znaju. Prošli životi možda?- hvatao je sebe u razmišljanju. Umjeli su oni da se i posvađaju i to žestoko gdje je do izražaja dolazila njena vatrena unutrašnja priroda. Svađe su bile rijetke, ali koliko god brzo započeli svađu tako su isto brzo nalazili razumijevanje. Uvijek bi jedno iskoračilo naprijed za kompromis. Ponekad je posrijedi bila sitnica: - Zašto nisi završio brisanje

---
[1] Tolstoj, L., *Ana Karenjina*

suđa i sređivanje kupatila? Zar moram ja sve sama?! Na ovakva pitanja obično bi se Daniel povlačio dok se situacija ne stiša. Ali čak i onda kada je bio iskreno ljut, da u tom trenutku nije mogla ničim da ga kupi i smiri, divio se njoj. Njenoj iskrenosti. On Sophie voli cijelim bićem. Nježnost, toplina, sjaj u očima, seks, ako ništa od ovoga nema na listi, u tom slučaju nema ni ljubavi. Ne možete ni sa čim da izbrišete taj osjećaj koji lice očitava dok je osoba zaljubljena. Seks je važan, ali nije preduvjet za srećan brak. Brak zahtjeva puno više stvari od samog seksa. Ona je ušetala u njegov život i izmijenila ga. Bio je umoran od vještačkih žena. Kada ju je prvi put vidio, bio je to pogled pun čežnje. Duga kosa joj je padala u talasima preko ramena. Svaki njen pokret bio je duboko senzualan i mamio je mušku maštu. Nije ličila ni na jednu sa kojom je bio ranije. Osjećao je čistu iskonsku glad za njom. Spoznaja da su sada zajedno pomutila mu je sva čula.

- Svo vrijeme provedeno bez tebe bio sam mnogo rasijan. Znaš, nismo se mi slučajno sreli, to je tako zapisano. Nije problem daljina, jer bila si u drugom krevetu, u drugom gradu, drugoj sobi, ali kada god zatvorim oči, bila si ovdje. Baš ovdje- pokaza položivši njenu ruku na svoje srce. Minut je tu dug kao vječnost, sve se kod čovjeka odigra za par sekundi, kada upozna nekoga kao ja tebe. Ušla si mi u nagu dušu. Ti si moja srodna duša - rekao je dok mu je ležala na grudima.

- Razdvojenost budi čežnju - rekla je.

- Razdvojenost budi strah i požudu - rekao je.

- Od sada pa nadalje želim da si uvijek pored mene. U ovom svijetu ti si moje zrno pijeska. Kao u pustinji vjetrovi te nose po svijetu, sa kišom padaš na nepoznate predjele. Poznao bih te u moru drugih, nema sličnih tebi - tiho je prošaputao.

- I ja tebe, uvijek i zauvijek – rekla je tiho poljubivši ga. Sjetila se kako je bila usamljena u Zagrebu, pored svih obaveza na poslu, on joj je falio. Falio joj je njegov glas, nalik na saten, često je zamišljala njegove usne kako klize preko njene kože, šaljući drhtaje kroz njeno tijelo. Njegove oči, taj pogled kao da je opčini, od silne želje za njim želudac joj se stisne. Pokušavala je da ne razmišlja toliko o njemu, o tome kako joj njegovo mišićavo tijelo uzrokuje besane noći.

Sad ovdje, proždirala ga je očima, sav strah odbacila je, tu je, zajedno sa njim i novi život. Možda ne zna da pokaže svu ljubav koju osjeća, kao što on to radi, nadala se da će se stanje promijeniti sada kada su svaki dan blizu jedno drugog. Poput školjke da izbaci biser van. Nisu marili za vrijeme, niti su imali razloga za žurbu. Istraživali su jedno drugo kao da se spajaju prvi put, među njima se rasplamsala strast, svaki novi dodir je budio nova osjećanja i učvršćivao obostrano povjerenje.

- Je l' se sjećaš kako si mi pjevao pjesme pa slao video zapise? - rekla je prožimajući ga pogledom.

- Da, auu molim te nemoj da me podsjećaš na to, još se stidim kako mi je glas užasan - rekao je smijući se.

- Nema ničeg lošeg u tome, bitna je emocija koju si pokazao. Mada…

- Mada... nasmiješi se on.
- Moraš da se vratiš sviranju gitare.
- Oh, pokušat ću, definitivno si u pravu. Moramo sada da odvajamo vrijeme za sebe. Ostvarili smo se u karijerama i konačno je došao red na nas. Odmjeravao je njeno nago tijelo. Njegova ruka je uhvatila njenu privukavši je lagano njegovim usnama, ljubio joj je zglobove, zatim joj je uzeo i drugu ruku, osjećala se tako bespomoćno u njegovom naručju. Ona je imala ključ od vrata raja ili pakla. Gladan je njene kože, mirisa, usana. Sada više nema strah od života. Sada je izvan vremena i svijeta. Osluškuje otkucaje njenog srca koji se miješaju sa njegovim.
- Ti si baš zgodna Sophie, samo ćeš zbog toga morati da podneseš ponovo moj hrapavi glas.
- Istraživanja kažu da izgovaranje nečijeg imena stvara trenutnu povezanost - nasmiješila se.
- Gdje li si to pročitala? Mi smo svakako povezani na nebrojene načine. Pridigao se dohvativši lagano gitaru koja je stajala pored kreveta. Lagano prstima pređe preko žica stvarajući melodiju pustivši glas.

*Don't tell me it's not worth tryin' for*
*You can't tell me it's not worth dyin' for*
*You know it's true*
*Everything I do*
*I do it for you*

*Look into your heart*
*You will find*
*There's nothin' there to hide*
*Take me as I am*
*Take my life*
*I would give it all*
*I would sacrifice*

*Don't tell me it's not worth fightin' for*
*I can't help it, there's nothin' I want more*
*You know it's true*
*Everything I do*
*I do it for you.*[2]

Glas mu je bio dubok i baršunast, tijelo opušteno i toplo. Nije progovarala, riječi su bile suvišne u trenutku u kojem je bila.

---

[2] *Everything I do*, pjesma kanadskog kantautora Bryana Adamsa. Napisali su je Adams, Michael Kamen i Robert John "Mutt" Lange. Muzika 1991. godine korištena u fiilmu Robin Hood.

# Sophie

*Gradovi imaju spol: London je muškarac, Paris je žena, a New York je dobro prilagođeni transseksualac.*
Angela Carter

Dan je bio odličan za šetnju iako malo prohladan, vjetar je još donosio tragove prolazeće zime. Ispivši kafu, ostavljajući sve na stolu, na brzinu su se našli van sa psićem. Daniel ju je držao za ruke, nagnuo se prema njoj odmaknuvši joj pramen kose sa lica.
- Samo sekund - reče joj.
Zrak je bio gust od prometne vreve i aroma hrane koje su dopirale s kolica uličnih prodavača. Miris vlažne zemlje i lagano pucketanje grana na drveću osjetilo se u vazduhu. Lagani vjetar njihao je grane. Jedna grana je pukla i jato ptica je prhnulo. Nošeni blagim vjetrom preostali listovi sa drveća su kovitlali u vazduhu. Kao da žele da pokažu da je novo razdoblje na pomolu. Srca su im udarala kao jedno, gotovo da iskoče iz grudi. Park se kupao u lijepoj nadolazećoj proljećnoj svjetlosti. Udahula je punim plućima vazduh Central Parka.
- Mlada damo, molim za strpljenje. Sophie! Polako, vjeruj mi, ček pazi, dobroo... Spremna za iznenađenje? – pitao je kroz smijeh vodeći je lagano je držeći za ruke. Jesmo blizu? Daniel, imam osjećaj da ću sa ovim povezom na očima da se zapletem negdje? Ne znam zašto te uvijek sve poslušam, vjerovatno izgledam kao čudak? Odmahnuvši glavom, popravljala je rukom šal oko vrata.
- Ne brini, držim te za ruku, prije ću ja da se sapletem od Chapa, još malo i stigli smo. Auch...
- Daniel sta se dešava? – uzviknula je vidno uznemirena.
- Chap me uhvatio za nogavicu hlača. Još sekund - dva i stigli smo. Dobro, jesi spremna? Otvori oči i sama se uvjeri. Skidajući joj lagano povez sa očiju gledao je toplo se osmjehujući. Usne lake poput pera dodirnule su joj obraz. Osjetio je miris njenog parfema, cvjetno i nježno. Zatvorila je oči osjetivši težinu sreće. Udahnu duboko osmjehnuvši se.

- Wow, Daniel...

Otvori oči i upi sav prizor. Bila je oduševljena. Glas joj je odzvanjao od ljubavi i oduševljenja. Zaustavila je dah, bolje rečeno ostala je bez daha. Podigla je pogled. Svjetlost je bila prelijepa, gotovo nestvarna.

- Sviđa ti se? – upita držeći je za ruke.

- Kako si znao? – pitala je zagrlivši ga jako oko struka, zagnjurivši lice u njegovu košulju, osluškujući snažne otkucaje njegovog srca.

- Vidiš - uze njenu lijevu ruku, ovdje moje sunce izlazi, a u ovoj, desnoj - prinese je usnama, ovdje u ovoj ruci zalazi. Dovoljan je jedan tren, pogled, susret da se duše sretnu. Mi smo to sve ukombinovali. Ako si ti srećna onda sam i ja. Planirao sam danima gdje da idemo, da li da idemo van New Yorka, ali vrijeme potrošeno na putovanje još više te samo iscrpi. Dakako da ćemo ići na neke druge lokacije.

- Central Park![3] Znaš da je ovo jedino mjesto na svijetu gdje bih spavala na otvorenom - progovorila je kroz smijeh. Ovo je oaza mira u ovom pomahnitalom gradu. Uvijek volim doći ovdje i uvijek me očara svojom ljepotom. Sada kada sam ovdje imat ću priliku da vidim njujoršku filharmoniju kada budu održavali koncert. Stalno sam to odgađala zbog nedostatka vremena.

Sjetno se nasmijala izgubivši se u sjećanjima koja su joj navrla.

- To se podrazumijeva i naravno da idemo u zoološki vrt Tisch i Sea Lion Pool. Mlada damo, nemoj da brineš, ne treba da zaboraviš da je Central Park površinom veći od Vatikana. Tako da nam dešavanja neće nedostajati.

- Ima li vremena da danas posjetimo Guggenheim[4] muzej?

- Sophie, je l' ti to zezaš? – pogledao ju je ozbiljnim pogledom. Kao da ostaješ ovdje samo jedan dan, ne zaboravi da sada živiš ovdje.

- Mislila sam... - tiho je izgovorila poskakujući na nogama ruku raširenih u zraku vrteći se lagano oko svoje ose, a zatim je zatvorila oči, udišući vazduh.

- Misliš da ćete ti Chap izdržati sve ovo što treba danas da vidimo. On se već smorio a tek smo došli! - reče zbunjeno gledajući je kako se opustila kao dijete. Svakako da sutra treba da se pripremite da idemo do Battery Parka[5] gdje ćemo trajektom da posjetimo Kip slobode.[6]

- Chap, ne znam za tebe ali ja svakako volim da šetam - rekla je spustivši se i mazeći psića.

---

[3] *Central Park*, javni park u centru Manhattana u New Yorku, Sjedinjene Američke Države, najposjećeniji je gradski park u Americi. Izgradnja je počela 1859., a završila se 1873. godine. Površina parka je 3,4 km². Central Park je dugačak 4km između 59. i 110. ulice, a širok 0,8km između Pete avenije i Central Park Zapada. Sadrži nekoliko prirodnih jezera (npr. Harlem Meer) i ribnjaka, širokih staza za šetnju, jahačku stazu, dva klizališta (od kojih je jedno plivački bazen tokom ljeta), zoološki vrt, stakleni vrt, rezervat za životinje i mnogo šta drugo.

[4] *Guggenheim*, Muzej Solomona R. Guggenhima, do 1952. godine poznat samo kao Guggenheim, je muzej moderne umjetnosti na Petoj aveniji u New Yorku-SAD, s pogledom na Central Park.

[5] *Battery Park*, je park od 10 hektara na južnom kraju Manhattana i jedan je od najstarijih parkova u New Yorku. Luka koja se tamo nalazi služi kao polazna tačka za trajekte do otoka Ellis, Kipa slobode, Staten Islanda, a ljeti i do otoka Guvernors.

[6] *Kip slobode*, punim nazivom Liberty Enlightening the Word, je spomenik u Sjedinjenim Američkim Državama na ušću rijeke Hadson u New York. Izgrađen u Parizu, bio je poklon Francuske kojim je obilježena stogodišnjica nezavisnosti SAD-a, 1886. godine.

- Kako je samo porastao, zar ne?
- Kako i ne bi, samo jede. Bože! Ko je uopšte predložio da nabavimo psa? Čija li je to ideja bila? I kada je Chap stigao, brzim korakom si se uputila put Zagreba - nasmijao se, ostavivši nas dvojicu same.
- Jaoo, znaš i sam da sam morala da idem, nemoj da budeš sada lopuža i počinješ da se kvariš - mazno je ustala zagrlila ga i poljubila.
- Dobro, još mi je ostalo da ti napravim biblioteku iz snova, sa velikim pomoćnim drvenim merdevinama.
- Je l' to obećavaš? - blago se ugrizla za donju usnu.
- To nekada poslije, ako se pokažeš kao dobra domaćica. Nasmijao se. Sada se pripremite za akciju, idemo. Uvijek me kupiš poljupcem, šta da radim – rekao je sa smijehom držeći je za ruku. Laganim koracima Chap ih je slijedio u stopu. Ponegdje je malo zastao, ali nije se predavao. Central Park je najposjećeniji gradski park. Godišnje ga podsjeti preko 25 miliona ljudi. Zaustavili su se na centralnom trgu u parku, gdje je Sophie oduševila balerina svojim nastupom. Šetnju su nastavili prema drugoj susjednoj najpoznatijoj aveniji u gradu, šestoj aveniji. I u šestoj aveniji je gužva ali ne kao u petoj. Krenuli su prema raskršću svijeta, Time Squer-u.
- Vidim da lagano odustajete, il' mi se možda čini? - reče Daniel sumnjivo gledajući u psića i Sophie, kao da pokušava da prikrije smijeh. Smiješak mu je postao još veći, a ona nije željela ništa više nego da se nagne par centimetara koji su ih razdvajali i spoji usne sa njegovim.
- Ponijet ću ti torbu, Chap i ti ćete me izluditi svojom tvdoglavošću - rekao je očiju prikovanih na njene. Nekada Longacre trg, sada Time Square. Jesam ti pričao priču o tome? Tek davne 1904. godine je preimenovan u Time Square. Ovdje možemo da čekamo Novu godinu, mislim da je red malo i zime da osjetimo, a ne samo da bježimo u tropske predjele.
- Da odmorimo malo? Chap je premoren, ja sam još dobro - kroz smijeh odgovara.
- Prvo vas vodim na ćevape da pojedemo nešto sa roštilja - reče pomno promatrajući njenu reakciju.
- Ćevape? - Sophie je izdahnula, bilo joj je teško od silnog hodanja doći do glasa. Mislim da toliko još imam snage.
- Da, skoro sam to otkrio, zove se Kafana[7], nalazi se na East Villageu, tako da se morate potruditi da izdržite.

Nakon cjelodnevnog hodanja, čekajući da se psić odmori, noseći ga na rukama kao dijete, stigli su do odredišta.
- I evo nas. Stigli smo - reče iscrpljeno. Desnom rukom u zraku, nasmiješivši se pokazivao je na objekat.

Kafana je restoran čiji su vlasnici sa balkanskih prostora i trude se da služe

---

[7] *Kafana*, jugoslovenski restoran u East Villageu, fokusirana je isključivo na srpsko-hrvatska jela, meso s roštilja i sjeckanu, hrskavu, svježu salatu.

balkanska jela. Dobrodošlica je bila na engleskom, ali se Sophie odvažila da progovori maternjim jezikom i osoblje je bilo više nego oduševljeno što imaju takvog gosta. Iako je prostor djelimično mali, atmosfera koju su osoblje i gosti restorana prenosili je bila odlična. Voljela je zagušljivu toplotu restorana, i nalete hladnog vazduha koji bi se miješao kada bi se vrata otvorila. Dopadali su joj se turisti koji su zbunjeno gledali kroz prozore restorana, ne znajući da li u konačnici da se skrase tu, ili da nastave dalje. Sophie je na trenutak zaboravila da je u Americi. Beogradske razglednice su visile na zidovima od opeke. Prelijepi drveni stolovi sa presvučenim stolicama upotpunjavali su prostor. Izvrstan miris kukuruznog hljeba širio se prostorom. Atmosfera je bila topla i živa. Daniel podiže ruku da bi ga konobar opazio.

- Sjećaš se kada smo se zaputili u Sarajevo samo zbog ćevapa?
- Kako to da zaboravim?! - rekla je sjedajući za sto, motreći gdje je psić. Chap je počeo da grize nogaru stola.
- Samo da se malo smiri i bude dobar inače odavde letimo brže nego što smo došli - rekao je Daniel gledajući u Sophie primjećujući da stalno motri na Chapa.

Za početak, osoblje restorana ih je poslužilo hljebom i ajvarom.
- Daniel, ovo je izvrsno. Hljeb kao da ima neki poseban sastav, a ovo je najbolji ajvar što sam ikad probala. Osjeti se crvena pečena paprika.
- Ja ću da naručim punjenu pljeskavicu sa sirom i kupus salatom, često jedem ćevape - kroz staklo je promatrao masu ljudi koja je užurbano išla.
- Ja ću ćevape - gledala ga je smiješeći se svježa i rumena, pomazivši mu ruku. Možemo i kod Uroša da skoknemo u Ambar[8]?
- Misliš u Washington? - on blago zatvori oči da bi se bolje skoncentrisao.
- Da. Sjećaš se kada smo slavili tvoj rođendan tamo?
- Da - slike su mu proletjele kroz glavu: veliki lijepo dekorisan, stakleni sto, prijatelji koji su došli da uveličaju slavlje. Svakako tamo je uređenje drugačije, modernije je, ali hrana je isto odlična. Za desert predlažem da uzmemo kesten pire- izusti listajući jelovnik. Naravno sada kad si ovdje, imamo priliku da više putujemo, ako se organizujemo kako treba. Naravno, uvijek možemo da odemo do Washingtona. Uroš me već nekoliko puta zvao da dođem. Obaveze, posao i sve ostalo, jednostavno nije bilo moguće. Vrijeme brzo proleti. Imam osjećaj da ništa značajno nismo vidjeli kad si bila prošli put. Osim toga, sama znaš ovdje kad si sam teško se odvažiti da ideš tako negdje.
- Jedino da si Chapa poveo?
- Oh Bože, njega povesti pa tek onda problema. Sreća sada je umoran i iz tog razloga je miran - da samo znaš šta sam sve prošao s njim u ova tri mjeseca. Završivši sa ručkom zaputiše se prema stanu. Svi zajedno iscrpljeni, jedva su čekali da stignu. Ušavši u stan zapljusnula ju je toplina doma. Promrzla vani, od toplote unutra Sophie se blago strese.

---

[8] *Ambar*, balkanski restoran, nalazi se u Washingtonu, u regiji Capitol Hill. Poznati po specijalitetima od gljiva, košarama s kruhom i dobrom vinskom kartom.

- Prejela sam se. Sve je bilo tako ukusno da sam izgubila receptore za sitost. Dan je prelijep, ali ipak još je zima. Zagreb je topliji.

- I ovdje će doći toplina, kao da je pokušavao da joj izbaci nostalgiju za domom, svojim riječima. Samo još treba da se prehladite ti i Chap. Skinuvši sa sebe jaknu, svojim rumenim obrazima naslonila je glavu na Danielova prsa.

- Ne brini, osim toga u rukama sam doktora. Pravim nam čaj i gledamo neku komediju. Može?

- Može - osmjehnu se umornog lica.

Chap je svojom njuškicom obilazio oko njenih nogu, misleći da se njemu nešto sprema. Lagani vjetar vani raznosio je ostalo lišće dozvoljavajući drveću i prirodi da se obnovi. Sophie je gledala kroz prozor prebirući svoje misli u glavi. Sjećajući se kako su danas proveli dan, izgledali su kao prava porodica. Zvuk ključale vode, pisak čajnika i Chapovo lajanje vratiše je u stvarnost.

- Tu sam Chap, ne brini.

Zasula je čaj i krenula sa šoljicama u dnevni boravak. Čekajući čaj Daniel je od silnog hodanja i hladnog vazduha vani zaspao. Tihim koracima otišla je u sobu, donijela karirano ćebe i pokrivši ga sjela pored njega. Gledala je u njega dok joj je tijelom prošla jeza, jedna suza joj kliznu na lice. Bila je to suza zahvalnosti. Životu, sreći, sudbini, samom Bogu. Ljubav je kao vazduh, ako nam predugo nedostaje, duša lagano umire. Samoća je kad-kad dobra ali ne uvijek. Još ako proizvede bol. Ona počne lagano da te ubija i budi ono najgore u tebi. Sjetila se pacijentice u Zagrebu kako se obradovala kada je vidjela dve plave crtice na testu za trudnoću. Svaki dan je radila test, ali uvijek se pojavljivala jedna crtica.

- Konačno dvije! – uzviknula je banuvši Sophie u kancelariju, gotovo vrisnuvši od uzbuđenja, držeći test u rukama. Dosadila mi je samoća. Dvije crtice! Plave se! Odmah sam dotrčala kod tebe kad sam vidjela! Beba dolazi. Otac! Ko mari za oca?! Imam svoju bebu!

Sjetila se scene, oči joj zasuziše, pokušavajući da zatvori prozor svoje drhtave duše. Upoznavši njega i ljubav koju joj je pružao, osjećala je da ima zaliha godinama. Baš kad pomisli da su zalihe pri kraju, on je uvijek iznenadi. Chap je sjeo pored udubivši se u TV.

- On je premoren Chap, ne mi - kroz smijeh je tiho rekla mazeći psa.

- Chap šta da gledamo?

Uzevši daljinski lagano je listala meni, gledala je listu filmova.

- Falling in Love[9], šta misliš Chap?

Lišće se lagano odbijalo od prozore, stvarajući neobičnu muziku, čaj se lagano hladio, Chap je sebi napravio mjesto skupivši se između Sophie i Daniela. Lecnula se kad je zazvonio telefon.

Zvuk telefona prekinuo je tišinu, Chap je zalajao. Sophie ga lagano pomazi i pogleda u Daniela da li i dalje spava.

---

[9] *Falling in Love*, američki film iz 2019, Christina Milian i Adam Demos

Malo se samo promeškoljio.
- Hallo - reče tihim glasom.
- Sophie!
- Ivone, poznavši joj glas, iznenadila si me, otkada se nismo čule - rečeno zbunjeno.
- Zvala sam kliniku u Zagrebu, mislila sam da si tamo, ali rekli su mi da si u New Yorku i ohrabrim se da te nazovem. Nakon svega...
- Da - tiho izusti Sophie. Steve i ti...
- Još smo zajedno. Duga priča. Ne znam ali, slušaj, moramo da se vidimo...
- Zaručnik mi je ovdje, još malo pa zakoniti muž - reče kroz smijeh gledajući Daniela dok spava, pružajući ruku gledala je u prsten.
- Čula sam već nešto, zbog toga te i zovem, slušaj...
- Da, izgleda da doktor traži doktora, Sophie je prekide, već pomalo nervozna poče da šeta po stanu, a Chap ju je pratio u stopu. Na patnju i strah sada joj se nadovezala i surova mržnja.
- Sophie moramo da se vidimo da saznaš istinu! - rekla je Ivone odlučno.
- Istinu - reče Sophie zbunjeno. Ivone istina je kao pčela, veseliš se kada je vidiš na cvijetu da skuplja med, tužan si kada odleti – preko lica joj proleti tamna sjena.
- Bolje je ne ganjati istinu Ivone - tiho izusti.
- Ovo je jako bitno - uvjeravala ju je Ivone.
Osjetila je hladnu, podmuklu paniku kako joj se lagano pridiže iz stomaka. Hladan stisak iznutra i podmukli osjećaj kao da ostaje bez daha. Sa negodovanjem je pristala, poznavala je Ivone, kada nešto želi, to svakako mora da dobije. Prošlost ju je to naučila i lekcije koje je spoznala s njom. Duboko je uzdahnula.
- U redu - reče ispustivši lagano uzdah.
- Sophie, sve moraš da odgodiš ali razgovor mora da obavimo. Nadam se samo da ćeš...
- Ivone u redu je, sve odgađam i dolazim. Pošalji mi u poruci adresu. Ponovo nastade tišina, još teža nego ranije. Spustila je telefon i kao ošamućena zagleda se negdje u daljinu.
Osjetila je unutrašnji nemir, nakon toliko vremena zašto sada da se viđaju. Kažu samoća će da te ubije. Ne znaju da me više ubilo društvo loših ljudi. Samoća mi je samo izoštrila čula. Nedostatke mi može pronaći svako, dobre osobine samo oni slični meni - kroz glavu joj je brzinom munje prošla misao. Baš kada je pokušavala da sve zaboravi, vrijeme kao da nije dozvoljavalo. Ključevi prošlosti su kod nekoga drugog.
- Ah Chap, nakon toliko vremena. Koliko mi treba vremena da sve zaboravim? Moram da zaboravim.
Chap je stajao pored nje dok je držeći se rukom za sto pokušavala da sjedne na stolicu. Osjećala je slabost, suze su počele da joj naviru iako je pokušavala da se smiri.

- Ah Ivone...

Drhtavim rukama je prekrila lice, u mislima su joj počeli da naviru događaji. Ushodala se lijevo-desno.

Riječi su joj odjekivale u glavi, ulagala je napor da se sabere da ne bi probudila Daniela. Kako da mu objasni šta se dešava? Uzrujana, rukama obuhvati glavu. Glas joj zadrhta zatim puče u tihi jecaj.

*Ruka u ruci*
*Šutnja i iluzije*
*Sklopljene oči*
*Dosežu u dane sreće*
*Tamo gdje sve naše*
*Nije ničije*

*Tu je vrela svjetlost*
*Obasjala javu*
*Tu je dodir srca*
*Grijao nam dušu*
*Ječao je vjetar*
*Na ljubavnom splavu*

*Dio tebe,*
*Dio mene*
*Ostaje cjelina*
*Nedodirljiva*
*zauvijek*
*Moja sjajna zvijezda*
*Je prestala sjati*
*Otkucaje trome*
*Sve što ćeš dati*
*U ovo carstvo tuge*

*Jecajima gradim*
*Naše carstvo tuge*
*Ne zna niko tiho*
*Da ispušta krike*
*Razbijene vale*
*O hridi uboge*

*Na jahti sjećanja*

*Samo tu si isti*
*Nedodirljivo moj*
*U letu ka sreći*
*Na zamagljenoj pisti*[10]

Sjetila se trenutka kada je napisala pjesmu. Još osjeća miris papira. Još vidi olovku koju drži u ruci i drhtavim rukama povlači po papiru. Kiša udara u prozor, suze joj kvase lice. Još vidi ruke, ljude pogleda uprtih u nju. Ona je kriva za sve. Čuje njihova došaptavanja. Vidi Ivone koja uporno kuca na vrata, dok njena majka nije izašla i rekla da je ostave na miru. Nije znala za milovanja, zagrljaj, slast poljubca dok nije srela njega. Svakog jutra je bio njena prva misao. Tako to i biva sa prvim ljubavima. Nisu oni bili običan par, nisu imali svoju klupu gdje su se sastajali razmjenjivali nježnosti, ali imali su sve. Ljubav je dovoljna. Znala je napamet oblik njegovih obrva i meke obrise njegovih usana, njegove oči koje kad je pogleda kao da su mijenjale boju. Neki kažu da se velika ljubav prepozna u tome da osoba koja vas voli i koja vam je nanijela bol, istu tu bol ona može da otkloni. Ali povjerenje koje izblijedi, više ne može da se vrati, to je Sophie dobro naučila.

- Zašto Bože?…
- Zašto šta Sophie? - progovori Daniel iz kreveta, lagano se protežući, blago podiže obrvu. Kao oduzeta Sophie je zurila u njega. Žena kojoj se obratio izgledala je da će svake sekunde da se onesvijesti.
- Daniel! - nije više željela da se bori u unutrašnjosti sama, imala je njega, mogla je da se povjeri. Željela je da mu se povjeri, ali nije imala dovoljno snage. Nije željela da otvara kutiju prošlosti, i njega plete u njenu mrežu. Njega se to ne tiče, ne vjeruje čak i da bi ga zanimalo. Zato što je to prošlost, tamo i treba da stoji. Pogledala ga je i vidjela zbunjenost u njegovim očima. Usne su joj pokušale nešto da promrmljaju, na kraju dah se ote iz pluća.
- Ja… zamislila sam se - tiho je izgovorila, čvrsto se držeći rukama za stolicu.
- Ne izgledaš dobro, je li sve u redu?
Pokušavajući da se pribere lagano je prišla krevetu i sjela pored njega.
- Ma da, samo Chap me malo izbacio iz takta. Iskreno ne znam ni gdje sam krenula, raspravljajući se sa njim.
- Znaš šta? – reče sjedajući na krevet, sklonivši ćebe sa sebe, pruživši joj ruku da sjedne pored njega.
- Vidim počeli ste da gledate film i odmah se posvađali – reče gledajući sanjivim očima u TV. Nisam htio da ti kažem, bilo je iznenađenje, ali svakako moram da te izvučem iz kuće. Idemo na žurku večeras, Lukas i ostali prijatelji su učestvovali u organizaciji, to je dobar način da i ostale upoznaš i stekneš prijatelje - rekao je protegnuvši se.

---
[10] Bubić, S. , *Carstvo tuge*

- Ja bih radije provela noć u tvom zagrljaju, daleko od mase pijanih i glasnih ljudi - tiho prošaputa skrivajući neraspoloženje.

- Tamo će biti Jack, znaš i Saru također. Znaš da se oni uvijek takmiče s nama ko će prije stići. Htio sam da te iznenadim dok malo odmorimo, ali cijelo odjeljenje želi da te upozna. Bolnica je za tebe pripremila pravi doček.

- Ne ide mi se Daniel, ali ako je predviđen doček, onda svakako moram - rekla je tiho gledajući u TV, krijući pogled od njega.

- Prvo ću malo da se opustim u kadi, onda ćemo se spremiti i idemo. U redu? - razbacanih misli u glavi uspjela je da promrmlja.

- Hvala ti - rekavši poljubi je u obraz.

Brzo je svezala kosu, dodala pjenušavi šampon sa mirisom vanilije, oprala zube, skinula se i nježno ušla u kadu, ispustivši duboki uzdah. Temperatura je bila savršena i kupka joj nije nikad toliko godila. Dan je bio naporan i već je osjećala napetost u ramenima. Nasapunala se i krenula da uzme brijač za noge, ali kucanje na vratima ju je omelo. Daniel je ušao zajedno sa Chapom krenuvši prema kadi. Potonula je malo dublje, iako su je mjehurići pokrivali od vrata na dole.

- Samo da provjerimo da li si dobro - rekao je kroz smijeh kleknuvši pokraj kade i približio ruke njenom vratu nježno masirajući to područje prije nego je nastavio niz njena kliska ramena.

- Napeta si? Muči te nešto? - reče zabrinutim glasom.

Malo je zastenjala kada je počeo pritiskati. Nije htjela priznati da je bio u pravu, ali bila je napeta.

- Nisam, dobro možda malo - na kraju tiho izusti. Stres je sve ovo, jednostavno kao da imam strah.

- Strah od čega? – reče zbunjeno i uplašeno.

- Pritisak mi je u glavi, puno planova, svega, ja...

- Idemo bez planova, dok se ne uklopiš. Može? - reče tiho u namjeri da je malo ohrabri.

Malo se opustila dok su njegovi prsti masirali uz pomoć tople vode, a ona prelazila brijačem po glatkoj koži. Mazio ju je po vratu gotovo hipnotišući. Zatvorila je oči i opustila se.

- Skoro sam zaspala - sanjivo reče.

- Vidim, ali vrijeme lagano odmiče - reče pogledavši sat na ruci. Bolje da počnemo da se pripremamo. Ustao je i povukao čep na kadi, uzeo peškir i položio ga na prsa. Osjetila je kako njegov poljubac lebdi prema njoj. Zatreperio je u njenoj nutrini. Njegove oči uronile su u njene. Čak i kada se odmaknuo od nje, poljubac je i dalje pulsirao u njoj.

- Nedostajala si meni i našem psu.

Podigao ju je lagano, krhku i ustreptalu zamotavši je peškirom. Nekada joj je bilo neshvatljivo da ljubav može da izazove takvu fizičku rekaciju kod ljudi. Zaljubiti se ponovo i nije joj bio plan, ali zar čovjek može da pravi planove kada će to da se desi? Kada je stigao do kreveta disao je teško kao da je trčao maraton. Znao je svaku njenu oblinu.

- Izgleda da si se malo udebljala - rekao je sa pritajenim smiješkom.
- Daniel!
- Šalim se.

Uzeo je peškir i počeo lagano da joj suši kosu, duboko je uzdahnula. Nijedno od njih nije progovaralo ni riječ, uživali su u trenutku. Chap je stajao pored vrata i sve posmatrao svojim okicama. Nedostajalo mu je držati je u naručju, njen osmijeh, njeno pjevušenje pod tušem, njena kuhinja, kada peče krompir a on joj zagori, pa puna ljutnje pokušava da riješi problem. Njena jedina misao je bila Ivone. Zašto je sada treba? Daniel ju je gledao u nadi da će uspjeti procjeniti njeno trenutno stanje.

- Šta li je muči? Mislio je u sebi? Nešto se desilo, poznajem je.

# Sophie

*Kada buve grizu ni lav se ne smješi*
*Habib Bourguiba*

Prstima je masirala sljepoočnice, već je mogla da osjeti dolazeću glavobolju. Kazan ključa u njenoj glavi. Kako zabraniti mozgu da razmišlja? Glavobolje su joj postale sastavni dio života pogotovo kroz posao koji je radila.

Da sada ima dijete, da li bi njemu mogla da povjeri ove brige koje joj se po glavi komešaju? Kakav uopšte razgovor da vodi sa djecom? Vrijeme je sada drugačije, nije kao kada je ona odgajana. Nietzsche je jednom rekao: „Za ženu, muškarac je samo sredstvo: cilj je uvijek dijete." Hvata li ona sebe sada u razmišljanju o porodici? Zašto je uopšte toliko čitala knjige, zašto nije kao ostali ljudi?! Ili i oni tako razmišljaju isto i čitaju sve i svašta. Zapravo, kako je išla do sad kroz život, mogla je da primjeti da su je muškarci voljeli jako, možda čak i previše, a žene su je mrzile sa jakim intenzitetom. Počela je da prebire po ormaru šta da obuče. Da li se udebljala, ili ju Daniel zeza? Donoseći svilenu crvenu haljinu pored ogledala gledala je svoj lik. Procjenjivala je svoj odraz. Često bi ugledala još onu malu djevojčicu. Ali sada, imala je osjećaj da odraz druge žene bulji u nju. Kao da je pratila svaki pokret njenog tijela, ruku. U tom trenutku dvije žene i dva sukoba, u jednom ogledalu i jednom tijelu. Žena koja je bila u ogledalu bila je različita od ove ispred. Tako joj se bar činilo. Ova u ogledalu destruktivnim mislima želi da je povuče na dno. Ova van, tvrdi da je život lijep i za sve još ima nade. Smij se, smijeh je najbolji lijek! - šapnu joj ova van. Ona u ogledalu tupo šuti. Univerzum ti je kroz život bio naklonjen. Imala si porodicu koja te voljela, imaš čovjeka koji te voli, karijeru koja svake sekunde ide samo uzlaznom putanjom. Trebaš se samo smijati, to je jedini način da se izboriš sa svim iskušenjima. Ne gledaj u nepoznato i neprivlačno da te ne bi usisalo – šapnula je ova dobra. Dok je šapnula te zadnje rečenice tišina je odjeknula. Vrata su se otvorila i osjetila je trnce koji su joj prošli kroz tijelo. Omotanu peškirom, držeći haljinu u ruci Daniel ju je promatrao.

- Crveno? - rekao je lagano joj prilazeći, stavljajući poljubac na njena ramena.

- Ne znam, nisam sigurna. Gledala je njihove siluete u ogledalu. Ona iz ogledala loša je nestala, kao da nije podnosila par, sada je vidjela samo svoje i Danielove obrise. Razmišljala sam da li sam se stvarno udebljala.

- Rekao sam to jer ćeš, svakako jednog dana, da budeš malo debela - reče stavljajući svoju ruku na njen stomak. Ti si kao droga, ko te jednom poljubi, želi da to čini svaki dan. Na tvoje usne sam navučen kao ovisnici na heroin. Prelijepa si, baš takva kakva jesi. Idem da ti napravim kafu da se još malo razbudiš i da se u miru spremiš. O debljini ne razmišljaj... Sophie.

Dopadalo joj se kako je izgovarao njeno ime. Meko, toplo, slova kao da su mu klizila sa jezika.

- Molim? odvratila je sa sjajem u očima.
- Ništa. Nasmiješi joj se blago.
- Šta li se krije iza toga osmijeha? - pomislila je gledajući ga zavodljivo.
- Ništa, malo tajanstvenosti svijetu je potrebno. Idem da pravim kafu.
- Kafa je stvarno čudo, postat ću teški ovisnik. Znači crveno, može - rekla je okrećući se prema njemu na prstima zagrlivši ga sa haljinom u rukama.
- Može - rekao je spustivši usne na njene.

# Sophie

*Budite pristojni sa svima, ali intimni s nekolicinom, a i tu nekolicinu dobro upoznajte prije nego što im date svoje povjerenje.*
George Washington

Automobil se zaustavio ispred zgrade. Vozač je na brzinu izašao otvorivši Danielu vrata, a on žurno otvori Sophie, sav uzbuđen. Bio je jako ponosan na nju, izgledala je božanstveno. Gornji dio haljine pripijao joj se uz tijelo kao druga koža, dok se pri samom dnu lepršavo širila. Ostao je zadivljen, primjetila je njegov pogled. Želudac joj je počeo da leprša od sreće. Nebom je igralo hiljade zvijezda koje su svjetlucale, dok je Mjesec negdje u pozadini promatrao njihov sjaj ne želeći da im krade pažnju. U tom trenutku znao je koliko je voli, da život bez nje nema smisla. Mogao je da zamisli kako je mnogo godina ovako drži za ruku, ponosan što je ima pored sebe.

- Stigli smo - uzbuđeno reče.
- Wow, New York me zaista uvijek iznenadi, svojim bljeStavilom.

Daniel joj lagano pruži ruku i zaputiše se stepenicama koje su vodile do ulaza u zgradu. Čitavom svojom dužinom zgrada je bila prijatno uređena. Stigli su do lifta. Odmjeravala je njegov hod. Obukao se u skladu s njom. Crno odijelo krojeno po mjeri, bijela košulja i crna leptir mašna. Osjećala je njegov parfem pri hodu.

- Hvala ti što si sve ovo organizovao, znam da imaš učešća u ovome - rekla je tiho stegnuvši mu ruku.
- Nije te lako uvjeriti da ideš van, ali pronađem ja način.

Našli su se u mračnom hodniku, slaba svjetlost koja se podizala sa podnožja zidova stvarala je tihu atmosferu.

Prilazeći laganim koracima Sophie se osvrtala oko sebe i razgledala zgradu.

- Daniel, čini mi se da smo stigli prvi.

Lagano prilazeći vratima Daniel otvori vrata, i nađoše se u mračnoj prostoriji. Svi lusteri su bili ugašeni. Na balkonima navučeni ogromni paravani.

- Daniel, jesi siguran da smo na pravom mjestu? Jao Bože, još uvijek sam kao dijete, imam strah od mraka. Odjednom, dvoranu preplavi blještava svjetlost. Svi su u jedan glas povikali - Dobrodošla! Sjetila se kad joj je Daniel priredio doček za njen rođendan. Pogledom je prešla dvoranu, blago zadrhtavši od uzbuđenja.

Dvadesetak okruglih stolova prekrivenih prelijepim krem stolnjacima postavljeno je u elegantnoj sali modernog dizajna. Veliki buketi ruža ukrašavali su prostoriju koja je bila presvučena masivnim drvetom, sa ogromnom zastakljenom tarasom sa pogledom na grad, propuštajući večernju svjetlost nebodera. Orkestar je čekao na podijumu spreman da natjera goste na dobru zabavu. Barsko osoblje je smješteno na dva kraja velike sale. U sredini se nalazio dugački sto za posluživanje, sa raznom vrstom hrane i hladnim bocama šampanjca smještenim u posude sa ledom.

Daniel ju je pogledao sa smješkom, stegnuvši joj ruku. Privukao je sebi i poljubio u obraz.

- Još jednom dobrodošla!
- To se zove ljubav - povikao je Lucas najbolji Danielov prijatelj.
- Lucas?! Došao si da se pomiriš? - upita ona zagrlivši ga jako.
- Mislila si da ćeš tako lako da me se riješiš - rekao je kroz smijeh poljubivši je u obraz. Tražio sam neki orginalan poklon, ali boca vina je više nego orginalna - veselo reče pružajući joj poklon u ruke.
- Dobrodošla varalice mala!
- Ja?
- Da, ti, nećeš više da nas dovedeš u bar i ostaviš same da pijemo, je l' tako Daniel?
- U potpunosti se slažem - rekao je kroz smijeh.
- Da je upoznam sa ostalom ekipom? Može meni ta svečanost da pripadne, a ti nam naruči pića? - reče Danielu.
- Nisam ni stigao kako treba, a već želiš da me nešto otračaš - nasmija se Daniel. Kada završite znate gdje sam, biću za šankom. Ostavio je Lukasa i Sophie zajedno.
- Amy, David, Grega već znaš, Megan znaš isto, Sophie je išla za Lucasom rukujući se sa svima, dok je on dočaravao svakoga posebno. Prišla im je svima da je zagrle i izljube, ipak je ona slavljenica.
- Mnogim ženama vi ste uzor. Toliko ste mladi a toliko uspjeha je već ispred vas - progovori Gregova majka.
- Dušo, kad budeš u prilici, dođi kod mene da razgovaramo o fondaciji što smo pričale.
- Naravno, nadam se da ćemo konačno to da pokrenemo - izusti Sophie uzbuđeno.

Osjetila je kako joj muški pogledi klize niz gola leđa poput glista. U njenom društvu muškarcima su klecala koljena, ali su isto tako na kraju odustajali, zaključivši da nemaju nikakve šanse.

- Sada im ne pale nikakve fore? - upita Lukas.
- O čemu pričaš? – nasmija se Sophie. Zapravo znala je o čemu priča, te poglede je do sada vidjela milijardu puta, ali žena uvijek voli da se uvjeri sto posto u sagovornikovo pitanje.

Lukas je prasnuo u smijeh. Sophie izvi obrvu.

- Znači Wi-Fi im nije podešen na tvoju frekvenciju? Znaš da te zezam!

- Pitam se samo upale li kad te tvoje fore?

- U poslednje vrijeme teško.

Daniel je prišao šanku da im naruči piće.

- Izvolite - rekao je veseli konobar.

- Jedan Daiquiri koktel[11] i jedan Godfather[12]

Sophino raspoloženje se popravilo, zajedno sa Lucasom došla je do šanka gdje je Daniel čekao pića. Lukas je bio od onih ljudi koji vole dobar provod i zabavu. Znao je da bude pravi gnjavator ako ne istjera ono što je zamislio, ali nije bio iskvaren. Vjerovao je u naporan rad i smatrao da ako želiš stići do cilja ne smiješ odustati, te da treba raditi naporno, a cilj ne smetati sa uma. Svoje frustracije je liječio vježbanjem i trčanjem. Zbog toga ne čudi što su se žene lijepile na njega kao pčele na med, kada je imao sportski isklesano tijelo. Kroz košulju su mu se ocrtavali snažni prsni mišići. Rukave bijele košulje zasukao je u visini laktova. Ramena su mu bila široka da se Sophie pitala, kako je uopšte obukao košulju. Možda je to malo i previše tako - pomisli u sebi. Nije dao da se uvuče u atmosferu kućnog blagostanja. Kako je to često za sebe govorio: - Ja sam samo jedan vagabundo. Tamna kosa, malo kao da je posvjetlila sa jednim nestašnim pramenom na licu i blago preplanulim tenom. Smeđe oči nestašno su svjetlucale. Volio je da putuje u egzotične zemlje. Želja mu je bila da se tamo i preseli. - Tajland, zemlja snova, nije skupa, more kristalno čisto - često je govorio.

Sophie je usmjerila pažnju na Daniela i na žene koje su upućivale poglede prema njemu. Lagano mu se prišunjala s leđa, zatvorivši mu oči rukama.

- Pogodi ko je?

- Ma daj - rekao je Lucas kroz smijeh.

- Lucas! - uzviknula je Sophie ljutito, nije to poenta.

- Dobro, dobro, vi i vaše šale, nego jesi šta naručio? - pitao je Daniela dok se Sophie lagano smjestila pored njega da sjedne.

- Daiquiri koktel i jedan Godfather, nisam znao šta si ti raspoložen da piješ. Dušo za tebe Daiquiri koktel da probaš, nadam se da nisam pogriješio.

- Meni jedan viski - rekao je Lucas, mahnuvši rukom konobaru.

- I, kako ti se čini? Malo se možda ubucila - rekao je Daniel kroz smijeh, gledajući u Sophie.

- Daniel - rekla je ljutito.

- Rekao bih da je malo zbunjena, promjenila se, ali vratit ćemo je u stara vremena - reče Lucas nacerivši se.

- Malo sam zbunjena, ali više umorna - rekla je, ali nastojim da se priviknem. Ipak

---

[11] *Daiquiri koktel*, jedan iz porodice koktela čiji glavni sastojci su rum, sok od limete, šećer ili neki drugi zaslađivač.

[12] *Godfather*, spada u vrstu koktela koji se pravi od škotskog viskija (posebno dimljen viski) i amareta. Obično se poslužuje s limunom u staromodnoj čaši.

ovaj grad je sada moj dom.

Konobar je poslužio pića pozitivno raspoložen. Muzika je ispunjavala salu. Veseli bend napravio je odličnu atmosferu. Ljudi su opušteni, uživaju u piću i druženju.

- Odlično je, sviđa mi se ovaj tajtiri - rekla je kroz smijeh.

- Daniel je takav, naruči nam pića da ne znamo sastojke, kasnije se ubijemo od alkohola, zato više ne, Lucas sam naručuje provjereno, a ti se malecka čuvaj. Lukasov neutralni izraz zamjeni smješak na licu.

- Još ćeš sada da napraviš kao da sam ja kriv što vas dvoje kada sjednete nemate kontrolu već ispraćate cijeli bar kući - rekao je kroz smijeh.

- Wow sjećaš se kada smo angažovali mariache da Danielu sviraju serenadu ispred prozora?

- Lukas zar treba to sada da spominješ? - nasmija se.

- Kako to da zaboravimo svi, a tek ja koji sam za vas dvoje platio kauciju u zatvoru.

- Bila su to neka druga vremena, kuća gdje smo prije stanovali, jeste bila čudna, ali nosimo lijepe uspomene, sada je malo drugačije - rekla je ispivši malo koktela.

- Vidim već kako smo na početku krenuli da pijemo da se lagano vraćamo u prošle dane - rekao je Lucas.

- Živjeli - rekla je Sophie.

- Evo stiže još ljudi - rekao je Lucas gledajući prema vratima. Ima ovdje i tvojih zemljaka tako da nemoj da se buniš, dođi da te upoznam sa Markom, upravo je stigao. Odličan doktor, prijatelj, pravi profesionalac, čudi me što je sam, supruga nije sa njim, malo je povučen. Zapravo, čudni su malo oboje. Kafanski život je izbjegavao dok si bila ovdje, vjerovatno ga zato nisi ni upoznala na našim druženjima.

- Marko! - Lucas je mahnuo rukom prema njemu, ovdje smo.

Sophie se lagano okrenula, uzevši Daniela za ruku, spremajući se da ustane sa stolice da pozdravi novog radnog kolegu. Osjećala se kao da joj je neko udario šamar preko lica. Noge nije mogla pokrenuti, suzdržavala je suze, a u prostoriji kao da joj je nedostajalo zraka. Pluća kao da su je počela peći, a rebra boljeti, fizička bol koja je bila neobjašnjiva širila se tijelom. U jednom momentu bila je prazna, ranjena, izdana, u šoku.

- Sophie! - uzviknuo je Daniel, dok se srušila pored njega.

- Oslobodite prostor, treba joj vazduha - rekao je Marko brzim korakom poletivši prema njoj.

- Sophie, Daniel joj je panično sklonio pramen kose sa lica, uzeo je u naručje i iznio van iz prostorije blizu dizala u hodniku spustivši je na pod.

Lucas i Marko su panično izašli za njim. Bend je prestao sa svirkom, nastala je ponovo tišina. Ljudi su se panično zgledali i tiho došaptavali.

- Da nije bilo nešto u koktelu? - rekao je Lucas.

- Treba joj zraka, vraća se lagano, ne paniči odmah Lucas - rekao je Daniel ljutito. Cimnuo je leptir mašnu i otkopčavši gornje dugme košulje, nadajući se da će zrak doći do pluća u suprotnom srušit će se i on od stresa.

Sophie je lagano otvorila oči, mutne slike mješale su se ispred nje.

- Daniel - dozivala ga je tiho.
- Ovdje sam ljubavi ne brini, vjerovatno je nizak pritisak čim si tako odmah pala.
- Hm, pritisak... ili nešto drugo - nasmija se Lukas.

Daniel joj je držao ruku, Lucas je čučnuo pored nje, ali silueta čovjeka koji je stajao pored parala joj je srce, mozak, glavu. Nije znala šta da radi.

- Žao mi je što smo se upoznali na ovakav način Sophie - pruživši joj ruku reče Marko odmjerivši je od glave do pete kao kakvu porculansku lutku.
- Marko, tvoj... novi radni kolega - nakašljavši se izusti.

Pažnju je usmjerila na njegovu ruku i svoje drhtave noge pokušavajući da se pridigne tražeći Danielovu ruku, ne obraćajući pažnju na Marka. Daniel ju je držao oko struka pružajući joj oslonac.

- Drago mi je - rekla je drhtavim glasom trudeći se da sakrije nelagodu, pridigavši se i gledajući u njega. Osjetila je kako je guše uspomene, tuga. Stopala su joj pulsirala, a cijelo tijelo joj je bilo u agoniji.
- Savršen način upoznavanja, znam reći ćete da sam blesav, ali bar nije ništa strašno - rekao je Lucas.
- Šta se dešava? - panično upitaše Jack i Sara.
- Sophie jesi dobro? – uzbuđeno je pitala Sara.

Ona klimnu glavom na njeno pitanje.

- Sve je u redu, ne brinite, vjerovatno pritisak, umorna je još. Vratite se svi na zabavu! - izusti Daniel pokušavajući da vrati situaciju u normalu.
- Možda je najbolje da idemo kući, moja je krivica što sam te silio da dođeš, a još si iscrpljena - progovorio je tiho, gledajući sa strahom u njene oči. Ovi ruke oko njenih ramena i privi je na svoja prsa.

Sophie ga je zagrlila jako, osjećajući grižnju savjesti što on sav teret prebacuje na sebe.

- Marko izvini, drago mi je što smo se upoznali, šteta što je to na ovakav način - tihim glasom uspjela je da izusti.
- Lucas možda je ipak najbolje da poslušam Daniela da idemo kući, žao mi je zbog zabave i...
- Ma ne, ne brini sve će biti u redu, Marko je uz mene - rekao je Lucas lagano udarivši Marka po ramenima.
- Da, svakako - rekao je Marko sav izbezumljen gledajući u Sophie.

Dok je ulazila u lift pogled joj je ostao na Marku, blago povi glavu, trudeći se svim silama da suzdrži suze, napustili su zgradu i ušli brzo u auto, imala je osjećaj kao da od nečega bježi. Željela je da trči, da izbije svu tu bol u sebi, traumu koju joj je zadavala. Marko se vratio za šank izbezumljen razvojem situacije i poigravanjem sudbine. Sophie je znala da kaže da će vrijeme da zaliječi stare rane i s vremenom će sve da bude u redu. Ali sada vidjevši njega, ta spoznaja joj nije pomogla.

*Ni vatra ni vjetar, ni rođenje ni smrt, ne mogu izbrisati naša dobra djela.* Buda

- Ja sam za sve kriv, ne znam šta da kažem osim izvini - rekao je prinijevši njenu ruku usnama.
- Ah Daniel, nisi ti... - reče nervozno izvukavši ruku iz njegove ukrštajući prste na rukama.
- Jesam, ali neću više ići preko tvoje riječi. Treba ti odmor - reče stavivši ruku na njeno koljeno.
- Nećemo više o tome, samo želim da dođem kući, do frižidera onda do kauča sa zdjelom sladoleda od karamele ako budemo mogli od Chapa bilo šta da pojedemo - suze koje su pokušavale da pobjegnu, nisu u tome uspjele. Natjerala je tijelo da otupi, svjesna da ako se sjećanja vrate, sve će ponovo morati da proživljava, a za to sada nije bilo mjesta. Upropastila sam ti veče - izusti.
- Dušo nisi ti kriva - zabrinuto je pogledao.

Znala je da nije dobro društvo nikome, ali zatvaranje u sebe još je gora opcija.

Zima ima svoj prekrivač snijeg, jesen opalo lišće, proljeće šumu što lista, ljeto sunce što kupa dan. A srce? I ono ima prekrivač. Možda i više njih? Tugu za izgubljenim, radost zbog postojećeg, zahvalnost budućem.

- Daniel...
- Da .

Približila se njemu naslonivši glavu na njegova ramena. Nasmijao se rukom dodirnuvši njeno lice.

- Ne mogu ti dati Mjesec, on pripada univerzumu. Ne mogu ti dati zvijezde, one pripadaju Mjesecu. Ali jedno ti mogu dati... - tiho mu izusti. On ćuti ništa ne progovara. Ona klimnu glavom, nasmiješi se.
- Slušam te, šta možeš da daš? Nasmija se blago joj stegnuvši šaku.
- Mogu da ti dam srce, ono pripada tebi.

Zvuk automobilskih kočnica prekinuo je razgovor. Srce joj skočilo do grla i tamo ostalo, sprečavajući je gotovo da od straha udahne. Šofer je počeo da galami, uhvativši se za glavu. Saobraćaj je odjednom stao. Ulica je utonula u tišinu, i začuše se zabrinuti uzvici.

- Daniel! - uplašeno je rekla Sophie.
- Za Boga, šta se dešava ovo večeras? – viknuo je ljutito na vozača.
- Gospodine, ja... ja mislim da sam upravo ubio ženu i dijete - rekao je drhtavim glasom.
- Šta! Dovraga sve! - uzviknuo je brzo otvorivši vrata i izašavši van, a Sophie za njim.

Žena je ležala nepomično držeći dijete u naručju. Rašćupane, prljave kose, prljave odjeće da je teško razaznati kako je zapravo obučena. Dijete je plakalo od pretrpljenog straha, tako da je Sophie imala osjećaj da se podigao cijeli New York na noge. Oko auta se skupila grupa ljudi. Nekoliko ljudi je posegnulo za telefonom slikajući prizor, a drugi su pozivali hitnu pomoć. Sophie je prišla pokušavajući da umiri dijete.

- Dođi meni – izustila je sva preplašena.

Pomislila je kako dijete nema prijatan miris. Sam Bog zna kada je zadnji put okupano. Karirana košuljica na njemu, izderane prljave hlače, prljave patike bila je u šokirana. Sigurno su beskućnici, pomisli. Ili migranti? Ko zna šta su sve prošli samo da se dočepaju tla ove obećane zemlje? I njoj Bog podari dijete dok neko ima sve mogućnosti i muči se oko trudnoće. Možda je silovana? Daniel je prišao ženi, kleknuo pored nje i provjerio joj puls, dok su Sophie misli i strah kružili tijelom.

- Živa je, ali ima udarac u glavu, zato se onesvijestila - pogledavši u Sophie reče joj. Sophie skloni dječaka.
- Samo je iskočila, nisam ja kriv - pravdao se šofer.

Sophie je tješila dječaka dok je Daniel spašavao njegovu majku koja je polagano dolazila sebi tražeći dijete. Kola hitne pomoći su stigla za nekoliko minuta.

- Kako se zoveš? - upitala je Sophie dječaka pokušavajući da ga smiri.
- Sergio. Plačnim glasom izustio je dječak.
- Sergio ne brini, mi smo doktori, tvoja mama će biti dobro. Koliko imaš godina?
- Šest - briznuvši ponovo u plač.

Sophie se steglo u grudima. Sjetila se svoga djetinjstva, možda bi i ona ovako izgledala da je nisu usvojili dobri ljudi.

- Šta ti je smrt?! Sekund nepažnje i svaki čas postoji mogućnost da pokuca na vrata – pomislila je u sebi držeći dječaka.
- Nemamo gdje da spavamo - rekao je dječak Sophie i nastavio da plače. Zagrlio je jako oko struka. Svaki dan, prebirući smeće, tražimo šta da jedemo da preživimo. Nemam drugara, a ni vremena za igru. Niko me ne želi! Oni nas traže! Pomoz...
- Daniel...
- Dobro je, dolazi sebi.

- Molim vas smirite se, prvo pogledajte u mene. Sjećate li se kako se zovete?
- Dolores, zovem se Dolores, ono je moj Sergio - rekla je pokazujući rukama u pravcu dječaka.

Ljudi su lagano počeli da se razilaze, dok su Daniel, Sophie, Dolores i mali dječak Sergio stajali pored auta pokušavajući da riješe novonastalu situaciju.

Lucas i Marko sjedili su za šankom i pili. Tiha muzika se razilazila prostorom.
- Jednostavno ne mogu da vjerujem, nakon toliko nagovora da ideš sa nama van, sjedimo i pijemo zahvaljujući Sophie, drugačije ne bi ni došao - rekao je Lucas. Marko je zamišljeno držao čašu i svoje piće. Sjećanja su mu se nizala, naizmjenično, dobra i loša. Udisao je miris iz svoje čaše uživajući u notama viskija. Zatim otpi gutljaj i malo ga zadrža u ustima, uživajući u suptilnoj aromi. Sophie, ta malena Sophie kako ju je prije zvao, sada pripada nekom drugom. Prisjetio se njenih roditelja, njihove kuće, u toj kući je bilo toliko ljubavi za sve, uvijek su sve goste dočekivali radosni i srećni. To dobročinstvo je Sophie naslijedila od njih. Uvijek je bila prelijepa, sada je još ljepša. Uvijek je imao osjećaj da gdje god da se ona nalazi neće biti daleko od njegovog srca. Sad kad ju je vidio, osjetio je toliko želje, straha, nesigurnosti i gnjeva što sada pripada nekom drugom. Tijelo mu se ukrotilo od želje za njom, a rukama je stisnuo čašu da je imao osjećaj da će staklo da pukne. Kako je samo želio da je privuče sebi i sve pošalje dovraga. Da li je i ona to poželjela? Nije željela da mu pruži ruku, tražila je njega. Da li je to neki odbrambeni sistem kod nje? Nije mogao da pročita šta je poručio njen pogled. Pretvorio bi njen gnjev u strast. Prošlo je vremena, ali i dalje ju je volio i nije namjeravao da ode dok mu ne prizna da i ona voli njega ali...
- Druže jesi dobro? - oglasio se Lucas prekinuvši njegove misli.
- Jesam – odgovori ispivši piće, ostavi čašu i pruži ruku Lucasu.
- Idem, pazi na sebe, vidimo se sutra.
- Čudan tip, ne zna se ko je gori, on ili supruga - pomisli Lucas ispraćajući njegovu sjenku na vrata.


- Daniel, ne možemo da ih ostavimo, nemaju gdje da idu. Molim te da idu kod nas. Migranti su. Neko ih juri. Osjećala je zujanje u ušima, tijelo joj je obuzela blaga drhtavica. Gledala je sve te ljude koji su bili u bolnici.

Daniel je Sophie odvojio malo u stranu kako bi sa njom porazgovarao nasamo. U njenim pomućenim mislima jedan glas prokrči sebi put.
- Sophie - obratio joj se tihim glasom gledajući u majku i dječaka koji su stajali na hodniku.
- Svjesna si da ih ne znamo? Kako da obične strance vodimo kući? Svjesna si njihovog stanja, ti ljudi nemaju legalan boravak ovdje, nakon njih može još ljudi da nam dođe. Osim toga sama znaš, ovo je New York, ovakvih slučajeva je milion u ovom gradu.

- Daniel, molim te, jeste priznajem, ali ne iskaču nam majka i dijete svaki dan pred točkove automobila, prihvatimo ih dok ne smislimo rješenje. Šta ako ih neko ubije, ili nešto se desi? Možeš li da ih nosiš na savjesti? Ja ne mogu! Uzviknu malo jače, svjesna toga prekri rukom usta. Znam da bi svakako primio i beskućnike, migrante, i sve druge. Zašto? Zato što si dobar čovjek, a da to budeš s tim treba da se rodiš. Ti jesi. Molim te ljubavi! Dječak je gladan a i majka isto - na njenom licu je mogao da vidi odlučnost.

Grla im se stegoše, pogledi ukrstiše. Uzela ga je za ruku, kao da je igrala na osjećaje, izvukavši sigurnu kartu.

Daniel je pogledao u Dolores i malenog dječaka duboko udahnuvši.

- Ko ih juri?
- Ne znam, ali osjećam da su u opasnosti. Dječak je prestrašen - reče uzevši njegove obije ruke.
-U redu, ali samo dok se ne snađu s tim da se što brže radi na rješavanju problema, ne želim da našu privatnost dijelimo sa drugima. Možda da se obratimo imigracionoj… Ne znam kako to ide. Dovraga sve! - reče nervozno gledajući nju blago skrenuvši pogled prema majci i djetetu.
- Hvala ti. Slažem se sa svim. Stegnu mu ruku čvrsto, dajući znak da je u pravu.

Daniel je nježno pomilova po licu privukavši je sebi zagrli je jako. Zagrlila ga je i čvrsto se stisnula pored njega. Emocije su je preplavile, sve što je poželjela je da sve ovo zajedno sa prošlosti zakopa duboko.

- Ovaj mjesec je baš krenuo vatreno - rekao je Daniel dok je sjedao na krevet. Jesu se smjestili? - upitao je gledajući u nju dok je oblačila pidžamu.
- Jesu - duboko udahnu. Pokazala sam Dolores gdje je frižider u slučaju da je dječak gladan u toku noći, sam Bog zna koliko dugo nisu jeli. Izgladnjeli su previše. U šoku sam od svega. Treba da budemo zahvalni na svemu što imamo. Nešto je obukla tvoje, nešto moje, dječak je trenutno ogrnjen peškirom dok sušilica ne osuši njihovu garderobu i dok sutra ne kupim novu. Razgrnuvši posteljinu uvuče se u krevet duboko uzdahnuvši.
- Vjerujem - rekao je duboko uzahnuvši. Ali šta da radimo, takav je svijet okrutan za nekoga, trebaš da se boriš, da budeš lav, ili ćeš da budeš pojeden za večeru. Okrenuvši se prema njoj, razgrnu svoj dio kreveta i leže pored njenog toplog tijela.
- Bila je ovo duga noć, idemo spavati - rekla je umorno prošavši rukama kroz Danielovu kosu.
- Da - rekao je sanjivo je gledajući.
- Volim te puno, samo to želim da znaš. Nježno spusti poljubac na njegove usne.

Daniel je zaspao, ali Sophie misli to nisu dozvoljavale. Glavom joj je kružio Sergio, njegova majka, kako su se našli ovdje u ovom gradu. Odakle su tačno? Drugim dijelom glave je kružio Marko. Marko je bio iznenađen kad ju je ugledao. Vidjela mu je to u pogledu. Svojim dolaskom poljuljao joj je samopouzdanje. Izgubivši svijest to je pokazala, ali nema tu više ljubavi, to je bila obostrana iznenađenost. Više čuđenje nakon svih laži kojih se naslušala. Daniel je sada tu, u njenom životu i voli ga. Marka i prošlost ostavlja zakopanu kao i do sada. Zahvalna je na činjenici da je živ. Nešto malo se promjenio. Kosa mu je sada bila prošarana ranim sijedim vlasima što mu je sada davalo otmjeniji izgled, nije više bio klinac. Zrakaste bore oko očiju sada su prikazivale zrelog muškarca. Imao je i dalje snažna ramena. Prisjetila se kako ju je čvrsto grlio da je jedva disala. Misli su jurile njenim umom dok je pokušavala da suzbije sjećanja koja su je svaki tren katapultirala u prošlost. Osjećala je strah, ali i čudnu vrstu uzbuđenosti zbog njegovog bijesa. Znala je da joj nikada u životu ne bi naudio, ali taj pogled nije mogla da zaboravi. Bila je to glad, ali za čim. Osvetom? Prevrtala se po krevetu dok je Daniel čvrsto spavao. Marko ju je na lukav način iskoristio da dođe do svog cilja. Ona njega nije. Voljela ga je. Tada. Nekoć su bili ludo zaljubljeni. Sada osjeća samo ravnodušnost. Stresla se pri pomisli koliko se beznadežno osjećala. Koliko joj je svijet tada bio crn i kakvo razočarenje je doživjela. Ne, više nema traga ni ljubavi ni mržnji. Ivone... zaspala je sa njenim imenom na usnama.

Kada je stigao kući već je bilo uveliko kasno. Da li da je probudi ako spava, da sada započne svađu? Svakako ovo već duže vrijeme nema smisla. Zalupio je malo jače vratima, da zna da je stigao ako ne spava. Osjećao se na alkohol. Revolt koji je sve vrijeme osjećao, najzad je došao da izražaja u tunelu tuge u kojem se nalazio. Život je lomljiv kao čaša, zbog toga ništa nije više smatrao sigurnim. Ali ovo, ovo je za njega šok. Bol je lukavo vrebala, kao da se spremala da ga ščepa za gušu. Nije mu se sviđao taj osjećaj, kao da su najavljivali novi duševni pad. Nije mogao ni sa kim da podjeli svu ovu patnju koja se nakupila u njemu sve ove godine. Izolovao se udaljavajući se od svega i svakoga, posvećen samo karijeri. Srce mu je lupalo, oblivao ga je hladan znoj, bijes je kovitlao tijelom. Susret kao što je bio njihov, to se događa samo jednom u životu. Da! Siguran je u to. I sama pomisao da je drugačije bila mu je nepodnošljiva. Duboko uzdahnu, ali srce poče još jače da mu lupa. Zatvori oči, protlja kapke duboko još jednom uzdahnuvši. Ostade tako nepomičan par trenutaka i ponovo otvori oči. Povrati normalan srčani ritam i već se osjeti bolje.

Ivone je njen osjećaj malo kada varao.

- Saznao je da je došla - preplašena ležeći u krevetu pomisli. Od straha ne smije da se pomjeri. Kako sada da se izborim? Ne, nije luda da rizikuje zaruke i sve zbog njega, a on brak sa mnom.

Lupa vrata joj je prekinula misli. Napravila se da spava. Marko je par trenutaka stajao pred vratima u nadi da će se probuditi. Zatvorivši vrata otišao je u drugu sobu. Ivone je duboko udahnula sad već vidno uznemirena šta joj jutro donosi. Ne, nije joj se prvi put desilo da se obraća njemu, on je ne sluša, kao da priča zidu. Ključ je u komunikaciji, jeste, ali kako da je ima sa nekim kada on ne želi da sluša što dolazi iz njenih usta. Voli ga. Zar je to tako teško shvatiti? Za vezu, brak i bilo šta drugo je potreban predan i mukotrpan rad. Kako da nešto opstane kada cigle za gradnju nosi samo ona? Zbog čega je samo ona spremna da ide tako daleko, zar je tako teško otvoriti srce za nešto novo? Novu ljubav, osobu? Treba joj ta muška čvrsta ruka, iako svaka žena kaže da može za sve da se izbori sama, ipak treba muškarca da nasloni glavu na njegovo rame i osjeti ljubav. Da li će ikada da me voli kao što ja volim njega?

Grebanje Chapovih šapica na vrata sobe, dječija vika po kući i zvuk Danielovog telefona probudili su Sophie i Daniela.
- Bože šta se ovo dešava na jutro? - pitao se Daniel pokušavajući da otvori sanjive oči.
- Dobro jutro. Mislim da bi trebao da počneš da se privikavaš i da vidiš kako izgleda porodica. Štipnuvši ga za obraz privukla se nježno bliže i poljubila ga.
Telefon je i dalje zvonio, Sophie pruži ruku dohvati telefon i pruži ga Danielu.
- Izgleda da je baš nešto hitno - reče slegnuvši ramenima lagano ustajući iz kreveta, omotavši se svilenim ogrtačem. Otvorivši vrata sobe Chap je uskočio unutra bježeći od Sergija. Dječak je ostao zbunjen stojeći pred vratima i gledajući u Sophie.
- Por favor callate![13] - reče njegova majka doletivši za njim.
- Por favor deja que el juegue[14] - izusti Sophie pomilovavši dječaka po kosi.
- Oh, tu hablas espanol?[15] Quieres tomar caffe?[16] - upita dječakova majka.
- Si. Por supuesto, vamos a beber cafe juntos[17] - izusti Sophie.
Kada se probudila kuća je bila mirna. Nije znala šta je čeka. Lagano je smišljala odgovor na svako moguće postavljeno pitanje. Protegnuvši se navuče ogrtač na sebe i otvori prozore u sobi da joj svjež zrak okupa misli. Skupila je svu svoju snagu i uputila se u drugu sobu. Stojala je pred vratima kao da ju je hrabrost koju je skupila prije par sekundi napustila. Da li da pokuca, ili da uđe samo onako, pitanje je koje joj se sada vrzmalo po glavi?
- Zaboga, još smo u braku! Zašto da kucam na vrata muževe sobe?
Konačno je otvorila vrata, ali Marka nije bilo tu. Sada zažali što na početku svega nije bila iskrena premna njemu. Trebala je da kaže istinu, ali jednom kada mu je izrekla laž, tonula je sve dublje tim putem, zaobilazeći istinu. Zaputi se prema kuhinji, uključi aparat za kafu. Nije to prvi put da hoda praznim stanom. Ali prije nije imala ovaj strah na plećima koji je svake sekunde postajao sve teži, spuštajući je prema zemlji.

---

[13] *Por favor callate!* - Molim te, smiri se!
[14] *Por favor déjà que el jueguje!* - Molim Vas, pustite ga da se igra!
[15] *Oh, tu hables espanol!* - Ti govoriš španski.
[16] *Quires tomar caffe?* - Želite li popiti kafu?
[17] *Si. Por supuesto, vamos a beber café juntos.* - Da, naravno. Idemo popiti kafu skupa

- Da sam odmah pokazala kakva sam, zaljubio bi se možda u pravu mene, neiskvarenu Ivone, koja se tamo negdje krije još u meni. Aparat zviznu da je voda vruća. Otvori aparat i ubaci filter unutra, postavivši šoljicu, otvorivši kuhinjski element izvadivši iz kutije par čajnih keksića, spustivši ih na tanjirić za kafu. Duboko uzdahnu, ruke joj zadrhtaše, uhvativši se rukama za kuhinjski element smiri se malo. Kao da je dobila oslonac, sigurnost.

- Ljudi se zaljube u ono što im se servira. Servirala sam gnusnu laž. Desnom rukom masira čelo. Ali za laž nije znao do sada. I opet me ne voli, pored sveg urađenog dobra. Ponovo je iznervirano uzdahnula. Uze šoljicu sa kafom, tanjirić sa keksom zaputi se u dnevni boravak. Smjesti se u udobnu fotelju. Izdahnu. Kroz glavu joj prođe njegova rečenica:

- Nikada nisam morao za tebe da se borim Ivone, a ipak te posjedujem. Spavam s tobom zato što imam potrebu kao muškarac i tebi će to dobro da dođe. Ne miješaj ljubav sa ovim. Ne volim te. Dobar seks i jutarnja kafa nisu mi dovoljni da te volim.

- Šta ti je dovraga dovoljno?! Skočivši baci kafu i tanjirić o staklo prozora. Crno smeđa tekućina od kafe razli se po prozoru, dok su komadići keramike ležali razbacani na podu. Ivone pade koljenima na pod i poče da plače.

- Napravila sam čovjeka od tebe! - viknu gledajući u rasuto staklo od šoljice. Obrisala je oči rukama.

- Oh Dios mio, que es todo lo que has preparado? Lo siento mucho, porque te torturaste a ti mismo. Por favor sientete como si estuvieras en tu casa. Tu no eres nuestra criada[18] - puna sažaljenja Sophie je zagrila Dolores. Daniel je bio zatečen scenom kada je stigao u pratnji Chapa i dječaka. Sad je već imao osjećaj da će da se zadrže duže vrijeme u kući poznavajući Sophie i kako je sažaljiva.

- Todo es maravilloso, alguien esta manana despertara temprano. Gracias en mi nombre[19] - rekao je pomalo već ozbiljan.

- Divno je sve, zar ne? – upita Sophie lagano se privukavši i uzevši Daniela za ruku. Sada ćemo svi zajedno da doručkujemo i onda da smišljamo šta dalje. Ljubavi, jesi obavio razgovor? - Jesam, poslije doručka idem do bolnice.

- Idem i ja sa tobom - kao iz topa reče Sophie. Znala je da to prilika da vidi Marka. Grlo joj se osušilo, a u stomaku je nešto treperilo, da li od uzbuđenja da li od strepnje nije znala. Saznat će svakako kada dođe. Daniel pogleda ponovo u telefon i prosikta neku psovku. Sophie se pridruži Dolores i poče da pomaže da postave sto za doručak.

- Biću kulturna i smirena, ponašat ću se kao zrela i odrasla osoba- pomislila je u

---

[18] *Oh, Dios mio, que se todo lo que has preparado? Li siento mucho, porque te torturaste a ti mismo. Por favor sientete como si estuvieras en tu casa. Tu no eres nuestra criada.* - Oh, moj Bože, šte ste sve priprmili!? Mnogo mi je žao, zbog čega ste se mučili? Molim Vas da se osjećate kao kod svoje kuće. Vi niste naša sluškinja.

[19] *Todo se maravilloso, alguien esta manana despertara temprano. Gracias en mi nombre.* - Sve je predivno. Neko je jutros poranio. Hvala Vam i u moje ime!

sebi postavivši pred Daniela tanjir. Sergio je već počeo da grabi hranu rukama sa stola i trpa u usta. Chap je počeo da laje stojeći pored dječaka. Daniel je pogledao dječaka očima i blago klimnuo glavom. Dječak zatvori usta i spusti glavu prema stolu. Sophie to primjeti, priđe Danielu, obuhvati njegovo lice dlanovima i poljubi ga.
 - Prestrašio si ga.
 On položi svoju ruku na njenu.
 - Nisam mislio ništa loše.
 - Znam da nisi. Sjela je pored njega i pogleda u Sergia.
 Dolores se na trenutak zagleda u Sophie, Sophie nije bila sigurna da li je Dolores sve shvatila. Primjetila je njen tužni pogled i trenutak kada ga je skrenula na stranu.
 - Ne znamo ko ste. Nemojte pogrešno da nas shvatite ja…
 - Dragi sve je u redu. Uhvativši ga za ruku, Sophie da Dolores znak pogledom da sjednu. Dolores poljubi dječaka u obraz i sjede.
 - Danas imamo mnogo posla. Dolores ostavit ćemo ti novca da sebi i dječaku kupiš odjeću, ali prije svega, sad ćemo da doručkujemo u miru.

# Sophie

*Dobra namjera često čovjeka baci u veliku rupu. Tješi me to, ono što ti je suđeno ne može te ni mimoići.*
J. Collins

 

S dubokim uzdahom i čudnim osjećajem u grudima ušla je u Danielovu kancelariju, spustivši fascikle što joj je dao na sto, dok je on otišao da obavi sastanak. Osvježavajući miris narandže obavio ju je poput plašta smirujući napete nerve i strah koji je osjećala. Ali šta je tu je, stvarnost više nije mogla da se potiskuje. Kako je samo Ivone lukava, znala je sve ove godine gdje je, naravno zato je i zvala da idu na kafu.

- Lomili su me i mučili, nije bilo lako, ali nisu me slomili - tiho prozbori sama sebi naslonjena na Danielov radni sto. Pokušala je da smanji otkucaje svoga srca kao da je znala da je tu. Panika kao hladna zmija poče da joj gmiže po tijelu. Osjećala je da dolazi sve bliže i bliže dok se vrata nisu otvorila.

- Nije on, Daniel je - kao da je tješila samu sebe.

Ali Markova silueta se pokazala pred vratima. Zalupnivši vratima, kao kad lav prilazi gazeli, prišao je Sophie ne dozvoljavajući joj da se pomjeri.

- Bože daj mi snage za borbu protiv ovog muškarca - pomisli u sebi. Osjetila je njegov dah, gorčinu, bijes.

- Dobar dan Sophie, postao sam ono što si mislila da nikad neću, doktor sam.

- To vidim, nadam se da si postao i bolji čovjek. Nikada nisam mislila da nećeš, bodrila sam te da učiš, zaboravio si to. Izvukavši se iz njegove klopke, priđe bliže prozoru, ostavljajući ga pored stola.

- Daniel je na sastanku – okrenuvši se prema njemu, reče dajući mu do znanja da svaki tren može da dođe.

- Znam sve, zbog tog sam i došao.

- Ako imaš imalo ljudskosti u sebi ostavit ćeš prošlost zakopanu tamo gdje i treba da bude i nastaviti sa svojim životom.

- Stvarno, još uvijek si nerazumna? Ja te vraćam u prošlost?! I ja sam za to da ostane zakopana.

- Zanemarit' ću to što si rekao...

- Da, znam šta misliš, bijeg ti je najbolja opcija. Ali sad ćeš me saslušati.
- Prokletstvo! – omakao joj se dubok, poražen uzdah.

Srce joj je poželjelo pobjeći od njega, ali šta da kaže Danielu gdje se sada izgubila. Dlanovi joj odjednom orosiše od znoja. Brojala je sopstvene otkucaje srca. Znala je da mora sa ovim da se suoči.
- Bolje sada nego kasnije, pomisli.
- Imamo nas dvoje još puno toga zajedničkog - njegov glas vrati je u stvarnost. Sjećaš se, kada sam posrtao ti si me vraćala u ravnotežu? Ne samo to! Ti mi uzrokuješ ventikularne kontrakcije. Znam da znaš šta je to. Naceri se. Mrzovoljan sam još od sinoć. Ne mogu da pojmim kako se osjećam. Vidiš ovo ovdje, desnu ruku stavi na svoje grudi, kao da sam osluškuje da li srce još kuca, samo je zbog tebe kucalo. Poslije tebe, kao da je utihnulo. Od one noći nikad više nije zakucalo kako treba. Nisam kriv, sve si pogrešno shvatila. Izvini što sam te pustio tek tako da odeš, samo da znaš da mi nije bilo lako, oluje su se u meni lomile, ali i da sam za tobom pošao svakako me ne bi saslušala. Takva si, ne dozvoljavaš da se klupko raspletе do kraja…
- Prestani molim te, ne mogu da te...
- A i ona, ona je bila tu - reče duboko udahnuvši.
- Nebo od tada nije više tako plavo, a ni trava tako zelena. Sve se mijenja. To je prošlost. Stvarno dosta, ne želim da te slušam, imam svoj život šta je bilo, bilo je.
- Nije dosta! Sinoć kada sam te vidio vratila si se u moj život. Sophie...

Prilazeći joj lagano, uze joj ruku.
- Ti si jeftina duša - reče Sophie izvukavši ruku iz njegove, gledajući ga duboko, sada već sa prezirom. Nisam znala šta da radim sa svojom boli tu veče, od tebe isprošena, u mislima sa našim zajedničkim životom, nalazim te sa najboljom drugaricom. Steglo ju je u grudima. Sklopila je oči zadržavajući pred sobom tu sliku kao izblijedjelu crno-bijelu fotografiju. Dogodilo se to davno. Više je voljela da je imala amneziju i da se ne sjeća tog događaja. Nakašljala se, pa ju je stezanje u grudima malo popustilo.
- Sve znam, ali ništa nije bilo onako kako izgleda. Ona je sve smislila. Neću ti lagati, tu noć kao da me neko potopio pod vodu i ostavio bez vazduha. Volio sam te, još te volim Sophie. Ne moram da ti kažem da sam se odmah pokajao što sam joj sve vjerovao, ali sada mi kajanje ništa ne vrijedi, greška mora da se plati. Čak i sada kad sam u braku, ljubim tuđe usne misleći da su tvoje. Pomislim da ću na taj način da se osjećam bolje, ali nije tako.
- Nevinost se gubi, ali drskost, drskost je trajna! Marko, volim Daniela, a ti, ti se posveti svojoj supruzi.
- Znam da lažeš, ne voliš ga kao mene! - viknu na nju.
- Umišljen si, samo zato što si uspio ne znači da si neko. I Daniel je uspješan i ja isto, ali ne ponašamo se bahato kao ti. Muškarac kao ti ne može više da me privuče.
- Još čuvam prsten što si mi vratila - nastavio je da priča, nije se predavao. Želio je da se opravda za sve učinjeno. Prsten moje majke podsjeća me na ženu koja je

bila jaka kao lavica i na tebe. Njoj… njoj sam kupio drugi. Kada sam te sinoć vidio krenuo sam ka tebi presrećan i pun strepnje, ali kad sam njega ugledao pored tebe, sva moja nada je utihnula. Pio sam cijelu noć, kući sam došao kasno, voljan za svađu ali nisam imao s kim. Ruke su mi drhtale, ne od hladnoće, već od straha, našao sam te, ali znam da sam te izgubio. Vid mi se zamaglio od suza koje su mi navirale u očima, a bijes kovitlao u grudima. Stiskao sam svoju burmu na ruci da se urezala tako duboko u meso, bol koji sam osjećao, zanemario sam. Ukrali su mi te, uzeli su mi te.

- To si ti davno uradio, ne Daniel. Hvala Bogu kada mi je poslao muškarca koji zna cijeniti prave vrijednosti – ne obraćajući pažnju na njega tiho izusti krenuvši prema izlaznim vratima.

- Kriv sam za nesreću, ali nisam kriv što mi je ona kada sam je ostavio da pobjegnem više od svega, utrčala u auto. Osjetio sam bijes i udario po gasu, ja…

- Vijest o tvojoj smrti, gotovo me ubila. Srce mi je puklo! Dok su me vozili u bolnicu Boga sam molila da umrem, sad se zahvaljujem na Njegovoj mudrosti i što je sve već znao unaprijed. Ali, nije li to kopanje po prošlosti? Rekao si da je zakopana! Držeći kvaku u ruci, stojala je pored vrata kao ukopana. S druge strane neko naglo savi kvaku, vrata se otvoriše ženski glas se prolomi prostorijom.

- Ljubavi tu si. Sophie! - Sophie je bila zatečena ženom koja je upravo ušla u kancelariju.

- Ivone! - izustila je sva u šoku.

Ivone je bila samoživa, impulsna, u školi je uvijek gledala da je prati nekakav skandal. Time kao da je skrećala pažnju na sebe. Visoka, vitka, tamna duga kosa slijevala joj se po ramenima, orlovski oštar pogled malo ko može da zaboravi. Jutros tako ranjiva sada tako borbena, prostrijelila ju je pogledom, ne, nije tu bilo više pogleda nekadašnjeg prijateljstva, već samo prezir. Zavist koja bi lava pretvorila u santu leda. Zbog privlačnog izgleda udvarača joj nije nedostajalo, ali ipak ona je samo željela Marka. Nekada najbolje prijateljice, danas dva velika rivala. Prišla je i uzela Marka za ruku.

- Sophie, znam šta ćeš da pomisliš, htjela sam da ti kažem ali ja...

- Nemaš šta da kažeš - prekinuo ju je Marko, Sophie, mi smo u braku, Ivone je moja supruga - gotovo viknuvši reče.

Sophie nije mogla da zaustavi slike pred očima, koje su joj se miješale. Pitala se da li ona ovo sanja? Čovjek koji joj je upravo rekao kako je još uvijek voli, osjeća kajanje za sve, a oženio je nju. Uhvatila se za ivicu stola kao da traži oslonac da povrati snagu.

Daniel je išao prema kancelariji. Bio je uzbuđen, otkopčao je par dugmadi na košulji da dođe do zraka, zavraćajući rukave do laktova.

- Jako sam ponosan na nju! Stisnuvši šaku odskoči kao kakvo dijete od zemlje od uzbuđenja.

Vrata kancelarije su bila otvorena, iznenadio se kada je vidio Marka i njegovu

suprugu sa Sophie.
 - Ooo, Marko…
 - Ljubavi, stigao si - reče Sophie prilazeći drhtavim nogama Danielu. Marko je stigao sa suprugom, ovo je Ivone reče pokazujući rukom prema njoj, zabrinuo se za mene sinoć...
 - Drago mi je, Daniel, pruživši ruku Ivone, na šta ona uzvrati. Marko hvala ti - reče Daniel pružajući mu ruku, na šta Marko nevoljko uzvrati.
 - Sada je odlično, zar ne? - reče Daniel gledajući Sophie i uzevši je čvrsto za ruku.
 - Da, put je dug i zaista sve iscrpi. Ali kada imate čovjeka pored sebe kao što je Daniel, da vas voli i pazi, nema razloga za brigu.
 Ivone je sve promatrala držeći Marka za ruku koju je on pokušavao da izvuče, ali njen stisak je bio i previše jak.
 - Da, previše vremena provedemo tražeći pravu osobu, a često je ona tu pored nas. Nasmješi se i pogleda u Marka. Upropastimo život, mislimo da ćemo ako uzememo drugu osobu biti srećni, ali zapravo ne treba da tražimo mane osobama sa kojima smo, već da usavršimo ljubav sa njima. Nekada je potrebna sekunda da nekog primjetimo, kao ja Marka, ali zato bi mi trebao život da ga zaboravim - izusti Ivone.
 - Ljubav ima svoje vrijeme, svoje trenutke. Ne možeš da je zadržiš ako je nema. Jako sam srećan čovjek što imam Sophie i što sam upoznao pravu ljubav zahvaljujući njoj - reče Daniel, iznenađen ljubavnim izjavama Markove žene.
 - Mogu da kažem da sam jako ponosan i uzbuđen danas, imam jako dobre vijesti ljubavi za tebe. Ček da malo udahnem vazduha, previše sam uzbuđen, ne zamjerite mi - reče držeći je za ruke, ne obraćajući pažnju na Marka i Ivone.
 - Daniel je l' sve u redu? Plašiš me! - reče Sophie zbunjeno.
 Sada dolazim sa sastanka, s tim da sam ja glavni načelnik odjeljenja na onkologiji, upravo gledate u novu načelnicu odjeljenja za ginekologiju, zapravo, kada počneš sa radom, kroz par dana.
 - Molim! Tek je stigla, nije dobro ni upoznala odjeljenje - reče ljutito Marko.
 Sophie je bila u čudu Danielovom informacijom, a još više Markovom reakcijom. Ivone ga još jače stisnu za ruku da se obuzda. Daniel ga je gledao zaprepašćeno.
 - Mislim, nemojte pogrešno da me shvatite ipak je to odgovornost - sad već blažim tonom izusti Marko.
 - Da, ali svakako treba svi da znate kakvo iskustvo i diplomu ima Sophie, tako da joj sa punim pravom ovo mjesto pripada. Svakako, na Balkanu se talenat, trud, rad i ostale specifikacije ne cijene i dolaze do izražaja samo na osnovu rodbinskih veza. Nemoj se naći uvrijeđen, ja volim ženu sa tog područja, ali ovo je Amerika, oni su prepoznali njen rad.
 - Ne znam šta da kažem - reče zbunjeno Sophie.
 - Ništa, za neke stvari, draga, treba imati sreće u životu, a ti je imaš više nego bilo ko drugi. Bolje rečeno kao mačka sedam života - reče Ivone kroz kiseli smiješak

gledajući u nju i Daniela.

- Nažalost ne mogu da se složim sa tvojom konstatacijom Ivone uz dužno poštovanje. Iskusila sam i tugu - reče tiho gledajući u Marka - ali svakako čovjek se nauči i na nju, preboli je i kada doživi sreću, zna da je prepozna. Svakako je najsrećniji onaj čovjek koji je učinio druge srećnima, čineći drugima loše, činimo to i sami sebi. Dušo tako sam uzbuđena zbog svega ovog, -stisnuvši od Daniela šaku, moramo da idemo na večeru da proslavimo. Lijepo od vas što ste brinuli, ali kao što vidite dobro sam - reče sada već sa dozom hrabrosti stojeći pored Daniela.

- Ništa, onda vidimo se, mi vas pozdravljamo, možemo naravno zajedno na večeru ako ste za - reče Marko sa negodovanjem gledajući u oboje.

- Da, narav... pokuša da kaže Daniel.

- Kada budemo imali više vremena, naravno, ne zamjerite nam - reče već malo cinično Sophie prekidajući Daniela.

- U redu - reče Marko vodeći Ivone prema vratima.

- Onda, vidimo se - reče Ivone lagano zatvarajući vrata za sobom, ostavljajući Daniela i Sophie same, dok je Marko stojao na hodniku u šoku.

- Šta kog vraga radiš ovdje? Imaš sreće Ivone...

- Prekini, ne želim da se raspravljam s tobom pred njihovim vratima, želiš da čuju našu svađu, u redu onda.

- Dolazi ovamo! - uzviknu Marko uhvativši je drsko za ruku.

- Kako mi je samo drago zbog tebe - reče Daniel zagrlivši je tako jako da je malo odignu od zemlje, spustivši je na radni sto. Sviđalo mu se kako joj oči bljeskaju poput zlata, kao sunčana zraka kroz čašu viskija.

- Da ti pravo kažem upravljati drugima i nije baš moj stil, velika je to odgovornost. Držeći se rukama za ivice stola, blago cupkajući nogama o sto diže pogled prema njemu.

- Znam, ali odbor je tako odlučio. Ti ćeš ovdje da budeš kraljica koja je osvojila vrh planine - reče nagnuvši se prema njoj, osjetivši njen dah.

Oči joj bljesnuše, obrazi planuše od rumenila, a usne se razvukoše u blagi osmijeh. Omotao je ruke oko njenog struka polako, postupno i lagano privukavši se još bliže njoj. Ona ovi svoje noge oko njegovih. Srce mu je treperilo gledajući je u oči. Oči su mu bile tako blizu, tako jasne, da je svoj lik vidjela zatočen u njima. Nije mogao prestati zuriti u nju, kao da je opčinjen. Njen okus usana eksplodira mu na jeziku, limun i čista voda- pomisli. Ona glasno uzdahne, privukavši ga još jače sebi zaboravljajući da je u bolnici i da svaki tren neko može da pokuca na vrata. Daniel joj blago obgrli vrat, milujući joj vilice palčevima. Uze njene ruke i približi dlanove svojim usnama. Drhtala je sva od njegovih dodira. Tako nježna i krhka, u momentima nepredvidiva, želi da miluje i bude milovana. Približi usne njegovim i poljubi ga ponovo.

- Pretpostavljam da sve ovo znači da ovdje više nemamo posla? - nasmješi mu se.

- Dobra pretpostavka. Obožavao je da je posmatra, njene iskre užitka, napetosti i opuštanja, koje su joj se očitavale na licu. Naročito je volio posmatrati njene usne kako od poljubaca nateknu pa sve više i više se crvene, rumenilo joj se razlije po obrazima, kao da joj je neprijatno. Još je dijete skriveno u tijelu žene, a njene oči kao da ga zalede svaki put. Istovremeno potamne i sjaje kao dobro čuvani stari konjak.

- Bože kako si prekrasna - promuklo joj reče. Još jednom ako mi uzvratiš poljubac ne snosim odgovornost.

- Što smo postali turbulentni - reče prolazeći mu prstima kroz kosu.

Dovodeći Ivone u svoju kancelariju Marko je odlučio da postavi stvari na svoje mjesto. Izvlačeći joj stolicu da sjedne, sjedajući preko puta nje, ozbiljno je gledajući bez imalo premišljanja, reče:

- Želim razvod!

Ivonina tanka crvena usta stisnuše se u ravnu crtu.

- Ne gledaj me tako, dosta je bilo, znaš dobro šta želim reći. I ne, nema ovo sada veze sa Sophie, ne kažem da se za nju neću boriti, ali postoje stvari koje su prelile čašu. Više ovako ne mogu.

Ivone ustade okrenuvši se na jednoj potpetici kao da je izgubila ravnotežu, pokušavajući još da se pribere u nevjerici da li je dobro čula.

- Želi razvod - pričala je sebi u bradu. On želi razvod i poče grohotom da se smije.

- Pa ne bih baš rekla da će moći sve tako lako - izgovorila je obuhvativši sto objema rukama dok je gledala Marka u oči.

U umu kao da je osjećala prazninu, pored izjave koju je čula, osjećala je mir. Možda zbog toga što je sve ovo očekivala, nadala se, i jedan dio nje duboko u unutrašnjosti sve je ovo već ranije naslutio. Odmaknuvši se od stola, počela je da prekopava po ladicama ormara koji se nalazio zaklonjen za vratima. Ne, nije je ovo iznenadilo, pripremala se za ovo čim je saznala da je Sophie stigla u Ameriku.

Marko je gledao njeno ponašanje, sjedeći za stolom pomislio je da je dobila neki blagi nervni slom.

- Još se sjećam kada si dolazio kasno naveče kući, a ja provedem po nekoliko sati u kuhinji samo da bi bio srećan kada dođeš, da osjetiš toplinu doma i zaboraviš nju i prošlost. Zatvarajući ladicu vrati se i sjede za sto pored njega.

- Dok mi se krv na prstu sliva od plitke posjekotine nožem i znojem ulijepljene košulje prikovane na leđa, mislila samo na tebe kako ulaziš sa vrata, ljubiš me usiljeno, čisto reda radi sjedaš za sto i jedeš, ne komentarišući da li je hrana ukusna ili ne. Druga žena ti je u mislima. I sada mi kažeš želiš razvod? Moj trud, moja bol, gdje su? Ne možeš to Marko da platiš. Sve što sam slagala uradila sam za tvoje dobro, nije ona žena za tebe, već ja. A ti, šta radiš, pronašao je sa drugim muškarcem i ti ćeš da se boriš. O čemu pričaš?! Razmisli još o svemu. Ne čeka svakog od nas kraj kakav zaslužujemo! Da bi te sreća zadesila moraš za nju da budeš spreman. A tvoje figure, one su već odavno van igre. Ne znam šta očekuješ! Da će da ti se vrati!? Napusti Daniela!? Smiješan si! Ustade i krenu prema njemu. Odgurnu stolicu od stola i obgrli ga rukama gledajući ga duboko u oči. Dio njenog uma joj je govorio da se povuče, ali ne, ona nije navikla na to. Sočno ga je poljubila. Već ga je ljubila i prije. Znala je okus njegovih usana, pokrete njegovog jezika. Uhvatio ju je za kosu i privukao jako sebi. Usne su mu bile vruće, um pomućen. Nije prvi put da vidi rasplamsalu žudnju. Ali ta ista žudnja nije se rasplamsala u njemu. Ne na taj način. Odmaknu je od sebe. Odjednom joj oči postadoše ozbiljne, a rubovi usana kruti. Kružila mu je rukom po vratu, ali da je mogla samu sebe bi sada zadavila pred njim. Ponižavala se. Ogolila se u potpunosti. Imala je osjećaj da će je noge izdati, srušit će se pored njega, ali na svu sreću još su je držale stabilno.

- Imaš jedan život Ivone, vjerujem da možeš imati koga želiš. Ali mene da imaš, to ne možeš.

Zatvorila je oči na trenutak, sa bolom progutavši njegove riječi. Svakako nisu prve. Još jedan od uboda u njeno srce, dobro ciljan i dobro pogođen. Prsti su joj se zgrčili na naslonu stolice. Mogao bi pokazati bar malo saosjećanja, ali ne, gord je. Takav je. Ili možda samo prema njoj? Sada je osjećala nakupljenu gorčinu u sebi od primljenih silnih udaraca, nijednog postignutog pogotka u svoju korist- razmišljala je proračunato dok je gledala u njega.

- Ne postoji ništa bolnije i stresnije nego gledati kako ti se brak raspada. Raspada se nešto u šta si ulagao sebe. Ne možeš odlučiti u koga ćeš se zaljubiti, kada i gdje. To se samo dogodi, bar meni jeste. Još jedan promašen brak u svijetu. Koga briga! - viknu. Ljutnja je poput vulkana bljeskala iz njenih očiju. Odmakla se od njega i rukom prešavši preko usana skinula je preostali dio karmina. Namjestila je sako i ispravila suknju. Potpetice na štiklama kao da su parale prostoriju.

Želim ti ugodan dan - reče i otvori vrata kancelarije ostavivši ga zamišljenog sa njegovim mislima.

*Nepovjerenje je stečeni osjećaj. Nikad ne sumnjamo dok nas ne prevare.*
Letitia Elizabeth Landon

Dubok uzdah, lagani izdah u trajanju jednog otkucaja srca, sav strah, bol, emocije, izbaci u tom dahu - govorila je svojim mislima dok se Daniel približavao automobilom kući. Nema potrebe za paniku, ali ipak nije uspjela da otjera nelagodu. Ne vjeruje da će joj danas upaliti niti jedna jedina tehnika koje primjenjuje na svojim pacijentima, jer prevelik je stres što su joj priredili Marko i Ivone. Um joj se vrtio poput zanesenih derviša, okrećući se sa jedne tačke na drugu.

- Moram da kažem Danielu da se poznajemo. On nije čovjek koji zaslužuje laži pored sve ljubavi koju mi poklanja. Volim ga. Upuštajući se u vezu sa Danielom, nije prepoznala odmah ljubav, a sada, sada je osjeća. Uvijek je uz nju, u njenim lošim i dobrim trenucima. Na časak je zatvorila oči dok joj se srce stisnulo, a glava smišljala kako sve to da izvede. Nije važno ko je prvi, važno je ko je zadnji. Stojeći pored Marka osjetila je samo žal za izgubljenim vremenom sa pogrešnom osobom. I jesu jedno za drugo on i Ivone. Bar sam sad upoznala svečano i Stevea, kako je samo lukava, njoj bi pozavidjeli i holivudski producenti kakav talenat ima za priče - kroz glavu su joj prolazile misli. Uzela je Danielovu ruku i stezala je čvrsto kao da od njega uzima snagu. Ulovio joj je pogled i zabrinutost u njemu.

- Oh, stigli smo, ova gužva dovodi čovjeka do ludila! - rekla je protežući se u autu.
- Šta da ti kažem, sve znaš, zna da bude baš turbulentno. On se nasmijao, uzdahnuvši i promatrajući rub bijele dizelove majice što joj se povlačila preko trbuha.
- Jesi li dobro? - upita je spustivši ruku na njenu.
- Jesam - odgovori tiho, osjećajući u unutrašnjosti sebe da ga laže.
Tiho je izdahnula samo za sebe.
- Idemo, umoran sam od vožnje. Iscrpilo me ovo, kao da sam putovao danima.
- I ja isto – izusti.
Okrenuvši ključ u bravi i otvorivši vrata stana, Daniel je bio u šoku, od prizora kojeg je video, stajao je kao ukopan pred vratima.

Sophie ga šutke na trenutak odmjeri, stojeći iza njega. Njegov izraz lica bio joj je nejasan, kada ju je pogledao.

- Daniel, jesi dobro?

Namrštenog pogleda gledao je u nju. Pogled joj sad već postade nemiran.

- Za sve si ti kriva! - izgovorivši to osjećaj krivnje ga opeče kao ukus gorke kore od narandže, zbog čega mu glas postade grublji.

S mukom proguta knedlu u grlu, stavi ruke u stražnje džepove gledajući sebi u noge, ne dozvoljavajući joj prolaz kroz vrata da vidi šta se dešava. Ona je bila u šoku. Nikada joj se tako nije obratio. Skupi hrabrost, okrenu se prema njoj i podiže pogled.

- Izvini, nisam tako mislio, ali sam izgubio kontrolu i živce.

- Šta se dešava? Sva preplašena je gledala u njega.

- Opljačkani smo.


Marko je ostao sjedeći u kancelariji i razmišljajući o Ivone. Vidio je povrijeđenu ženu koja je odlučila biti snažna i boriti se za njega uprkos svemu. Davala je svoje srce godinama na pladnju sa odanošću kakva se malo gdje viđa.

- Ali ne volim je! – viknu stisnuvši pesnicu i udari o sto. Džaba ti sve Ivone. S mirnoćom divlje životinje sjedio je osjećajući nevjerovatnu snagu da demolira sve u kancelariji, sjetivši se laži što mu je za Sophie pričala sve ove godine. Grudi su mu se blago nadimale u ritmu disanja, a zjenice razvukle.

- Za brak je potrebno dvoje! - duboko uzdahnu.

Sav njegov život mu je izgledao bijedno. Nije želio da se svađa i viče. Želio je da bude razuman i tako da se cijeli ovaj brak završi. Razumno!

- Žao mi je ali zaljubljena sam u tebe. Zar ti ne znaš kakav je to osjećaj? - vidio je Ivone, dok je zatvorila vrata starog ambara i izjavila mu ljubav. Znala je i tada kao i sada da voli Sophie. Sama je htjela rizik. Na kraju krajeva, ona osjeća prema njemu što on neće nikada prema njoj.

- Zašto mogu sve da sredim i uredim a toliko vremena treba da uredim svoj život i opet bezuspješno - pomisli. Dlanovima obgrli lice osjećajući da je nesposoban da rasčisti nered u životu i u glavi. Sama pomisao na nju i njen osmijeh, njeno tijelo, da sada spava u tuđem krevetu a ne sa njim, dovodila ga je do usijanja. Nijedna aktivna stanica u njegovom mozgu nije radila racionalno.

- To je nemoguće kada znam da je ovdje - procjedi kroz zube. Kako sam uopšte mogao da očekujem da će mi doći, poljubiti me, oviti ruke oko mene? Zapljeska sam sebi rukama. Pridiže se, otvori fioku u malom ormariću stola, izvadi bocu viskija i stavi pored sebe. Brzim pokretom skinu čep sa boce i zali grlo. Blago se strese. U životu mu je trebala sekunda da veže čvor koji nikada niko neće moći da razveže u njemu. Sve do sada. Sve dok se ona nije pojavila.

- Zar je moguće da ja ispadam toliki slabić - razmišljao je nagnuvši još jednom bocu sa viskijem.

Nije smio sa svojim planovima da je preplaši. Treba mu vremena da se vrati u igru. Skinu sako i nehajno ga baci u stranu, otkopčavši par dugmadi na košulji. Čuo je zvuk svog vlastitog disanja i ubzano lupanje srca. Nije zadrhtalo samo srce, već zajedno sa njim cijela utroba. Ljutnja se nakupljala u njemu i pržila mu grlo. Gnjev koji je osjećao zaledio ga je od straha. Šake mu se stisnuše u pesnice. Ne, morao je ostati miran i pribran, iako je osjetio da mu drhte ruke. Gotovo da je mogao da osjeti njenu blizinu, vrelinu njenih usana, miris njene kože.

Odgurnuo je sve sa stola praveći nered u kancelariji.

- Moj Bože! - viknu Sophie. A Chap?
- Chap, Chap... - poče da doziva psića.
- I njega su odnijeli. Briznuvši u plač sjede na hodnik, a Daniel pored nje privukavši je sebi.
- Potpuno si u pravu, za sve sam ja kriva! - reče jecajući ruku sklupčenih na koljenima. Usne joj zadrhtaše. Kako je samo tako naivna i uvijek se u ljude prevari i razočara?! - zbog tužnog tona u njenom glasu, njegove oštre crte lice su se smekšale.
- Hej... - prošaputa iznad njene glave, ruka mu je još uvijek bila obavijena oko nje. Ona pusti da joj glava padne na njegove grudi, da je privine sebi, ruka mu je bila topla, ugodna i snažna.
- U redu sam, na brini, samo ne znam kako me uvijek ljudi razočaraju - reče mu bolnim šapatom iz dubine duše.
- Znam, ali...
- Znam, rekao si mi New York je to, ali mislim da ima još dobrih ljudi svugdje. Šta sada da radimo Daniel? Ne samo ova pljačka muka mi je više od svega. Od Marka, Ivone, od ljudi i sada više i od života. Da su ostavili Chapa lakše bi mi bilo.
- Ljubavi sve znam, moramo da se smirimo, osim toga kakve veze imaju Marko i Ivone sa ovim, oni imaju svoje živote.
- Ah, tek oni - reče naslonjena na njega i briznuvši još jače u plač.
- Sve je uredu, snaći ćemo se, moramo da zovemo policiju i ako ništa sami se damo u potragu za Chapom.
- Daniel moram ti nešto reći, ne mogu vise - reče mu lagano se izmaknuvši iz zagljaja, ustavši pored njega krenuvši prema kuhinji, koja je bila sva razbacana. Daniel ispusti dah koji je zadržavao - Glupost! Usne mu iskrivi ogorčena grimasa koju ona još do tada nije vidjela. Da li sada da mu kaže da zna Marka i Ivone ili da prećuti i ovako je uznemiren dovoljno. Daniel lagano stade pored nje, gledajući u razbacane stvari u stanu. Ni traga ni glasa od Dolores, Sergia ni Chapa. Pogled mu se malo vraćao u normalu. Ali još je imao zategnute mišiće po licu.
- Daniel, molim te izvini - reče tužno ga gledajući. Oprosti mi, nisam trebala.

- U redu je, oprosti ti meni, prekide je skrenuvši svoj pogled da ne vidi svu bol koja se nalazila u njemu. U svakom slučaju, mislim da oboje sad moramo da se bacimo na posao. Ovo je haos!

Sophie klimne glavom, zabrinuta njegovim izazom lica i tamnom sjenom koja ga je prekrila. Najbolje je da sada šuti. Zaustavi dah na sekund, lagano poče da prebire po razbacanim stvarima dok je Daniel posegao za telefonom nazvavši policiju. Osjećao je ogromnu grižu savjesti što je okrivio nju. Trebao je sam da se postavi kao muško i prevarante izbaci iz stana.

Tamnozelena ulazna vrata se zatvoriše i Daniel duboko uzdahnu otpuhavši zaostali vazduh. Završivši razgovor sa policijom koja je došla i izvršila uviđaj, vratio se u kuhinju gdje je Sophie čistila. Stajala je u uglu kuhinje, nekadašnji novi sto sad je bio iskrzan. Sve je bilo uništeno. Vidjevši ga da ulazi, uspravi se i uputi mu umoran smiješak. Osjećala je krivicu. On se nasmiješi dok joj lagano prilazio, oslonivši se jednom rukom na naslon stolice, udahnnio je miris njene kose.

- Šta je smiješno? - tiho upita, vidjevši ga da se smije, usne joj se izviše kao da se želi nasmijati, ali se suzdržala. Situacija je sad bila ozbiljna, ostali su skoro bez svega što su imali.

- Policija je u šoku, rekao sam da samo tražimo psa nazad, ostalo sve neka zadrže. Vjeruju da su prodali namještaj, možda će sada moći bolje da se snađu da ne budu na ulici. Ako je tako, onda i ne žalim što su nas pokrali, samo mi je krivo što nam nisu vjerovali. Možda su sve prodali ljudima koji ih traže?

- Ah Daniel… reče zabrinuto.

Mogao je da čuje kako je progutala knedlu kad je položio ruke na njena koljena. Ona lagano ustade. Drhtavo se osloni na noge umorna od svega. Noć je već uveliko odmakla.

- Evo nas opet, nije prvi put, očigledno da nas ovakve stvari prate, sjećaš se kad smo bili u Cancunu da su nas u hotelu opljačkali i da smo posudili novac da se vratimo- rekao je kroz smijeh dok ju je gledao i privukao lagano sebi.

- Jednostavno nije fer - reče ona tiho i oprezno podignu glavu sa tužnim sjajem u očima, ukazali smo im povjerenje i oni tako. Ne, neću odustati dok Chapa ne nađem. Volim te, ali ne diraj me sada, dovraga! - ljutito ga pogleda. Ali on je povuče još bliže sebi, izvuče gumicu iz kose koja pade poput valova koji se obruše na plažu. Njen baršunasti glas još mu je zadržan u ušima, i lagano probija svaki živac u tijelu. U bilo kojem trenutku nasmijala bi se na ove njegove poteze, sada je bila prazna, očajna, potrošenog povjerenja u ljude.

- Šta to nije fer - reče tiho uhvativši je za ruku, nonšalanto isprepletavši svoje prste s njenima. Drugom rukom pređe nježno prstom po njenom licu. Osjeti lagano treperenje u prstima.

- Sve ovo, ne mogu više.

- Ovo je još jedan od testova koje moramo da prođemo. I nakon najmračnije noći sunce opet izađe. Osjećao je strujanje energije dok je gledao njene skoro zatvorene umorne oči. Ruke su joj sada bile položene na njegova prsa, skupljajući prste na njima. Čvrsto ga držeći za košulju privukla ga je lagano svojim usnama i poljubila.

- Ovo je već bolje, izbacujemo stres van - lagano je progovorio promuklim glasom.

Položi svoj dlan na njegovo srce, brojeći otkucaje dok im se ritmovi nisu sudarili. Disanje joj je bilo oštro i isprekidano. Imao je osjećaj da je svojim dahom micala stvari oko njega. Vrući trnci strujali su joj niz leđa jureći niz krajeve živaca napinjući joj bradavice od uzbuđenja. Lagano je prešao prstima preko bijelih nabreklina njezinih grudi. Osjeća kao da njegovi prsti ostavljaju trag na njenom tijelu, obilježavajući je trajno, poput ispisanih nota na papiru. Osjetio je svaki pomak, uzdisaj i izdisaj, nervozu koja je lagano blijedila. Više joj nije bilo važno što su opljačkani. Tijelo i jeste stvoreno da prima i pruža užitak. Koža joj je treperila pod njegovim rukama. Usne su im divljale. Bio je važan samo taj trenutak. Sve što je materijalno može da se zaradi i kupi. Osjetila je Danielove usne na svojim izvijene u nestašan osmijeh, ponirući jezikom u dubinu osjećajući slatkasti okus. Osjećala je da treperi kada ju je privukao bliže položivši ruke na bokove i zarivši prste u njih. Ogromna želja izbijala je iz njih probijajući se kroz odjeću.

- Nekad imam osjećaj da se ponašam glupo - reče stidljivo, držeći ga za košulju.

- To nije glupost već nježnost. Nije slabost, već hrabrost što možeš to da pružiš. To je svakako nešto što se ne poklanja svima. Uvijek me kupiš na svoju nježnu i emotivnu stranu. Smirio ju je privukavši njene šake svojim usnama. Prestani razmišljati i prepusti se životu - šapnuo joj je u vrat hvatajući dah. Bar nam novac nije problem, sve što možemo da kupimo nema razloga da se nerviramo.

Kao da je padala iz ravnoteže držala se čvrsto za njegovu košulju. On ih oboje povede za čvrsti kuhinjski sto pritisnuvši je leđima provukavši jednu svoju nogu među njene kao sigurnost da ne može da mu umakne. Željela ga je, pobjeći od ovakvog čovjeka je najveća ludost. Oprostit će mi za Marka, znam ga. Stisak njenih ruku izluđivao ga je.

- Predivna si.

Lagano je ugrizao na mjestu gdje se vrat spaja sa ramenima. Vraćao se na njene usne, usisava ih u svoja, uživajući u aromi. Opčinjen je njenim tijelom, ruka mu klizi lagano preko njenog stomaka, usnama je tik do njenog uha. Disanje mu je teško, sada je svjestan koliko voli njene dodire i koliko su mu nedostajali. Njen prst kruži lagano njegovim usnama. Strpljivo, polako, nježno istražuje njegova usta.

- Sophie...

Njegov glas kao da je razoruža. Toplina njegovog tijela stvara takav osjećaj da nikada ne želi da se odvoji od njega. Ruke mu grabe njene bokove, odiže je i spusti na sto. Oči mu izazivački sjaje. Povlači je na sam rub stola i smješta se između njenih nogu.Povlači joj lagano majicu iznad ostavljajući je u grudnjaku. Dah im se sudara

a oči susreću.
Željela je nešto da kaže, ali riječi su joj izmakle u još jednom poljupcu.

Ivone je sjedila sama u stanu sa čašom crvenog vina čekajući Marka da dođe kući. Uzela je telefon ponovo u ruke da ga zove, sada već vidno nervozna da se nije nešto desilo.
- Ne javlja se opet - govorila je sama sebi, ispivši gutljaj.
Šta da radi sama ako je ostavi i da joj razvod? To je neprihvatljivo! Gledala je grad kako je divno osvijetljen, lagano se pridigla i otvorila vrata terase i izašla van. Vjetar joj je šibao lice. Crvena Toyota Corolla bila je parkirana preko puta ceste. Gledala je mladu ženu kako izlazi, a za njom muškarac noseći u ruci cvijeće, smješeći se nečemu samo njima poznatom.
- Zašto muškarci uopšte misle da mogu da raznježe žene cvijećem - zapita se?
Sjetila se kako je bila srećna kada su se preselili u ovaj stan. Birala je boju za zidove, ribala je kupatilo dok nije zablistalo, očistila je prozore, sate je provodila dok svaki komad namještaja nije stavila na svoje mjesto. Željela je sreću s njim. Zar je to toliko teško da se ostvari? - pomisli. Kroz misli joj prođe retro snimak kako je pokušala uvijek da mu udovolji.
- Jesi li za kafu? Upravo sam je skuvala?
- U obavezama sam moram van - na brzinu joj je dobacio i brzim korakom već se našao pred vratima.
Uzdahnula je i sa gorčinom se nasmiješila. Osjećala se manje vrijednom.
Nema ničega gore od toga. Smišljaš gdje sve da smjestiš, planiraš, središ, osjetiš toplinu doma, a nemaš s kim sve to da podijeliš. Dođe ti da pustiš ogroman vrisak, ali i to, ništa ne bi promjenilo. U gradu sa nekoliko miliona stanovnika niko ne bi obratio pažnju na jednu Ivone kojoj srce lagano vene. Sjetila se djetinjstva. Koliko je željela da oklop gusjenice konačno spadne i da se pokaže leptir. Mnogi su je primjetili, ali on ne. On je bio taj zbog koga djevojke pletu svoje snove. Kako su je samo u školi ismijavali zbog toga što se razlikovala od svih njih svojim stilom, sjetila se Sophie i njihovog drugarstva, njihove zakletve na vječno drugarstvo. Prošlost koju je poslala na putovanje oko svijeta sa nepovratnom kartom, neočekivano je pokucala ponovo na vrata. Razlikujemo se jedni od drugih, mnogo. Svi žele sreću, samo da budu srećni, sagledajući cijelu situaciju pitala se da li je sreća ostvarljiva? Od njihovog drugarstva nije ništa ostalo. Čak ni prašina. Ko je kriv? Ona sama? Ah ne!

Marko je stajao ispred automobila, držao je bocu viskija u ruci i gledao u mračni prozor njihovog stana.
- Spava sada u njegovom zagrljaju! Ljutito frknu.
Ulična rasvjeta je osvjetlila njegovo mračno lice. Volio je ženu s kojom je sada bio drugi. Razumio je žene, nagledao se svašta, kako koriste svoju ljepotu, seks i služe se

raznim moćima da se dočepaju onoga što žele. U jednu takvu zamku upao je i sam. Ali Sophie nikada nije igrala te prljave igre. Bila je oprezna i gledala je da ne nanosi bol drugoj strani. Ali uprkos svemu tome, opet na kraju neko bude povrijeđen.

- Kada vam život zadaje teške udarce, pokažite mu svoju jačinu. Nećeš mi je ti uzeti, sad ovaj put - glasno rekavši ispi gutljaj viskija. Sve ovo neće dobro završiti znam to, ali nemam više šta da izgubim, jer već sam sve izgubio.

Lagano se vratio do auta promatrajući zvijezde i prozor njihove spavaće sobe ispivši preostali dio viskija iz boce. Prošao je rukama kroz kosu i pogledao na sat: 2:25 ujutro. Ušavši u auto pogledao je kroz prozor osvijetljene ulice. Vidio je nju kako vježba gitaru sa ocem. Sunce je već bilo zašlo za brda. Noć je bila topla s vjetrićem koji pirka po široko otvorenom prostoru. Ptice su već počele da pjevaju. Zrikavci su se čuli u daljini čineći čarobnim ljetno veče. Oduvijek je volio da sluša zvukove prirode. Imala je na sebi cvjetnu haljinu i kosu spletenu u pletenice. Smijeh se čuo dok ih je posmatrao, koliko je ljubavi samo ulagao njen otac u nju. Zavrtio je glavom. Sada ju je vidio dok trči, a on žurnim korakom ide za njom. Sustigavši je zaustavio je.

- Mislim da treba ove podivljale hormone da stavimo pod ključ - zacrveni se i reče. Previše učenja imamo, ako želimo da nešto postignemo bolje da se latimo knjige.

Zakoračio je prema njoj, izvukavši joj ukosnice koje je imala u kosi. Raspustio joj je kosu, bacivši ukosnice u travu. Samo njen glas mogao je u svakom trenutku da ga baci na koljena. Privukao je sebi. Ruke su mu bile blage i pažljive, kao da je najkrhkije stvorenje koje drži u svojim rukama. Prešao je rukama po njenim leđima. Malo je ustuknula. Njezina koža poput izvora nešto mu je žuborila. Nije vidio ništa osim njenog lica, niti šta čuo osim njenog daha. Vrijeme kao da je stalo. Mogao se zakleti da još osjeti njen puls na rukama. Svaki dodir, svaki pokret trajao je kao vječnost. Podiže je na svoja leđa držeći je za butine dok mu je obavila noge oko struka. Noseći je na leđima trči kroz zelenu travu. Miris trave je jak, kao mentol širi se nosnicama. Zavrti ponovo glavom, slike lagano počeše da blijede.

- Kriv sam što sam dozvolio da se ovako desi! - reče i diže obje ruke sa volana.

Da nije ovako pijan trčao bi svom snagom. Izdisaji bi kao dim od cigarete lagano napuštali pluća. Svaka slika mu je budila osjećanja. Pustio je muziku na radiju. U taktu muzike je lupkao prstima po volanu, dok se u duši borio sa nadolazećim olujama i idejama.

Sophie je još srce divlje tuklo zbog prošle noći dok je ležala pored Daniela i gledala kako spava. Jutro je bilo mirno. U polurazbacanom stanu nije bilo Chapa da je ujutro budi i već joj je nedostajao. Nožni prsti njenih bosih stopala dodirivali su njegove. On prebaci ruku preko nje, privukavši je bliže sebi. Tijelo mu je toplo, osjeća njegov vrući dah na svom tijelu.

- Ne, reći će Danielu za Marka još danas, ne želi da Daniela gubi zbog laži. Ne želi da se nasuka kao Titanic na santu leda. Otkucaji srca zajedno sa mislima odzvanjali su sporo u njenoj glavi.

Daniel se lagano promeškolji otvarajući oči i gledajući u nju.

- Ima li ičeg zavodljivijeg na ovome svijetu od muškarca koji vjeruje u tebe? Spustila je poljubac na njegove usne.

Dah joj se ubrza a prsni koš poskoči.

- Jutros nema gužve - reče kroz smijeh, već sam počeo da se navikavam.

Zar ovo nije ono što je uvijek želio, mirno, nježno razumijevanje uz ženu koju voli. Kad god su vodili ljubav, trudio se da jedan dio njegovog uma ostane trezven, da se sjeća svakog pogleda, svakog dodira njenih ruku. Ali malo ko može da preživi tu vrelinu koju dvoje ljudi naprave a da jedan dio mozga ostavi budnim. Ležao je na postelji nijem, nepomičan, okrenut prema njoj. Privuče je bliže sebi. Osjećao je kako mu drhtavi prsti mrse njenu kosu. Ona se malo izvi. Gledala ga je omamljenog uma i sanjivih očiju. Toliko se brinuo oko svega, sada shvaća da je sve bilo bespotrebno. Ona je tu pored njega, sklupčana, pogleda prikovanog za njegovo lice.

- O čemu razmišljaš? - upita ga.
- Kako od muhe znam da napravim slona.

# Sophie

*Kad traže da opišem pojedine ljude. Najbolji opis je: Svaki dan su sve više i više prepredeni poput zmije. Nježnog dodira, smrtonosnog ujeda.*
*J. Collins*

Marko se probudio ležeći u dnevnom boravku na fotelji. Obazriv kao lovački pas, pogledom je prelazio po stanu. Noć je izmakla, jutro je pred vratima. Ivone još spava - pomisli. I bolje. Ustao je lagano i pošao do prozora oslonivši čelo na hladno staklo kao da time pokušava da izliječi mamurluk od prethodne večeri. Osjećaj hladnoće se proširio cijelim njegovim tijelom. Prijalo mu je to. Na trenutak kao da se osvježio i oživio. Kako je ona došla već nekoliko noći više nije mogao da spava. Sada mu je već prešlo u naviku.

- Kao da sam opsjednut njom - pomisli. Dok se nije pojavila, umoran od posla, ne želeći gledati Ivone kada dođe kući, odmah bi zapao u blaženi san. Sad se priča okrenula. Bio je savršeno zdrav, uspješan, ali nesrećan, žene su željele da se nalaze u njegovoj prisutnosti, ali njemu se cijelo vrijeme u glavi vrzmala jedna. Nakon čestih svađa sa Ivone koja ga optuživala kako je ne voli, kako treba da njihov život shvati ozbiljno, meškoljio bi se po krevetu, skuvao sebi šolju kafe i često zureći u prozor, razmišljao šta da radi. Prevrtao se po krevetu ustajući po nekoliko puta, na kraju izmoren i iscrpljen od svega bi odustao od spavanja i dočekao svitanje sjedeći u istom kutku sobe kao i sada. To se nije događalo često. Ivone je bila tip žene koja će sve da prećuti samo da je on srećan. Njemu u tom slučaju nije bilo ni preostalo ništa drugo nego ostati u svemu tome i nositi se s tim kako zna i umije. Ali sad je teret na leđima postao previše težak. Kiselo se osmjehnuvši, odmakao se od prozora. Postalo mu je hladno. Obris njegovog lica na staklu nije mu se svidio. Izgledao je kao kakav ludak. Stajao je na sredini sobe duboko zijevajući. Da ostane kući, nazove bolnicu i kaže kako ima neki drugi hitan slučaj kako je to često radio kada se nalazio u ovakvim situacijama, nije mu se svidjelo, da se vrati na spavanje i ostatak dana susreće se sa Ivone po kući ne dolazi u obzir. Morao se izvući iz ništavila u koje je svaki dan sve dublje zapadao. Nije mogao sam da pravi kolač pored recepta kojeg je imao. New

York je bio živ u bilo koje doba dana, uobičajeni gradski zvuci svakodnevno su se čuli. Ali sada kao da je vladala neka tišina. Volio je osluškivati zvuk vjetra i slušati cvrkut ptica. Bili su to lijepi zvuci svakako ljepši od svakodnevne buke u ovome gradu. Možda bih se ipak trebao vratiti na spavanje, pogledao je ponovo prema prozoru. Blistave zrake izlazećeg sunca poigravale su se na prozoru. Podigao je pogled i ostao duže gledajući kroz prozor.

- Razmišljanje je precijenjeno - sam sebi reče u bradu. Priđe lagano telefonu koji je stajao na manjem stolu pored prozora.

- Dobro jutro, želio bih da pošaljete buket crvenih ruža na ovu adresu!

Nakon dva sata sjedeći za stolom i buljeći u prazan komad papira Sophie je odustala. Čula je zvuk lupe po kući dok je Daniel izbacivao van ostatak oštećenih stvari. Bosih nogu, obučena u Dizelove traperice, sa crnom Gap majicom sjedila je na stolici razmišljajući kako joj fali jutarnja kafa. Zabrinuto je sve promatrala. Počela se igrati sa svojom kosom, podignuvši tanki pramen kose, noktima prelazeći preko njega. Nategnuvši ga prije nego što ga pusti, pa prelazeći na drugi.

- Da bar nisu odnijeli Chapa i aparat za kafu! - reče ljutito sebi u njedra. Zatvorenih očiju duboko je uvlačila svježinu zraka koji je dolazio kroz otvoren prozor. Tišina, svježina i jutarnje sunce, to mi je omiljeni dio dana- pomisli u sebi. Jedno je sigurno- dobra namjera često čovjeka baci u jednu veliku rupu. Možemo se samo tješiti time da ono što ti je suđeno ne može da te mimoiđe.

- Ostalo je samo smeće - reče Daniel, sjede pored nje gledajući u nju i prazan papir pored. Ništa još nisi napisala, ne možemo da živimo u praznom stanu, moramo da kupimo stvari.

- Znam - reče tiho - ali jednostavno ne znam odakle više da počnemo. Podiže ruku pomazi ga po bradi koja se nakon jednog dana nebrijanja primjetila. Dotakao je njen nježni dlan prinjevši ga usnama.

- Ne brini, razmišljao sam da se danas vratimo tamo gdje smo ih našli. Možda ih tamo pronađemo - reče zabrinuto pogledavši njen izraz lica. Neka nam vrate Chapa, stvari i sve ostalo neka zadrže.

Tijelo joj je postalo teško. I pored svježeg zraka koji je dolazio, čvor u dnu trbuha kao da je postao nepodnošljiv. Bilo joj je žao Chapa i njegovih okica dok je gleda.

- Nemoj me tako gledati - znao je šta misli.

- Kako, kako da te gledam Daniel? Nisam se nikada ovako osjećala - reče maknuvši pogled sa njega. - Zaista sam kao dijete!

- Nije ovo ništa strašno. Treba da prihvatimo poteškoće koje nam život šalje. Znam lako je to reći, teško je i to shvatam, ali trijumf čovjeka proizlazi upravo iz tog pepela koji se napravio. Život je takav, ili lomiš, ili te lome. Svi mi, svakako, već odavno, nismo više cjelina. Treba da se hrabro suočimo s problemom i prihvatimo sve. Svako vrijeme je dobro za novi početak. Iz svega ovoga ćemo da se zajedno izdignemo i budemo veći od problema koji nas je snašao.

Zvono na vratima prekinulo je njihov razgovor. Daniel joj dade znak očima da sjedi, on će otvoriti vrata.

Kafić „Incantesimo" nalazio se u samom centru grada. Spolja je bio popločan tamnijom nijansom crne boje, dok je unutrašnjost bila boje cappucina. Stolovi su bili raspoređeni na pristojnoj razdaljenosti. Unutra je uvijek bilo prostrano i svježe i nije bio problem da se pronađe mjesto.

Ogroman zidni sat sa natpisom: "I Love New York", stajao je na zidu. Sjediti kod kuće i vratiti se na spavanje i nije najbolji izbor. Ispivši jutarnju kafu, čekao je poziv od dostavljača za cvijeće.

- Da vidim kako ćeš sad da mu objasniš Sophie ko ti šalje cvijeće! Ispijajući kafu i lupnuvši šoljicom o sto, gledajući svaki sekund u telefon, oštro je rekao:
- Načelnica odjeljenja, ma da, kako da ne! Nije ni došla kako treba, trčao je za nju da je što brže ugnijezdi. U redu, uspjela je, nije kao Ivone ostala nepismena i oslanja se na moja leđa.

Osjećao se nekako čudno, nekakav intezivan osjećaj kolao je njegovim tijelom, od iščekivanja bilo kakvog glasa ili poruke od nje. Imali su i prije kvrgave terene pa su ih zajedno prebrodili. Još ovaj jedan, samo jedna prepreka i konačno zajedno i srećno do kraja života. Osjetio je isti onaj žar koji je imao kada je bio deset godina mlađi. Potiskivani, zaključani, ignorisani osjećaji vratili su se, sada su opet tu. Isplivali su iz sveg mulja na površinu. Samo istrajnost to se traži.

- Kada nešto želi, srce treba da je istrajno u tome, inače sve pada u vodu. Sjetio se njenih riječi. Zbog njih i jeste uspješan, i izborio se za sebe. Dugo i zamišljeno gledao je kroz staklo kafića.

Zvuk telefona prekinuo je njegove misli.
- Molim. U redu, hvala!


Daniel je sav zbunjen ušao u kuhinju stavljajući pored Sophie na sto crvene ruže.
- Je l' ovo neka šala? Još se neko zeza! - ljutito reče spustivši ruže na stol.

Sophie je zbunjeno gledala u cvijeće, čudan osjećaj joj prođe cijelim tijelom, ne znajući šta da kaže. Osjećala je stegu u grudima, u stomaku ambis. Uvijek se žestoko borila, ali sada shvata da joj je Marko postao neprijatelj, koji pokušava da je ne ispusti iz ruku. Težak umor obrušio se na nju. U šta će sve ovo da se pretvori s njim? Igra bez granica. Danijel je uzeo cjeduljicu lagano vadeći papirić iz koverte. Sophie se srce spustilo u pete.

- Šta je ovo - reče Daniel bacivši cjeduljicu pred nju sav uznemiren!
Lagano je uzimajući Sophie pročita:

*Noć je prekrila dan. Ostajem sam, tako sam naučio poslije tebe. Više neću da izgaram od čežnje koju niko ne razumije. Ti me pokrećeš, druge usne jesam ljubio, ali ni jedne nisu kao tvoje koje sam izgubio. Nije ovo zaljubljenost za tobom, već debelo ludilo.*

*Volim te Sophie!*

- Blagi Bože, procjedila je kroz zube, držeći se čvrsto za stolicu kao da će propasti. Blijeda kao krpa, noge su joj klecale i srce joj je ubrzano lupalo.

- Šta ovo treba da znači? – ljutito upita Daniel! Ovo nije imalo veze ni sa čim što je on planirao. I daleko, daleko od onoga što je očekivao od nje.

Prošla je prstima kroz kosu, nervozno gledajući u Daniela ne znajući odakle da počne, šta da kaže. Polako i pomalo razvučeno ispustila je nešto između jecaja i uzdaha.

- Najbolje je da sjedneš. Moram nešto da ti kažem, još juče sam htjela ali... - drhtavo je uzdahnula pokušavajući da odagna suze. Već je dovoljno stresa imala i još jedan se nadzire na pomolu.

- Imaš drugoga?! Daniel ju je gledao u šoku zaprepašten i vidno uznemiren.

- Zaboga, nije to, objasnit ću ti sve molim te sjedi.

Riječi sa cjeduljice su plutale njenom glavom. On je lud, mislila je u sebi gledajući u Daniela preko puta sebe ne znajući kako da počne razgovor. Oslonila se na laktove i koža kao da joj je zapekla. Iako je sjedila osjećala je kako joj se noge njišu, nije znala da li će se održati, ili će se onesvijesti. Obamrlost joj je zahvatila mozak. To je od Marka, znala je. Stomak joj se uzmućao a u glavi je počelo još jače lupanje, kao znak da počinje migrena od svega. Probio ju je hladan znoj, dok je gledala u Danielovu facu. Odbijanje da se suoči sa prošlošću se izgubilo.

- Ne znam kako ćeš ovo da shvatiš, ali jedno želim da znaš, a to je da te puno volim. Za ovo vremena kako smo zajedno nikada te nisam prevarila i želim da takve misli izbiješ sebi iz glave. Ne mogu da vjerujem da si to čak i pomislio, a ne samo izgovorio? Skupila je hrabrost i progovorila, masirajući sljepoočnice. Želim nešto sa tobom da podijelim, možda sam trebala i ranije, ali juče kada sam željela došli smo u stan i stanje ovdje…

Nezadovoljstvo mu poput vala pri pređe licem.

- Nastavi pretvorio sam se u uho - reče ljutito, uzevši cjeduljicu i gnječeći je u ruci. Osjećam se kao leš na dnu jame, očekujući šta ćeš da kažeš na ovo. Srce mi je svakako stalo kada sam ovo pročitao i sada sve što tražim da ugasiš ovu muku u meni sa opravdanim razlozima.

- To je Marko napisao, mi, mislim nas dvoje, odnosno troje, zajedno s njegovom ženom, se poznajemo. Duboko uzdahnuvši ustade i uze hladnu vodu iz hladnjaka. Osjećala je da joj grlo nešto grebe. Ova raspava će možda da potraje duže nego što je planirala.

- Molim! - uzviknu.
- Marko i ja, ... Daniel mi... smo bili zaručeni.

Čim su njezine riječi prodrle do njegovog mozga, ljutnja, i frustracija ispreplele su se takvom brzinom, u glavi mu je sijevnulo poput oštre munje.

- Molim! Marko, onaj Marko što sa nama radi?! – uzviknuo je ustavši naglo sa stolice. Ne mogu da vjerujem, cijelo vrijeme si ga gledala i lagala me, još kao upoznaješ se sa suprugom. Ustuknuo je. Kad se samo...
- Nisam te lagala! - viknu.
- Nisi mi ni rekla istinu! – viknuo je lupnuvši šakom o sto.
- Daniel, molim te sjedi - reče uznemirena. Pokušala je sakriti emocije koje su navirale dok je tražila prave riječi.
- Pogriješila sam i mrzim se što ti nisam odmah rekla - zacvilila je. Nisam znala da će do ovoga svega da dođe.
- Ne mogu da vjerujem, od svih ljudi na ovome svijetu, da, ali od tebe, to ne bih nikada očekivao. Ti, da me lažeš!? U njemu se probudio neki čudan osjećaj da bez dalje rasprave krene da potraži Marka i pretvori ga u jednu kašu. Mogla si odmah prvo veče da kažeš da se poznajete, a ne rušiš se zbog njega. Ne znam da li mogu preko toga da ti pređem, sad si poljuljala moje povjerenje- uhvatio se kako drhti od bijesa. Veze nisu uvijek uravnotežene i razumijem da ne ide uvijek sve glatko, ali da me lažeš! Osjećao je kako mu se grlo steže, otežavajući mu govor, preliva ga talas vrtoglavice, zbog čega njen lik kao da mu podrhtava. Trudi se da diše, a u glavi čuje blago šištanje. Lagano je ustala, prišla mu je i tiho šaputala - Volim te Daniel, Volim te. Ivone, ti ne znaš šta je ta žena uradila. Uzdahnu duboko. Rukama ga obavi oko struka. Podigla je glavu prema njemu, tražeći njegov pogled. Osjećao je njen topao dah na vratu, vidio da je dirnuta, da je tužna, osjećao je veličinu njene tuge, ali pored svega procijedio je kroz zube- Ne znam šta je uradila. Očigledno nije moje ni da znam, kada si sve prećutala! Ne obraćaj mi se! Odgurnu je od sebe. Sa kuhinjskog stola pokupi ključeve od auta brzim korakom izleti van.

Kada se probudila, Ivone je osjećala glavobolju. Vino koje je popila i dvije tablete za spavanje nisu dobra kombinacija. U stanu je opet bilo mirno. Znala je da je što prije pobjegao samo da se ne susreću u jednom prostoru. Da je Bog bar htio da me nagradi djetetom sa njim, mislila je. Ali nije. Nema čvrst oslonac da se bori za njega. Morat će sve sile da skupi i da se bori za opstanak kako zna i umije. Voli ga, zna da je to možda za nekoga bolesna ljubav, ali ona nije umjela drugačije.

Izmislivši Sophie za Steva, prikrila je njega. Izmislivši njemu laži za Sophie prikrila je sebe. Šta da sam joj rekla da je sa mnom? – pomislila je dok je sjedila na krevetu držeći se za čelo pokušavajući da odagna glavobolju. Najbolje rješenje je bilo da joj kaže da nije preživio saobraćajnu nesreću. Jeste, možda je osjećala krivicu, ali to je bilo najbolje rješenje za nju. Držala ih je razdvojeno sve ove godine. Bili su vezani kao pločica i silikon. Šta je to ona tako imala da je ne može da preboli sve ove godine i sad da sudbina plete mrežu, kada je cijelo zamršeno klupko odmotala kako je njoj odgovaralo. Iznenada je osjetila oštru želju za cigaretom. Iako se poroka oslobodila prije par godina, demoni kao da su počeli ponovo da se bude. Uši joj zvone. Nervozno prevrnu očima. Ustala je otišla do ormara. Otvori vrata, pogledom prešavši po unutrašnjosti. Rukama poče da razgrće stvari. Ugleda svoju staru torbu. Izvuče je van, sjede na krevet počevši da pretura po njoj. Staro paklo cigareta proviri van. Teško je opustiti um, ali ovo je jedno od rješenja. Tijelo kao da joj je od sveg stresa odumrlo. Nema topline, hladnoća je preuzela, nema saosjećanja, da li se više uopšte vrijedi za bilo šta preispitivati. Zašto da ostaje u braku? Jedno voli, drugo mrzi. Jednoj strani to je ironično drugoj je smiješno. Između sebe se hvataju za gušu, u javnosti cvjetaju. Ta ozlojeđenost ju je izjedala. Nije znala kako izgleda kada nastupi smrt, ali imala je osjećaj da je već mrtva. Biti sposoban da gledaš kako ti se život raspada, unutra osjećaš samo prazninu, sve to seciraš duboko u sebi, to je preteško. Oklijevala je i duboko uzdahnula, izvadivši cigaretu iz kutije. Osjeti njen ustajali ukus na usnama.

Marko je stigao na posao. Nakon jutarnje kafe i primljenog poziva već je u mislima gledao kako Sophie priča Danielu neku priču, sve, samo ne da se poznaju. Nije dovoljno hrabra za tako nešto. Pokušat će da me gura od sebe s tim. Ali neće uspjeti. Kad tad saznat će i to će da mu bude kraj. Otvarajući vrata kancelarije, lagano je prišao stolu gledajući raspored pacijenata koje danas ima. Osmijeh na njegovom licu je titrao. Smjestio se lagano u stolicu i pritisnuo dugme za preslušavanje poruka.

- Hm, ništa. Šta li smjeraš Ivone? Šta god da smjeraš sada ti više neće uspjeti - čelo mu se blago nabora.

Zašto sve mora da ide ovako komplikovano? - pomisli.

- Voljela bih da ti mogu pružiti to za čim tragaš i izbijem to što ti grize dušu poput crva, svaki dan sve više i više. Da bih mogla da ti pomognem, moraš da mi kažeš šta te muči? - prisjeti se.

Nije mi ništa – reče odmaknuvši se od nje navukavši na sebe pokrivač. Pokušao je da porekne, znao je da mu nije povjerovala. Znao je i da je laganje vještina kojom samo ovladaju malobrojni, nije bio siguran da je još jedan od njih, ali svakako je na dobrom putu.

- U mislima si sa njom, znam to. Povređuješ me tako - nasloni glavu na njegova prsa, ali on još malo ustuknu od nje.

- Trebao sam sve to davno da prekinem! - viknu i ustade sa stolice zavukavši ruke u džepove hlača. Skinuo je sako okačivši ga na stolicu.

- Samo diši lagano i ne podcjenjuj sebe. Glas mu je bio zategnut. Masirao je čelo pokušavajući da odagna tegobe i pritisak koji je osjećao.

## Sophie

*Šta je sa tugom mama? Tuga je tu da te podsjeti na ono što si imala, a sada više nemaš.*
J. Collins

Sophie je ostala sva u suzama sjedeći za kuhinjskim stolim. Bila je zapanjena, potpuno zapanjena. Suze su joj pekle grlo, glas joj je sada već blago promukao.

- Zašto Bože? Baš kada pomislim da je sve kako treba, nešto se desi! Oči su mu sijevale oštro poput mača. Da li je svjestan toga?

Još su joj odzvanjale njegove riječi u glavi - Mogla si odmah prvo veče da kažeš da se poznajete, a ne da rušiš se zbog njega. Ne znam da li mogu preko toga da ti pređem, sad si poljuljala moje povjerenje!

Drhtavih nogu ustajući od stola, otišla je u sobu. Navukavši patike na bose noge, uzela je svoju džins jaknu i brzim korakom izašla iz kuće. Strah da izgubi Daniela ju je paralizovao. Nije to mogla da dopusti. Sada je mrzila Marka, istinski i svakom stanicom svoga bića. Bio joj je jadan sa metodama za kojima poseže. Provela je godine misleći da je mrtav i kada se vratio među žive pravi samo probleme. Suznim očima je sjela u taksi i molila se da što prije dođe do bolnice da tom kretenu očita lekciju. Svaki scenarij ju je podsjećao na prošle događaje i bilo joj je žao što je Daniel sve to saznao na ovakav način, ali tim danima je došao kraj.

- On je zao - mislila je u sebi. Veliki manipulator, nije to nikad ni bila ljubav nego je vidio žrtveno jagnje u meni. Došavši u bolnicu brzim pokretom se uputila prema liftu žurno pritišćući broj 12 gdje se za tren našla na hodniku i uputila prema njegovoj kancelariji. Stisnula je čeljust i duboko udahnula kroz stisnute zube otvarajući vrata bez kucanja i gledajući u Marka koji je sjedio za stolom.

- Zašto to radiš? - reče lupnuvši vratima iza sebe. Poželjela je da zvuči još snažnije kakav bijes je prema njemu osjećala.

- Nisam se mogao suzdržati da te ne iznenadim ako misliš na ruže - cinično se osmjehnuo.

Prišla je stolu gledajući u njega oštro.

- Šta želiš od mene? Ostavi me na miru molim te! Ne samo mene već nas, mislim na Daniela i mene. I samo da znaš sve sam rekla Danielu!
- Sve! - pomalo iznenađeno - reče lagano ustajući iz stolice krećući se prema njoj.
- Naravno, mi imamo povjerenje jedno u drugo, nema razloga da bilo šta krijem.
- A gdje je on sada kada si ti ovdje? Nešto mi je to sumnjivo? – reče odmahnuši rukom na njen mračni pogled.

Prišao joj je sa leđa a tijelo joj se ukočilo od panike. Oči su joj se zamaglile od suza koje su svaki čas prijetile. Nije mogla da mu vidi lice, ali osjetila je onaj podrugljivi osmijeh pobjede. Zatvorila je oči na tren pokušavajući da se smiri, ali on je uhvatio za obije ruke naslonivši glavu na njenu kosu udišući miris. Stisnuo ju je čvrsto kao kliještima.

- Pusti me - izustila je tiho ne okrenuvši se prema njemu, ali on nije popuštao stisak, čak ga je povećao.
- Pusti me! - reče malo krupnijim glasom kao da je povratila snagu. Već je počela da drhti, kao da je imala neki strah, spremajući se da vrisne, ali vrata se otvoriše i prolomi se krupan muški glas.
- Ti! – Daniel ostade u šoku kada spazi Sophie pored njega.
- Daniel - reče ona sva usplahirena i potrča mu u zagrljaj, omotavši se oko njegovog struka. On kao da je iznenađen time, uhvati joj ruke, blago ih odgurnu od sebe gledajući je u oči u kojima su navirale suze.
- Šta ti radiš ovdje? - reče joj grubo?
- Rekla sam mu da nas ostavi na miru. Ja njega ne volim, on ima svoj život a ja svoj uz tebe.
- Znao sam da se nešto nije odigralo kako treba, problemi u raju? - reče Marko sa smijehom na šta ga Daniel dočeka s pesnicom. Kako ga je Daniel udario jako, usta su mu se napunila krvlju, a očni kapci natekli. S mukom se podigao, zadavši udarac Danielu. Dahtali su da dođu do zraka, izubijavši se obojica po licu.
- Sišli ste s uma - vikala je Sophie.
- Oh Bože! - vrisnula je. Gledala je Daniela kako udara Marka šakama. Pogled mu je bio leden. Oči nemilosrdne. Neprestano je zamahivao. Marko se pridizao i isto tako snažno zamahivao prema njemu.

Dok joj je u ušima zujalo od bijesa, baci se na Marka pokušavajući da ga odvoji od Daniela, ali sve je bilo bezuspješno. Daniel primi još jedan udarac bez odbrane. Marko baš kada je mislio da je pobjednik, jednim silovitim udarcem Daniel ga obori na zemlju. Usne su mu otekle, a desno oko mu je probadala bol, ležeći na podu držao se za glavu.

- Daniel - viknula je ponovo uhvativši ga za ruku kada je zamahnuo.

Od siline njegovog zamaha posrnula je nazad. Vidjela mu je bijes u očima. Grudi su mu se silovito dizale i spuštale.

Poslije udarca šakom izgubio je kontrolu, nastavio je da ga udara nogom, dok mu kroz glavu nije prošlo - Ja nisam ubica. Ostao je nepomičan, preplašen od svega. Iz nosa mu je šikljala krv. Frknuo je sarkastično ispljunivši na Marka.

Gledao je u svoje krvave ruke. Nije znao da li je krv Markova ili njegova. Osjećao ju je na prstima, pod noktima. Prepao se. Želio je samo da se probudi iz ovog košmara u koji je zapao. Želio je da Sophie shvati koliko je voli, svake sekunde, svake minute, ali gledajući u Marka, osjetio je samo bijes i ljubomoru.

- Zašto si tako grub, šta se to sa tobom dešava, to nisi ti? Daniel, molim te – tiho i preplašeno reče.

- Griješiš, da sam bio onako grub prema njemu kako zaslužuje, ubio bih ga! - sam se uplaši svojih riječi.

- Ostavi Sophie na miru! - reče Marku, dok se ovaj od bolova uvijao na podu.

Vrata se otvoriše. Buka i lupanje stvari doprinijelo je da i ostalo osoblje bolnice dođe. Obojica su završila na razgovoru. Sophie je bila u šoku od svega. Daniel je par dana suspendovan isto kao Marko. Čekajući ga da izađe van, Sophie je imala osjećaj kao da više gubi razum. Odjekujući topot štikli prolio se hodnikom. Blago podižući glavu spazila je Ivone.

- Znala sam da ćeš da doneseš nevolje - reče Ivone sjednuvši pored nje, čekajući Marka.

- Znala sam da nisu čista posla, čim si me zvala da se nađemo! Ostavi me na miru, ovaj put svog usplahirenog muža pitaj šta je napravio, ne jurim ja njega već on mene! – reče ustavši sa stolice i odmaknu se od nje stojeći pored vrata.

Vrata se otvoriše, Daniel krvavog lica izađe van gledajući u Sophie.

- Nos ti krvari - tiho mu reče.

Prkosno obrisa rukavom majice krv sa lica. Ona krenu da mu dodirne bolno lice, ali on joj se izmače.

Ona napravi korak prema njemu, uhvativši ga za ruku, ali je on ispusti i prođe pored nje. Sva ražalošćena ona krenu za njim. Ivone nimalo iznenađena vidjevši Marka počela je da mu pljeska.

- Bravo, potoni zbog nje još dublje u blato ti si debil! - pruži korak ne čekajući da on krene za njom. Brišući krv sa usne Marko se uputi njenim stopama.

Stigavši kući Daniel se nijednom nije obratio Sophie. Osjećala se poražena. Otišao je u kupatilo, stajao je pored umivaonika. Morao je priznati da je izgledao jezivo. Desno oko mu je bilo naduveno a beonjača krvavocrvena. Usna mu je bila rasječena i naduvena. Pustio je vodu na česmi pokvasio ruke prije nego što ih je prinio licu. Voda je bila hladna. Imao je osjećaj da mu lice od udara gori.

- Naučio sam i ja tebe pameti kretenu! Podcijenio sam te, a to više sigurno neće da se desi. – prosikta brišući peškirom krv sa lica.

Umio se još jednom, blago obrisavši lice peškirom, i otresavši preostalu vodu sa ruku uputi se van. Sjeo je na krevet i tupo gledao u zid. Posrćući vidjevši ga na šta liči Sophie je otišla u kupatilo hvatajući se za umivaonik. Osobu koju je vidjela u ogledalu više nije poznavala. Djelovala je ispijeno. Oči su joj bile umorne i zamračene. Pljusnula je sebi vodu u lice. Hladnoća kao da ju je malo vratila u stvarnost.

- Suspendovan! Zbog mene je suspendovan - rekla je pipajući lice i gledajući se u ogledalo. Vratila se ponovo iz kupatila gledajući u njega, usna je počela opet da mu krvari, sjedio je i gledao u jednu tačku. Otišla je u kuhinju i donijela maramicu da mu obriše krv koja se slijevala po bradi.

- Daniel - glas joj je bio šapat prigušen jecajima koji su uslijedili. Taj njegov muk obavija je lukavo kao magla noćnu ulicu. Obuhvatila mu je obraze dlanovima, i zadržala ih na njegovom licu, iako se on na njen dodir trznuo. Kroz srce joj je prošao oštar udar, imala je osjećaj da sada ne bi poskočilo ni nakon jačeg električnog šoka. Osjetila je opet preskok i snažno lupanje. Ovi mu ruke oko vrata i nasloni svoje čelo uz njegovo. Ljubi mu kosu, i niže poljupce niz njegovo lice. Pokušava doći do daha, očiju zatvorenih priljubljena uz njega.

- Želiš li da odem?- tihi jecaj prolomio joj se iz grudi.

On se lecnuo na njeno pitanje, lice mu je bilo napeto, ruke su mu pale na krevet tjeskobno stiskajući šake. Skoni njene ruke sa sebe, promeškolji se, kao da joj želi dati znak da je trenutno višak.

- Imam osjećaj da samo to želiš, da ovo nije ono što si željela. Ništa ne traje vječno, tako bar kažu - izgovorio je dok ju je gledao bijesnih očiju.

Suspregla je val suza na samu pomisao da on nije pored nje. Poželjela ga je prodrmati da ga podsjeti koliko joj je potreban, ali kao da je bila učaurena u sebi. Njom je vladao grč. Pomisao da sve ovo sad mora da prođe sama, bez njega, bila joj je nepodnošljiva.

- Znači želiš da odem?
- Ne znam - reče muklim glasom, izbjegavajući njen pogled, glave oborene prema koljenima.

Zvuk njegovog glasa ju je malo opustio, duboko je udahnula brišući rukama odbjegle suze.

- Daniel, pričaj mi nešto, nemoj tako da se ponašaš!
- O čemu da pričam? - reče duboko udahnuvši, grubo skrenuvši pogled sa koljena na zid preko puta. Sada čak primjećuje neke sitne flekice na zidu, koje nije ranije uočavao.
- Ne znam, kaži mi bilo šta, samo da ti čujem glas, tako me samo ubijaš - rekla je uzimajući ponovo njegove ruke u svoje.
- Žao mi je - šapnula je tiho.
- Ne znam zbog čega? Žališ mene ili njega? Ponekad je laž neophodna, vjerujem da si se tom mišlju vodila. Jedva si dočekala da odeš do njega! - reče joj grubo, izvukavši ruke iz njenih.
- Daniel - kako možeš tako da misliš? – pitala je dok se držala rukama za njegova

koljena. Mislim da je najbolje da to ostavimo iza sebe, otpuhnu vazduh van, ne idem odavde sve dok mi ti ne kažeš da odem.

Oboje su bili ovisni o svojoj ljubavi. Obožavali su se, svađali su se, ali kada su bili ljubomorni i ljuti, gledali su kako da povrijede jedno drugo, znali su tačno na koji način to da urade. Daniel je sada izvukao keca iz rukava, povrijedivši je duboko. Kada je bio ljubomoran, ljubomora mu je tada bila bez premca.

Ustala je lagano uputivši se prema sobi. Popila je tabletu za spavanje i legla. Kada se probudila noć je uveliko bila odmakla, osjetila je da je sama u krevetu. Sjedeći u krevetu, razmišljala je o snu što je sanjala. Hodala je ogromnim drvenim mostom, držeći se rukama za užad sa strane, most je obavila magla sa svih strana, ali može da osjeti duboku proviliju koja se nalazi pod njenim nogama, koje joj na samu pomisao počinju podrhtavati. Kao da iz daljine čuje glas od Daniela kako je doziva, ali ne može da razazna u glavi odakle dolazi glas. Koraknuvši korak naprijed most se zaljulja tako jako, kao da je na trenutak izgubila ravnotežu, od straha se trznula iz sna.

- Nije došao da spava ovdje – pomisli i ponovo joj tama okova dušu. Osjetila je kako se procjepi između njih sada lagano produbljuju. Nakon što je par trenutaka zurila u prazninu na zidu, laganim korakom spustila se u dnevnu sobu gdje ga je ugledala kako se na kauču skupio kao dijete. Lampa u uglu je osvijetlila dio sobe, od ostalih figura stvarajući obrise po zidu. Svježi svežanj leda u vrećici bio je pored njega. Osjetio je kada je prišla, nije želio da se pomjeri, mogao je da osjeti njeno disanje, strah koji je sada njom vladao. Ali ego je bio jači. Otišla je do sobe i donijela prekrivač lagano ga pokrivši.

*Malo razgovora ne škodi, ali od viška zna glava da boli.*
*J. Collins*

- Želiš li da razgovaraš o onome što se desilo? - lagano prilazeći Marku upita Ivone noseći u ruci dve čaše vina dok je on zamišljeno gledao kroz prozor. Pored svega zaslužila je odgovore. Mišići na njegovom licu su se zgrčili i držanje se promijenilo čuvši njen glas. Sjela je pored njega, stavljajući čaše na sto između njih. Čeljust mu se stisnula i izobličila.

- Šta želiš da znaš? - reče grubo uzevši čašu sa vinom prinese je usnama. Vino malo zapeče frišku ranicu na usni. On se lecnu, ali proguta tečnost.

- Je l' sve u redu, za početak? Šta planiraš? Ostaviti sve zbog nje? On je slegnuo ramenima, izgledajući previše iscrpljeno da joj bilo šta više kaže.

- Proklela sam samu sebe danas - reče Ivone lagano ispivši gutljaj vina - kao i dan kad sam odlučila da te uzmem od nje, sad kada vidim kroz šta sve moram da prođem da bi se borila za tvoju ljubav. Utješila bih se da je bar veličine kao zrno maka, ali nije - reče razočarano. Navikla sam ti pokazivati svoje ožiljke, ali opet i pokazati da pored njih iz bitke izađem jaka.

Marko je na to samo uzdahnuo, kao da je želio da joj kaže da je dosadna i da mu sada nije do priče.

Ledena oštrica probola joj je srce, oštra poput žileta. Ali ovaj put nije bilo krvi, samo tupa bol, spoznaja da muškarac koji je pred njom uvijek će čeznuti za Sophie a ne za njom. Ona, ona će uvijek biti drugi izbor. Tu za po koju utjehu, za po koji seks. On slabić, poput djeteta, koje želi igračku, pa pristaje na zahtjev roditelja da bude uzoran, tako on pristaje da je ima u svome krevetu kad ima potrebu. Gledajući u njega ispila je cijelu čašu vina, ustala, uzela ključeve i torbu i krenula prema vratima. Nije više mogla, slomila se. Nije više imala energije da se bavi njim i da ga gleda kako nepomičan sjedi na jednom mjestu, suspenodovan s posla zbog žene koja mu je bila opsesija.

- Prokleta da si Sophie - reče zalupivši vratima stana.

Kada se probudila sunce je već lagano probijalo kroz zavjese. Sada je već imala osjećaj da se svakog jutra ponavlja isti ritual, budi se sa novim problemima, kojima se rješenje ne nazire, glavobolja svaki dan, poput izgrebane ploče koja svira jednu te istu melodiju beskonačno se vrti. Sada često kada legne noću srce pomahnitalo lupa, da li je to stres ili možda sada ima još neki neznani problem sa srcem? U glavi joj je pulsiralo kao da je cijelu noć provela pijući, a ne pokušavajući da suzdrži suze i da zaspi. Izgleda izmoždeno. Pokreti su joj otežani. Obukla je udobnu odjeću, kosu svezala u rep i uputila se prema kuhinji. Daniel je već bio tamo i spremao doručak.

Ugledavši ga reče tiho:
- Dobro jutro. Nekada joj se nije činilo pozitivnim da se problem prespava a rješenje zaboravi, a sada je to tako jako željela. Kako god odlučila je da prekine neugodnu tišinu koja je parala vazduh.

On se okrenuo od štednjaka gdje je pripremao doručak.
- Dobro jutro - reče tiho i mrzovoljno gledajući joj oči umorne od nespavanja. Lice mu je bilo natečeno. Kako si?
- Ne znam? Pregaženo i umorno od svega? – reče promatrajući njegovu reakciju na njen odgovor. Sjela je na jednu od stolica koje su se nalazile pored stola. Imala je osjećaj da su oboje ostarili preko noći. To joj je dalo jasan zaključak da je stres glavni faktor starenja. Kad tad na licu se pokaže sve ono što smo tokom godina skrivali. Da ih neko sada vidi vjerovatno bi pomislio da pate oboje od velikih psihičkih problema, vjerovatno davno još usađenih u djetinjstvu.
- Išao sam da kupim hranu, par novih tanjira i aparat za kafu, da napravim doručak.

Sipao joj je kafu u šoljicu, ne dodajući šećer, gorku, baš onako kako ona voli. Održavao je udaljenost između njih kao da nije želio da je osjeti previše blizu i dolazi u iskušenja. Pripremio je dva tanjira stavljajući njoj da jede, ne sjedajući pored nje već je jeo stojeći. Udahnula je duboko gledajući u kajganu što je spremio, prolazeći viljuškom kroz tanjir, gledajući van kroz prozor dok se sunce prolamalo kroz stakla.
- Znaš da je kajgana sve što znam napraviti - tiho joj reče.
- U redu je to, blago skrenu pogled ka njemu, nego, ne znam šta da radimo? Želiš li da razgovaramo? Mislim da bi trebali.
- U ovom trenutku ne znam više šta osjećam, mrzim to što nisi sa mnom htjela da podijeliš stvari koje sam trebao da znam i ispao sam magarac.
- Znam, ali želim da znaš da nemam ništa sa Markom. To je prošlost!
- To mi sad i nije baš neka utjeha - reče ne gledajući je uopšte već gledajući u tanjir.
- U New Yorku sam mnogo puta posrnuo, ali me držala spoznaja da imam tebe.

Preplavio ju je val krivice.
- Koliko se poznajemo a nemoguće je da ovo ne možemo zajedno da prebrodimo. Kao da se oko nas stvorilo ozračje samo bola - izusti mu.

- Ko je tome doprinio? Znaš, nisam baš nešto puno ni gladan - oštro ju je pogledao i okrenuo glavu sa strane. Potisnula je poriv da zaplače. Sve ono što su se trudili da izgrade, sada se rušilo brzinom jureće komete. Idem do bolnice treba da potpišem još neke papire - reče odloživši tanjir sa ostatkom hrane u sudoper. Zbog... znaš već – reče trudeći se da sakrije pogled od nje. Vidimo se poslije. Uzeo je jaknu i izašao van. Do kada će ova situacija da ide ovako i nazire li se kraj? Sekunde su prolazile, minute, sati, a situacija se nije mijenjala. Imala je osjećaj da je sada sama izgubljena u svoj pustoši koja ih je zadesila. Kako sama da spasi brod koji tone? Naglo ustade i priđe prozoru. Stolica kao da je odletjela unazad, zvuk nogara odjeknu kuhinjom. Nekoliko trenutaka posmatrala je saobraćaj kako se odvija, a onda se okrenula prema prostoriji i brzim pogledom preletjela po njoj. Par trenutaka je gledala u tanjir i viljuške pored tanjira na stolu. Na brzinu je otrčala u kupatilo. Stavila je malo pudera i rumenila da prikrije silne podočnjake koji su izbijali. Na ogledalu je umjesto njenog lica zjapila samo ogromna praznina. Bila je zahvalna što postoji način da na trenutak prekrije beživotnu kožu. Pogleda se na ogledalo na visećem ormariću žurnim korakom otrča do sobe, uze jaknu i brzim korakom nađe se van na ulici.

 Probudivši se Marko je osjećao blagu glabovolju. Iznenadio se kada je vidio da se Ivone nije vratila, spoznaja da spava sam nije mu teško pala, svakako je to postalo učestalo.
- Hvala Bogu pa je otišla, ali ne zauvijek to znam. Od čega da živi? Živjeti na drugom mjestu sa mojim karticama, neće moći tako - protegnuvši se lagano ustajući na noge sam sebi je pričao u bradu. Prošao je rukama par puta preko lica. Od brade koja se sada već uveliko porasla imao je osjećaj kao da je ostario. Još je imao bol kod desnog oka od Danielovog udarca.
- Platit ćeš mi za ovo. Izgubio si funkciju načelnika odjeljenja, da vidim šta ćeš sad, a tako ćeš da izgubiš i Sophie. Samo, sad sam ja tu da je dočekam i pridržim od pada. Lagano je ustao i uputio se prema kupatilu malo se teturajući od mamurluka i zaudarajući na alkohol.

*Ljubomora se uvijek rađa sa ljubavlju, ali ne umire uvijek sa njom.*
*Arthur Schopenhauer*

Kada je stigao u bolnicu svi su zurili u Daniela. Nije uobičajno da glavni načelnik odjeljenja pravi nerede sa kolegama. Automatska vrata bolnice zatvoriše se iza njega. Predvorje je bilo puno ljudi. Nosila, invalidska kolica, klupe, svaki centimetar činio se popunjen.

Bolničarke su ga gledale i sa osmijehom pozdravile.

Slušao ih je dok među sobom šapuću o incidentu koji je napravio. Gledajući medicinsko osoblje sa kolicima, razni zvuci su dopirali do njega: pritisak 220/180... puls 79. Sedmero povrijeđenih od čega dvoje teže.

- Lijep početak dana, nema šta – izusti.

Laganim korakom zaputi se prema liftu, pritisnuvši broj 15, glasovi se utišaše i za čas se našao pred svojom kancelarijom. Ženski glas ga prenu iz misli.

- Daniel jesi dobro? Ipak si odvojio vrijeme da dođeš na posao? – kroz smiješak izusti.

Okrenuvši se ugleda Megan. Megan je bila od onih žena koja je u dubini duše gajila nadu da će kad tad da je pogleda.

- Ah Megan ti si - reče službeno. Da sve je ok. Svakako sati ne treba da se broje, ako se radi ono što se voli. Došao sam samo nešto da pospremim... znaš...

- Čula sam šta se dogodilo, žao mi je zbog suspenzije.

- Sada je već kasno za kajanje - reče prišavši vratima ostavljajući ih otvorenima da ona uđe, priđe prozoru gledajući nebodere koji su se vinuli duboko u nebo.

- Izgledaš lijepo i pored udaraca koje si primio - reče mu kroz smijeh gutajući svaki njegov pokret očima, zatvorivši vrata kancelarije za sobom.

- Hvala ti. I ti izgledaš lijepo, lagano se okrenuvši pogleda je.

Sophie je stigla pred bolnicu. Imala je opravdanje zašto je došla - želi da uzme svoj raspored prije nego što počne raditi. To je i prilika da se vidi sa Danielom u nadi da se malo smirio. Nadala se da Marko nije tu, svakako će morati da se izbjegavaju na radnom mjestu. Pozdravljajući par kolega koji su je malo čudno gledali, zaputi se prema liftu. Čujno zvonce objavilo je dolazak lifta. Dupla vrata se otvoriše. Uzdahnuvši duboko uđe unutra. Pronašla je ploču sa tipkama i pritisnu broj 15. Kabina lifta se pokrenula uz blagi trzaj. Sreća lift je prazan, ne moram čekati da staje na svakom katu - pomisli u sebi. Dok su se vrata lifta lagano zatvorila, nervozno je gledala u ogledala obložena liftom. Za tren se našla pred njegovom kancelarijom. Okrenula se prema ogromnom staklenom zidu pogledavši svjetlost koja je dolazila sa vana. Gledajući sat na ruci, duboko udahnu, iz džepa jakne izvadi balzam za usne, koje su počele da se suše, u nadi da će bar njih spasiti da ne izgledaju iscrpljeno. Iznenadi se čuvši glasove unutra kad je prišla bliže vratima. Neko je promrmljao:

- Evo još malo ovdje kao da krvariš - ženski glas dopirao je do nje. Otvorivši vrata ostade zatečena vidjevši Megan kako dodiruje Danielovu usnu. On kao da se nije iznenadio, kao da mu je prijalo što je vidjela baš taj prizor.

- Oprostite... - reče glasom malo glasnijim od šapata.

- Ah Sophie! - reče iznenađeno Megan. Daniel joj je uputio pobjednički pogled. Mogla je to da mu pročita u očima.

- Megan - reče Sophie kiselog osmijeha još stojeći pred vratima, kao da se sa njima suočava. Da, u životu su trenuci potpune izvjesnosti situacije neizvjesni. Kolo se okrene čim trepneš - pomisli u sebi.

Stajala je kao ukopana, pokušavajući prigušiti šok, bijes, ljubomoru. Muškarac kojeg je voljela nalazio se sada pored žene koju je prezirala. Prezirala je samu sebe. Osjećala je žaljenje prema sebi. Život zna sve da ti da, ali isto tako brzo sve da uzme. Poznavala je Megan vrlo dobro, znala je da voli Daniela, koristila je svaku sekundu samo da mu bude bliže. Neki ljudi ne prihvataju poraz. Naglo je izdahnula. Klimne glavom u znak pozdrava, mada sumnja da je on to primjetio, s obzirom da mu je pogled bio prikovan na drugo lice.

- Došla sam po raspored - reče tiho gledajući ga.

- Odlično, što ga prije uzmeš prije ćeš početi raditi – reče podigavši tamnu obrvu, pogledavši je, ali pogled brzo skrenu na Megan.

Ostala je zatečena njegovim odgovorom, njegovom rekcijom, drugim riječima - izađi iz kancelarije van, želim da pričam sa Megan.

- Da - reče ona sva zbunjena gledajući oboje. Ostavljam vas nasamo, ono „nasamo" malo više naglasi, da pričate. Lagano se okrenuvši zatvori vrata. Bol u grudima joj se eksponencijalno pojačala. Stala je pored vrata pokušavajući da se pribere. Tišina koja je visila u zraku među njima joj je djelovala kao da ima odgovor na sva pitanja. Očigledno nisam više u igri. Neće da pređe preko svega i pored toga što sam bila iskrena. Jedva je čekao da se baci Megan u naručje. Mogla je da ga utješi osmijehom,

da mu ruku stegne da se umiri, ali on to nije prihvatao.
- Daniel je otvorio mini šank i dok je sipao sebi piće gledao je u Megan otpivši gutljaj. Osjećao je da gubi kontakt sa relnošću i da ide nekim njemu čudnim putem. Znao je da ju je povrijedio. Da li sam trebao? - mislio je u sebi uzevši još jedan gutljaj.
- I do kada su sankcije? - Meganin glas ga vrati u stvarnost.
- Ne znam, danas ću sve da znam - reče sada već kiselo ne želeći da joj otkriva detalje.

Sophie se žurnim korakom uputila prema izlazu bolnice zadržavajući suze. Bilo je jasno šta sad mora da učini.
- Ako moje srce ranije nije bilo slomljeno, gledajući Megan kako mu dodiruje usnu, sad se definitivno pretvorilo u jednu kašu - govorila je sama sebi dok je čekala taksi da stane. Mahnu rukom još jednom da je taksista primijeti. Nikako nije mogla da izbaci sliku Megan i njega iz glave. Ljubomora joj je stegla cijelo tijelo poput džinovske šake. Glas joj je bio zavodnički sa primjesom zlobe. Usne su joj se razvukle u tanku crtu želeći da me povrijedi još više, prevrtljivica, kao da mi nije dosta bola. Sada je dobila želju da ostavi sve i sjede u avion. Ako misli da može da ga ima, neka ga zadrži. Suze joj se počeše slivati niz lice. Šmrcnu i prijeđe rukavom preko nosa.

Daniel je još zamišljao njeno vitko tijelo kako stoji pred vratima i izraz lica kada je vidjela Megan. Dosuvši sebi još viskija gledajući u Megan, reče:
- Izvini, moram nešto da uradim, ako ništa ne trebaš želim da budem sam.
- Izvini, idem i ja za poslom, vidimo se poslije u kantini ako si ovdje?
- Vidjet ćemo - reče sjednuvši za svoj radni stol.

Došavši kući Sophie je žurnim korakom otrčala u kupatilo. Pogledala se u ogledalo. Iako je bila emocionalno potpuno skrhana tješila je sebe da izgleda dobro. Kosa kao da joj je izgubila svoj sjaj. Glasno je zajecala. Strah ju je gušio. Ne, nije mogla da kaže da je nesrećna, ali svakako sada nije bila ni srećna. Kao pješčani sat, vrijeme curi brzo, tako njoj sreća, curi kroz prste a ne može nikako da sve ovo zaustavi.
- Nekako ću preživjeti, bilo mi je i gore - reče sama sebi gledajući se. Kakva glupost, pomisli sa gorčinom u sebi. Sudbina baš zna da bude surova zar ne? - požali se sama sebi. Dovede me do srodne duše i na sve načine gleda kako da me razdvoji. I pobjednica je na kraju. Pokušala sam sve. Doista, dala sam sve od sebe - kao da se opravdavala. Hiljadu grešaka, hiljadu lekcija, moglo nam je biti možda i bolje, bez svih ovih lekcija koje sada plaćamo, koje će svako na svojoj duši da nosi. Osmijeh joj titra, duša joj vrišti. Jedva pruža korak, ima osjećaj da su se svi mišići u tijelu pokočili.
Zvuk telefona je prekide. Obradovala se da je Daniel, zove, da se opravda, moli je da idu na večeru i riješe nesuglasice. Iznenadila se kada je vidjela da je Ivone. Namrštila se.
- Samo si mi ti sada trebala - reče smanjivši ton na telefonu i uputivši se prema kuhinji uze papir i olovku.

*Ni haljinu ne valja krpiti, a kamoli ljubav. Bolje je otići.*
*Meša Selimović*

Svjetla grada prolazila su pored nje dok ju je taksi vozio u pravcu aerodroma. Vrteći mesinganu figuricu u džepu, poklon od Daniela, pokušavala je da sabere misli. Slabo osvijetljeni neboderi sada su već ostajali iza nje u nadi da će svoju sreću da nađe na drugom mjestu. Gledala je kao u snu kako svijet živi ne osvrćući se na njenu patnju. Blijede usne su joj podrhtavale. Glas ju je iznevjerio i riječ joj se šapatom iskrala sa usana.

- Nije kome je nuđeno već kome je suđeno. Nije suđeno ni ovaj put - pomisli duboko udahnuvši zbog snažne ljubavi koju je osjećala prema Danielu. Neumoljiva, pulsirajuća bol koju je osjećala kao da se umirila. Nije više imala snage. To je ona priča, ljubav je na početku kao skupo vino, a na kraju samo jedan mlaki čaj od kamilice – lice joj je preplavilo razočarenje.

- Već mi se i prije dogodilo da sam nekoga izgubila. Ali ne znam da me išta ovako boljelo kao ovo. Kao da sam potpuno prazna. Jednog dana napisat ću priču o muškarcu, koji je udahnuo život jednoj ženi, pokazavši joj da se kroz život ide bolje u dvoje.

Taksista je gledao dok je pričala sama sa sobom.

- Gospođice jeste dobro?! - glasno je upitao.
- Da - tiho reče. Nadam se da jesam.

Obrisala je i poslednju suzu i suspregla poriv da ne zaplače. Moram da odumrem skroz - mislila je u sebi. Moja najveća ljubav postala je moj najveći gubitak.

Noseći kapućino u jednoj ruci, flašu vode u drugoj, ruksak na leđima, vukući lagano kofer od iritantanog zvuka točkića po betonu, glava joj je pucala. Uputila se prema šalteru da kupi kartu. Teško dišući mislila je da će se onesvijestiti. Proguta pljuvačku. Još jednom pogleda sve naglo udahnuvši. Kao da lagano izgubi ravnotežu, ali uspjela se održati na nogama. Ponešena talasom melanholije, shvata da je sada na putu da od života ima samo uspomene, koje će da nosi u sebi, nijedna bura ne može to da izbriše. Kako bilo šta da zaboravi u vezi njega, njegove usne, ruke, lice, taj snažni pogled, to je nemoguće. Sjetila se njihovog prvog susreta. Ljepotu tog trenutka zauvijek će imati u sjećanju. Kad ga je vidjela ostala je bez daha. Ipak on je tada napravio taj sudbonosni korak. Obrisala je suze koje su joj navirale. Još jedna rana na njenom srcu. Sreća joj nije suđena.

- Htjela bih da kupim kartu?
- Gdje želite da putujete? - upita ljubazna šalterka.
- Ne znam! - zbunjeno reče Sophie. - U kom pravcu imate slobodno mjesto, a da je Evropa?

Službenica ju je čudno pogledala.

- Želite za Pariz? Obično ljudi putuju za Pariz.
- Imate za Pariz jedno slobodno mjesto? - zbunjeno reče.

Kuckajući po računaru, službenica na kraju reče:
- Upravo polazi za sat vremena i ima jedno mjesto, karta je malo skuplja, ali je u Vip klasi, samo morate da požurite da kupite.
- Može – reče uzevši kratki predah. Idem za Pariz.

Red na aerodromskom kontrolnom punktu nikad nije bio toliko dug i spor. Sekunde su bile minute, minute sati, a sati vječnost. Stigla je do ukrcavanja svega nekoliko minuta prije zatvaranja.


Shvativši da bez Marka ne može da opstane jer nije uštedjela ništa novca i da je on u stanju da joj blokira kartice, Ivone se vratila kući. Ugledavši je na vratima, dok je sjedio i pijuckao vino na kauču, Marko uopšte nije bio iznenađen.

- Lesi se vraća kući - reče sa osmijehom ne obraćajući pretjerano pažnju na nju.


Stigavši pred vrata stana, Daniel se iznenadio kada je vidio da svjetla na prozoru stana nisu osvijetljena. Oblio ga je hladan znoj. Iako je bio u pripitom stanju, sama pomisao da je otišla, otrijeznila ga je za tili čas. Gurnuo je ključ u bravu, otvorivši vrata i kročio u hodnik. Da, stan je prazan, dobro je mislio.

- Dovraga, tko zna gdje je ona sada, koliko je daleko odmakla, ima li vremena da je vrati i stigne? Ne zalazeći dalje u stan, zaputi se brzim korakom prema autu.


Ivone je pokušala da ne obraća pažnju na to što je rekao. Pravila se da nije čula. Još je osjećala bijes što joj se Sophie nije javila. Šta to treba da znači? Duboko udahnuvši, otišla je u kuhinju, napravila sebi manji sendvič stavila na tanjir, nasula čašu vina i sjela do Marka ne progovarajući ni riječ. Tišinu koja je vladala prekinula je buka na vratima. Oboje pogledaše jedno u drugo kao da su u čudu šta se dešava.

Marko ostavi čašu sa vinom na sto pored, zaputi se brzim koracima prema vratima. Otvorivši vrata Daniel upade u hodnik.

- Gdje je? - reče gotovo ričući kao lav.

Marko u šoku, jedva progovori gledajući ga uzrujanog.

- Gdje je ko? - upita, dok je uzbuđen gledao u njega.

- Izlazi van ili zovem policiju!

Ivone je prišla žurno da vidi šta se dešava.

- Daniel! - reče začuđeno.

- Gdje je Sophie? - reče gledajući u Marka.

Ivone i Marko se nakratko pogledaše, Marko sav zbunjen gledajući u Daniela reče :

- Otkud znam, ovdje nije.

Ne obazirući se na njegov odgovor, Daniel se zaputi u stan otvarajući vrata i dozivajući je. Mozak mu je radio strahovitom brzinom, razni scenariji su mu se odvijali u glavi.

- On je poludio! - reče Ivone gledajući u Marka.

Idući za njim Marko mu reče:

- Nije ovdje kažem ti. Šta se dogodilo? Gdje je? – pitao je, sada već nervozan Daniela zaustavljajući i hvatajući ga za rub košulje. Sav uznemiren, počeo je da viče na njega.

- Gdje je? Šta si joj uradio? - vikao je i povlačio ga za košulju. Daniel ga odgurnu od sebe, sada već svjestan da Sophie nije tu, nervozno je prstima prošao kroz kosu i išao žurno ka izlaznim vratima. Marko je krenuo za njim slijedeći ga u korak. Brzim korakom uze svoju jaknu koja je visila okačena i na malom stoliću ključeve od automobila. Zalupiše vrata dok je Ivone stojala u tišini na hodniku sama, sa osmijehom na licu.

- Nestala je Sophie. Bog je čuo moje molitve, ovo je bilo lakše nego što sam mislila. Definitivno za proslaviti - reče sva sretna uputivši se prema kuhinji.

Ne dozvoljavajući mu da otvori vrata na autu Marko je tražio odgovore.

- Gdje je otišla?! - ljutito upita Daniela. Šta si joj uradio?!

- Prekini! - viknu Daniel. - Nemoj me izazivati da te i ovdje nalupam, ovo se sve zbog tebe desilo. Ostavi moju ženu na miru!

- Tvoju ženu?! Misliš ovu što je tražiš u mom stanu, ili bolje rečeno što ne znaš gdje je?!

Daniel ga udari šakom oborivši ga na cestu. Samo što se Marko uspio pridići, Daniel steže pesnice i zada mu još jedan udarac. Uplašeni prolaznici su ih zaobilazili. Šake su mu bolne, tijelo izmoreno i u šoku. Pogleda u Marka koji se srušio na trotoar, brzim korakom sjede u auto i zaputi se dalje.

*Nijedno prijateljstvo nije slučajno.*
*William Sydney Porter*

Noć je već uveliko odmakla. Čitavo tijelo ju je boljelo od stresa i naprezanja mišića. Par kružnih pokreta glavom opustit će ih malo - pomisli.

Da nije uspjela da kupi avio kartu, otišla bi u hotel i gorko se isplakala za sva dešavanja u njenom životu. Prebirući svoje kontakte u telefonu i razmišljajući koga ima u Parizu, sjetila se Marie. Prije nego što je krenula za Ameriku kratko su se čule, možda ona neće htjeti da je prihvati i ponudi pomoć, sada svakako nema drugog rješenja nego da je pita. Brzo i bez ikakvog zvuka otvorila je e-mail poštu. Osam poslednjih poruka su bile jako upadljive. Dolazile su sa adrese: danielweston@yahoo.com. Naslov poruke je bio:

```
Molim te javi mi se!
```

Nekoliko minuta je nepomično promatrala ekran, stisnuvši tipku Delete ne dovodivši sebe u iskušenje da otvara poštu. Osjetila je blagi drhtaj. Pored svega ubijala ju je želja šta je napisao. Vratila se ponovo u inbox. Ugledala je e-mail od Marie:

```
Draga Sophie,
 Kakvo je to pitanje da li možeš kod mene da spavaš? Jedva
čekam da dođeš! Stižem po tebe na aerodrom. Siguran let. See
you mon cheri!
```

Imala je uštedenog novca, tako da nije imala brigu neko vrijeme šta da radi. Osim toga, sa svojom diplomom, nije strahovala za posao. Dok je avion parao oblake nebeskim prostranstvom, na trenutak je zatvorila oči. Imala je osjećaj da dio nje koji je ostao u New Yorku nikada više neće moći da vrati. Za ovo što je uradila trebalo je da skupi mnogo hrabrosti. Ili to možda nije hrabrost, više kukavičluk?! Neko bi ostao i borio se, ona se pokupila na prvi problem i bježi. Znala je da bježi od ljubavi, neko vrijeme će je proganjati uspomene zato što će Daniel biti prisutan u njenim mislima, ali morala je tako postupiti. Razlagala je sve trenutke koje su proveli zajedno, dijelove upamćenih razgovora. Mnogi muškarci su poželjeli biti dio njenog života, ali samo je on uspio da joj se približi.

- Ne! U Zagreb ne idem! Tamo će me prvo tražiti, zapravo, ako me bude uopšte, tražio - pomisli. Sada je već vidjela Danielovo ozareno lice što je izašla iz stana, a on nije imao hrabrosti da joj kaže da ide.

Nazvao ju je lažljivicom. Zaboljele su je te riječi.

Poslavši Marie e-mail čula je odjeke avionskih motora u mračnoj tišini.

Uzdahnula je prebacivši ruku preko očiju i blago pogledala putnika preko puta sebe. Uputila se na put neočekivano ploveći kao pijesak sa osjekom.

Pretraživši najmanje 20. tak hotela, zvao je sve bolnice i prijatelje koje je poznavao da nije odsjela kod njih, ali od Sophie nije bilo traga ni glasa. Na kraju zaputio se putem aerodroma.

- Žao nam je gospodine, ali te informacije su povjerljive. Ne mogu da vam kažem da li je osoba kod nas bukirala kartu i u kom pravcu!

- Samo želim da znam da li je u avionu? Naravno znam da ne dajete takve informacije ali...

- Ne mogu vam pomoći!

- Zašto se ja uopšte sa vama raspravljam ovdje, želim da razgovaram sa šefom, ili sa kim već...

- Trenutno nisu ovdje.

- Čekat ću.

- Gospodine, shvatite me, stvarno bih vam pomogla, ali takve informacije jednostavno je nemoguće da dobijete.

- Šta biste vi radili da ste na mom mjestu? Šta? Obeshrabren klonu glavom na šalter. Podignuvši glavu zagleda se u djevojku. Treba mi ta informacija.

- Žao mi je.

To je bilo sve od odgovora. Bezuspješno je zvao na telefon, bila je nedostupna.

- Previše je ponosna da bilo šta sad odgovori - pomisli.

Stigavši kući, izmoren i iscrpljen, otključa vrata stana, zaputi se prema spavaćoj sobi. Krivnja ga je izjedala. Kako je mogao to da dopusti? Još se soba osjećala na njen parfem. Osjećao je njenu prisutnost iako nije bila tu. Volio je kad bi mu se prikrala dok je pisao izvještaje, zagrlila ga snažno s leđa nježno prislanjajući svoje lice na njegovo. Noću bi se omotala oko njega, kao da želi svoju toplotu da prenese na njega. Nije želio ni milimetar da se pomakne da je ne razbudi.

- Upropastio sam sve sa svojim egom i ljubomorom.
Ispijenog lica i očiju baci se na krevet u nadi da će da zaspi.

Baš kao i Daniel i Marko je sve pretraživao, ali uzalud.
Jedino što mu je padalo na pamet je Ivone. Da joj ona nije nešto nažao učinila? Njena mirnoća samo može na to da sugeriše. Osim toga, šta ženu koja može da izmisli sve te gnusne laži i razdvoji dvoje ljudi, sprečava da ubije? Pomisao na to ga je paralizovala.


- Jeste dobro? - osjetila je toplinu oko svoje šake osjećajući da je neko drži. Naslonjena na njegovo rame, kao da nije bila sigurna da je dobro čula, trže se, stisak njegove ruke da joj znak da nije san. Pogleda u čovjeka preko puta sebe. Crna kosa, tamnija put, još je držao njenu ruku. Samouvjerenog i smirenog lica gledao je u nju. Njegove oči su se uhvatile i zadržale na njenima. Oči su mu bile zagonetno tamne na potamnjelom licu, sa borama koje je odmah uočila. U drugoj ruci držao je veliku debelu knjigu, spuštenu na svoja koljena. Zijevnula je stavivši ruku na usta. Njegova ukočenost kao da ju je zbunila. Osmijehnu joj se, slabo, jedva primjetno pomicanjem usana i dalje gledajući u njene oči. Kao da je mogao da vidi svijet tuge koja se sada nalazila u njima. Nosio je bež pantalone koje su se Sophie učinile par brojeva većim sa podvijenim nogavicama. Glas mu je djelovao zrelo, ozbiljno, mada je pogled više upućivao na dječački izgled. Bijela košulja sa znakom Pola, isticala se na njegovom tamnom tenu. Brzo je zatreptala, razbistrila oči i izvukla šaku iz njegove.
- Oh žao mi je. Izusti.
Kao da je pokušavala da pronikne u njegove godine. Uputi mu blagi smiješak.
- U pogledu joj se nešto krije. Tuga, pravi naziv pomisli u sebi.
- Oh, Amir Khankan - reče sada pružajući ruku da se upoznaju. Da li ste dobro?
- O - reče zbunjeno, Sophie Šuman. Da, dobro sam. Bolje rečeno umorna, možda od svega više - reče uzdahnuvši i izdahnuvši jako da je imala osjećaj da bi planine pomjerila.
- Svi se u današnje vrijeme s tim nažalost sukobljavamo. Da li psihička iscrpljenost ili fizička, činjenica je da se čovjek mora boriti sa umorom. Sindrom hroničnog umora u posljednje vrijeme je sve češća pojava, pogotovo se osjeti na ljudima koji žive u gradskoj sredini, kao posljedica savremenog i brzog života - izusti Amir, pokušavajući da razgovor produbi.
- Da, interesantno je to da se na njega žale osobe koje se bave intelektualnim poslovima, a ne oni koje se bave fizičkim. Tako da one koji spadaju u prvu kategoriju uvijek savjetujem da povećaju svoju fizičku aktivnost.
- Vi se bavite... ? upita radoznalo Amir.
- Ja sam doktor. Tako da iz profesije znam već unaprijed da prepoznam simptome.

- Ja nisam doktor - reče kroz smijeh, ali profesija mi je isto takva da nas uči kako da se izborimo s tim.
- Čime se Vi bavite? - upita Sophie radoznalo.
- Ja sam hafiz. Učim Kur'an. Odloži knjigu u sjedalo pored sebe.
- Wow, zaista ne znam na koji način Biblija ili Kur'an nam mogu pomoći, danas je medicina ta koja je broj jedan u svijetu, ne pojmim postojanje Boga, svako danas ima pravo da vjeruje u šta želi, ako će drvo da vam pomogne onda vjerujte u drvo.
- To zavisi kakav je duh čovjeka. Svako ko je pročitao Kur'an kaže da čuda koja on ostavlja na ljude ne može da se objasni - reče sjedeći sada već opuštenijeg tijela.
- U fazi sam života kada ne znam kojim putem da krenem, ako može Kur'an, Biblija, ili bilo šta da pomogne, svakako ću da budem zahvalna. Namiješi se i promeškolji u sjedalu malo protegnuvši kičmu.
- Jedno od Allahovih lijepih imena jeste El- Hamid i ime koje se spominje na čak sedamnaest mjesta u Kur'anu. Što znači Onaj koji je hvaljen od Svojih stvorenja zbog blagodati i dobrote koje im je ukazao. Sva hvala i zahvala pripada samo Njemu. Kada čovjek to spozna, lakše se nosi sa problemima.
- Ne razumijem - reče zbunjeno Sophie. Šta Vi konkretno radite?
- Ja prenosim svoje znanje na druge učenike, ljude koji žele bolje da se upoznaju sa Kur'anom. Kao što ja znam cijelu Božju knjigu napamet tako učim i njih.
- Čudno - reče Sophie. Znati cijelu knjigu napamet i zato putovati. Naravno, medicina danas ima po pitanju svega svoje stajalište, ali često se onda pitam gdje je Bog kada nas oviju problemi, uzme nam najmilije, ljubav, na ono „Ljubav" osta zatečena sa kakvim bolom je to izgovorila.
- Bez sumnje je zapisano Allah će na sudnjem danu kada dođe da kaže: - A gdje su oni koji su se voljeli međusobno? Što znači, On je ovim jasno rekao, da je mržnja, svađa, nesloga među ljudima zabranjena. Uvijek je u svakom žitu bilo kukolja pa i u ovom našem. I prije su se ashabi suočavali sa svim, ali vjera u Jedinoga koji pomjera Mjesec i Sunce ih je održala. I On je sam mnoga svoja obećanja održao. Može li nauka da pomjeri Mjesec i zabrani mu da izlazi, a isto tako Sunce?
- Ne znam - reče zbunjeno. Nismo se na fakultetu suočavali i učili o tim stvarima. Kur'an, Biblija ne znam u šta da vjerujem? Roditelji su mi vjerovali u Bibliju. Život je čudna stvar, mislim da ga najsrećnije žive oni koji su spoznali njegov smisao - izusti zainteresovana za dalji razgovor.
- Ja mislim da ne može. Jasno se kaže: Pustio je dva mora da se dodiruju, između njih je pregrada i oni se ne miješaju. [20] Vi ne vidite tu pregradu, isto tako i mnoge druge dobre stvari koje Bog radi za vas, sada nešto izgleda loše, ali ko zna za šta je to dobro. To je umjetnost kojim je cijeli svemir ispunjen samo neko prizna, a neko ne. U hrišćanskoj crkvi u Iranu iznad kamena stoji uklesan jedan stih:

*Tamo gdje je Isus živio okupljaju se hrabri i velekodušni. Mi smo vrata koja nikad nisu zaključana. Ako te muči bilo kakva vrsta bola, zastani pored ovih vrata. Otvori ih.*[21]

Vjera je samo vjera Sophie. Nikome je ne pokazuješ, nikome ne dokazuješ, nikome

---

[20] *Al-Rahman;19,20*
[21] *Rumi*

se ne opravdavaš, ona je tu u tebi. Nosiš je sa sobom 365 dana u godini, 24 sata na dan. Sve što moraš ti da radiš, jeste da vjeruješ, da vjeruješ u sebe.

- Smatram se zaista srećnom. Kad sve sagledam, imala sam sreće u životu - reče Sophie, malo nervozno preplićući svoje prste. On to uoči. Odgojili su me ljudi koji su se međusobno voljeli i poštovali i bili su u stanju da harmonizuju različite kulture i stavove prema životu. Uvijek su se međusobno poštovali a i druge isto, tako što je danas teško naći na balkanskom području. Moj otac je uvijek govorio- Ništa me ne dotiče tako snažno, kao ljudi koji stvaraju sopstvene snove. Vjeruj u snove i snovi će se ostvariti.

- Vi ste sa Balkana? - reče još uvijek zainteresovani stranac.
- Da.
- Ja sam iz Damaska. Moja majka je rodila četiri sestre i šestero braće. Da joj dragi Allah otvori vrata Dženneta. Govorila mi je - Možeš uvijek biti ono što želiš. Bila je to jako mudra i pametna žena. Dakle, ja sam rođeni Musliman koji se odlučio da proučava svoju religiju. Specijalizovan sam za islam. Mnogi danas islam povezuju sa terorizmom i fundamentalizmom, zapravo pravo srce islama leži u sufizmu. Njegovo srce i duša pripadaju tome. Mnogima je to nažalost nepristupačno i nepoznato. Zapravo, jedno je sigurno, šta god radiš, trebao bi to da radiš otvorena srca. Sva suština je u tome.

Došavši kući Marko je bio uznemiren da je Ivone možda bila sposobna da ubije Sophie, ukloni smetnju sa puta. Uputio se prema spavaćoj sobi gdje je ona uveliko spavala.

Upalivši svjetlo i lupivši malo jače vratima, uspio je da je probudi. Pokušavajući da oči privikne na svjetlo, žmureći je gledala šta se dešava.

- Samo ću te jedno pitati Ivone, sjedajući na krevet pored nje reče ljutito - Da li si naudila Sophie?
- Šta se dešava? - upita ona zbunjeno. Odmahnu glavom.
- Bože koliko je sati? Pokušavala je da ustane, ali nije mogla da se pridigne od njega. Prebacio je svoju ruku preko njenog tijela. Čeljust mu se stisnula.
- Nešto sam te pitao Ivone! - brecnuo se.
- A ja tebe sada pitam da li si ti normalan, ili ti je ta žena toliko pomutila mozak da više ne znaš ni šta pričaš?!

Stavio je ruku na njen vrat. Dodir mu je bio električan i gotovo bolno je potresao. Čak i ovako, željela je da je dodirne. Dah joj je zastao od iznenadog dodira njegove ruke.

- Ako samo čujem da si ti imala prste u ovom, udavit ću te! Kunem se da ću da te udavim Ivone!

Smogla je snage odgurnuti njegovu ruku, moleći ga da je ostavi na miru, ali on je ponovo uhvati agresivno, toliko silno da je na trenutak izgubila dah.

- Ne mogu... ne mogu...

Osjetivši kako joj vazduh ponovo prostruji kroz tijelo, Marko ljutito izađe iz sobe, zalupnivši vratima. Ostala je ležeći, hvatajući vazduh i polagano dolazeći sebi.

Sada je već vrijeme u avionu prolazilo znatno brže. Sophie je vodila zanimljive razgovore sa Amirom. Iako je pokušavao da je oraspoloži i dalje je tuga u njenim očima bila prisutna.

- Govoreći iz svog ličnog iskustva, Sophie, jedan savjet mi je mnogo pomogao da pobijedim teška stanja u svom životu, vjeruj da ih imam još. Svi smo mi ovdje iskušani nečim.

Bog je plemenit prema svima nama. Blago podignuvši ruku, sa kažiprstom uprtim prema gore reče - O robovi moji koji ste se prema sebi ogriješili, ne gubite nadu u Allahovu (Božju) milost! On će sigurno sve grijehe oprostiti. On zaista mnogo prašta i on je milostiv.[22] Osjetiš li snagu ovih riječi, da nisi zaboravljena sa njegove strane, da si bitna, to ti ulijeva nadu da se ne gubiš na čudnim putevima i da će sve da dođe na svoje. Ne možemo da spoznamo nečiju vrijednost dok je prije toga ne izgubimo. Ponekad život zaboravi na okrutnost pruži čovjeku i lijepe trenutke. Trenutke rijetke sreće. I onda sve tako brzo to raspi kao vjetar. In deo speramus- S vjerom u Boga, ideš dalje. Možda prava ljubav počinje upravo kada strast počne da se gasi? - reče gledajući u njene oči kao da u njima ima nešto mistično.

Golema zjapeća praznina pojavila se u grudima, ondje gdje je nekad bilo srce. Hladan pogled njegovih očiju se promijenio. Zamračio se od emocija. Sada vidi jednog razočaranog čovjeka, koji ukoliko je ne pronađe može samo da zapadne u zamke depresije. Uspio je da izgubi ljubav, volju za životom. Soba je bila zaronjena u tamu, samo blaga svjetlost budilnika parala je mrak. Ne želeći da pali svjetlo, teturajući po mraku otišao je do kupatila, umio se, obrisao papirnatom maramicom, još vlažnim rukama prošavši kroz kosu. Izašao je na hodnik, prisjetivši se nje, Chapa, dok su se igrali sa njim. U grlu mu je zastala knedla. Pritisnuo je lice o vrata, bilo je tako sve nenormalno tiho da ga je ubijalo. Zatresao se od straha. Više se boji života bez nje, nego same smrti. Protrljao je kapke i uzdahnuo. Ljutnja i nerapoloženje su ključali u njemu kao u kakvom loncu. Više nije bilo priče, nije bilo svađe, urlika u stanu. Otišao je do kuhinje, uzevši malo vode da se sabere. Otvorivši vrata frižidera ugledao je komad sendviča od piletine. Zagrizao je, čudan trag od salate osjeti na nepcetu. Odloži sendvič, zatvorivši vrata, grlo zali vodom. Zagledao se u prozor koji je gledao prema ulici.

- Sophie - jedva čujno izgovorivši njeno ime, njegovo lice se zgrčilo izazvano gnjevom i frustracijom koju je sada osjećao. Osjećao je stid i očaj. Prošao je rukama kroz raščupanu kosu: „ I po prvom treptanju njenih očiju, prepoznao sam je. Bila je

---
[22] El-Zumer 53

to ona. Neočekivana i očekivana."

- Nemoj odustati od nas Sophie, ja znam da ja neću. Tako mi Bog pomogao prevrnut ću i nebo i zemlju, ali ću te naći. Zatvorio je oči na tren. Bilo mu je nemoguće povjerovati da se sve ovo događa, nešto tako neizrecivo strašno. Ostao je sam.

*Sve što se u našem životu događa, događa se sa velikim razlogom. Jedna kap kiše u pustinji donese blagostanje.*
*J. Collins*

Uzaludno je pokušavala smiriti živce slušajući pilota dok obavještava putnike da vežu pojaseve i pripreme se za slijetanje. Predio se stalno mijenjao. Mogla je da vidi zelena polja, kućice kao od karata kao da su sklopljene i spuštene. Pomalo sa strahom posmatrala je zemlju kojoj se približavala. Skočila je u nepoznato kao padobranac. Nekada se čini da je to skok pun sigurnosti, ali samo onaj ko skok izvodi zna koliko puta mu se duša štrecnula od straha. Pogledala je kroz prozor svijetle livade i zelene šume dokle joj je pogled dosezao.

- Nalazimo se na dvije hiljade metara nadmorske visine - oglasi se pilot.

Zakrilca su izvučena što je povećavalo površinu krila i omogućavalo smanjenje brzine aviona. Uhvati Amira za ruku kao da traži podršku da ovo izdrži. On je prihvati i stisnu je jako.

- Tu sam, ne brini - toplo joj se osmijehnu.

Obasjan suncem i škripom točkova avion grubo udari o tlo. Potvrda da je stigla.

- Pa stigli smo - reče Amir.

Putnici su lagano počeli da ustaju, oblače jakne i tapkaju u mjestu čekajući dok se vrata aviona otvore.

- Drago mi je što sam te upoznao Sophie. Ovo je moja podsjetnica - izvadio je karticu iz džepa i pružio joj. Kartica je bila crna sa ispisana zlatnim slovima, sa nekim njoj čudnim znakom. Ako bilo šta mogu da ti pomognem, tu sam. Dok se ne snađeš, mogu da riješim problem smještaja ovdje, zato nemoj da brineš. Desnu ruku spusti neprimjetno na grudni koš, tiho duboko uzdahnu.

Ona potvrdno klimnu glavom - Hvala ti puno. Uze karticu i stavi je u svoju torbu.

Ljudi su se već gurali da što prije izađu van iz aviona. Našavši se van, zbijena gomila ljudi se gurala da što prije završe kontrolu, žurno idući prema izlazu. Pokaza pasoš policajcu. On je pogledom proučavao, davši znak da pristupi sljedeći putnik.

Dolazeći do pokretne trake za stvari izgubila je Amira. Velika gužva na aerodromu već joj je stvarala pomalo glavobolju. Gledala je kojim putem da krene. Masa ljudi žurila je u različitim pravcima. Odjednom se začula vika. Ljudi su se okupili, dozivali su i tražili pomoć. Sophie je pokušala kroz masu ljudi da se progura, noseći ruksak na leđima i torbu u jednoj ruci, a kofer u drugoj. Ljudi su na raznim jezicima dozivali pomoć. Gurajući se grubo sa masom ljudi koja je napravila krug, uspjela je da sebi prokrči put i ugleda čovjeka kako leži na zemlji. Pritrčala mu je i ostala zatečena.

- Amir! - glasno je uzviknula. - Odmaknite se svi! Spustivši svoje stvari pored njega, kleknu na koljena - Treba zraka. Praveći lijevom rukom kao krug, ograničila je pristup ljudi oko njega.

Amir je počeo da se guši, zrak do njega nije dopirao. Sophie mu reče da se umiri podignuvši mu blago glavu, protegnuvši se dohvati ruksak stavivši mu ga kao oslonac. Znala je šta treba da uradi, ali nije znala čime. Um joj je radio pomahnitalo brzo. Poput munje sjeti se da je imala hemijsku olovku zapakovanu u torbi, koju je kupila u New Yorku dok je šetala taj dan sa Danielom i Chapom. Brzim pokretima dohvati svoju torbu, žurno prebire po torbi. Odahnu.

- Smirite se - reče glasno, pogledavši u masu ljudi. Ja sam doktor, molim vas napravite prolaz da ima zraka. Pogleda u sve te ljude prestrašena. Dovraga! Navikla je na razne intervencije u poslu, ali ovako nešto još ne. Izvukla je olovku iz folije, izvadila uložak, bacila ga pored, ostavljajući cijevčicu praznu. Udahnu, uhvati ga za ruku, nervozno susrete njegov pogled, prisloni uložak uz sami vrat, tražeći pogodno mjesto.

- Vjeruj mi. Stisnu mu jako ruku. Amir zatvori oči.

Brzim pokretom napravi mu traheostomu na vratu, stavljajući cijev od olovke kao aparat za disanje.

Duboko odahnu. Ljudi su bili zaprepašteni, pojedini od njih su držali telefone i snimali. Sad joj je već lakše, izvela je zahvat. On udahnu, otvori pogled, kao da se vrati iz mrtvih. Zrak je prostrujao cjevčicom, opskrbivši ga kiseonikom, ne u toj mjeri na koji je ljudski organizam navikao, ali dovoljno da spriječi gušenje. Ugleda je. Glasan pljesak prolomi se salom. Ljudi su pljeskali, zahvaljivali se njoj, Bogu i srećnim okolnostima što se tu našla. Pokušala je da ga umiri držeći ga za ruku dok su se liječnici već probijali kroz masu ljudi. Gledao je njene smeđe oči, njeno lijepo lice, gledao je ženu koja mu je produžila život. Zahvaljivao se Bogu na tome što ovo ipak nije bio slučajan susret.

U masi ljudi isticao se jedan ženski glas dok je medicinsko osoblje pružalo pomoć Amiru i spremalo ga za bolnicu. Kao ugljen duga kosa padala joj je preko ramena, raspuštena i divlja. Sunčane naočare upečatljivo crvenog okvira upletenog u kosu. Uvijek je nosila sunčane naočare čak i kada pada kiša. Plavile su joj se oči kao tirkizna boja mora i zjenice su sada već malo bile raširene od iznenađenja koje je zatekla. Na rukama je imala bezbroj malih narukvica različitih boja. Široka crna majica prelazila joj je bokove, skoro spuštajući se do koljena.

- Đavo je u detaljima, treba to da znaš, svaka Parižanka to zna, s tim da ti to nisi, tu sam da te naučim. Moda vlada svijetom, a mi u Parizu vladamo modom- rekla bi kroz smijeh. Duge noge kao u kakve Amazonke bile su odjevene u crne tajice a na nogama je imala martinke. Ne voli da gubi vrijeme, voli da jede, pije dobra vina, jede zeleno povrće, špinat, kelj, artičoku, morske plodove, dobro i malo mesa. Nikada se ne ponaša u skladu sa svojim godinama.

- Tražim muškarca koji zna da kuha! - to joj više zvuči kao moto. Uvijek je govorila kako nije seksipilna, jer vjerovatno nije bila svjesna svog učinka koje je ostavljala na muškarce. Pažljiva je, saosjećajna, ohrabrujuća, ponekad malo zbunjena i previše djetinjasta. Izazivala je pažnju gdje god bi se pojavila.

- Zašto sam znala da ću u ovoj masi i vici ljudi da te pronađem. Oh kako mi je drago što te vidim! - reče Marie zagrlivši je toplim i jakim stiskom. Odmaknuvši se od nje, glavu stavi pod pazuh.

- Da, baš kao što sam mislila, preznojila sam se. Ne, ne gledaj me tako, znaš dobro da me to čini nervoznom. Opsova sebi u bradu.

- Marie! - Sophie se toplo nasmija. I meni je drago što tebe vidim. Nažalost moramo sa njima do bolnice. Ne mogu da ga ostavim - reče i promjeni izraz lica, glasa sitnog i protkanog ranjivošću. Marie joj namignu, priđe joj i poljubi je u obraz.

- Znaš da običan život nije za mene, dešavanja su moja svakodnevnica - promrmljala stegnuvši je još jednim jakim zagrljajem.

Držeći Amira za ruku Sophie se uputi za medicinskim osobljem prema kolima hitne pomoći. Marie je ponijela Sophine stvari sva u čudu zbog situacije koja ih je snašla.

*Ona nikad nije izgledala lijepo. Ona je izgledala kao umijetnost. I umjetnost ne treba izgledati lijepo. Trebala bi te natjerati da osjetiš nešto.*
*Rainbow Rowell*

Daniel je lagano otvorio oči još uvijek osjećajući glavobolju. Oči su mu se postepeno privikavale na svjetlost koja probija kroz žaluzine. Isti plafon, isti zidovi, isti krevet, još kao da u vazduhu treperi njen parfem, ali nje nema. Prozor je bio otvoren dopola. Topao vazduh puni prostoriju, ali njemu tijelo drhti od hladnoće, na samu pomisao da ona nije tu. Zgrabio je jastuk stavio ga preko lica, kako bi malo prikrio buku u ušima. Jastuk je mirisao na nju.
- Shalimar[23], kako znaš šta volim - reče zagrlivši ga jako.
- Vidio sam bočicu u kupatilu. Kvalitet prije svega, ne cijena.
Odmahnu glavom brzo kao da želi da rastjera misli. Spustio je noge na pod i uzeo telefon sa noćnog ormarića. Ne, nema poruka, propuštenih poziva, govorne pošte. Vratio je telefon na noćni ormarić pored, ustao i podigao žaluzinu ugledavši van ljude, dok žure samo njima poznatim pravcem. Otvori prozor skroz, nagnuvši se nadlakticama o njega. Pokušavao je prethodnu veče da pritisne u sami kraj mozga, ili uskladišti sve podatke kao u kakvom kompjuteru u otpatke za korpu. Nekada ta dobro uvježbana tehnika je odlično funkcionisala, a sada, sada je sve drugačije. Osjeća da su mu napeti mišići na licu. Duboki uzdah, četiri sekunde zadrži vazduh, lagani izdah. Ponovi metodu još par puta. Vazduh prostruja plućima. Ono što ga je sada još više izluđivalo njena snaga da napravi sve ovo, njena izdržljivost, njeno tijelo da može da pripada sad nekom drugom. Da nekom sve ovo priča, rekli bi da je ovo odlična ljubavna priča, ali zapravo je tragedija. Tišinu je prekinuo lagani cvrkut ptica negdje u daljini. Dječiji smijeh i buka ulice probudili su u njemu novi strah. Nadao se da je sve san, ali kako vrijeme odmiče sve više ga podsjeća da je stvarnost. Malo se pribrao, osjeća kako mu srce još igra. Trebalo mu je nekoliko sekundi da dođe sebi. Baci pogled na sat na zidu: četiri sata poslije podne. Ipak je malo uspio da

---

[23] *Shalimar Perfum by Guerlain*

odspava - pomisli.

- Dobar dan svijete! - uzviknu. Migrena mu se pogoršavala, a glava mu je pulsirala bez prekida. Odmaknuvši se od prozora uputi se prema kuhinji. Baci pogled kroz prozor kuhinje vidjevši bistro plavo nebo, parale su ga samo ptice u letu. Spazi ženu sa dva crna psa dok ih izvodi u šetnju. Ostao je u čudu kada je na stolu spazio pismo i na njemu prsten. Obli ga hladan znoj. Dotakao je samo dno, ima li izlaza na površinu? Jedno vrijeme stajao je potpuno nepomičan, hipnotisan, imao je strah, koji mu je parao pluća. Otvori kuhinjski viseći element, uze vrećicu i stavi u aparat za kafu. Obrisa znoj sa čela, koji mu se lukavo prikradao. Preplavila ga je ogromna mučnina.

Prišao je hladnjaku i uzeo flašu hladne vode, zgrabi žurno šoljicu gotove kafe tako da se pored aparata razli par kapi, ali nije obraćao pažnju na to. Odmaknuvši stolicu sjeo je za sto. Izvadio je pismo iz koverte. Oprezno je primaknuo očima list papira, uhvativši u vazduhu miris njene kreme za ruke koju je koristila. Ruke su mu drhtale. Zastao je i pokušao ponovo usredsređujući se na riječi. Kao da se obavila oko njega, mogao je da osjeti njeno disanje na vratu.

- O ne! Dovraga, samo to ne!

*Dragi Daniel...*
*Ne znam odakle da počnem...*

*Došavši u stan poslije onoga što sam vidjela skupila sam preostale mrvice hrabrosti da ti napišem pismo. Možda ćeš ovo da razumiješ, a možda ne? Vjerujem da me sad kriviš za odlazak, a možda ti je i drago što sam smogla snage i sama otišla. To što sam prećutila za Marka je napravilo golemi jaz među nama koji ti nisi mogao prevazići. Umorna sam od svega. Kad smo se prvi put sreli nisam vjerovala da si ti taj. Pored svih sumnji koje su me kopkale, jedno znam. Volim te! Volim te cijelim svojim bićem. Očigledno, da to tebi više ništa ne znači. To nisi ti. Ne znam šta se dogodilo? Previše pitanja, manjak odgovora. Pitam se gdje je nestao onaj Daniel što sam ga znala, koji ima razumijevanje ne dopuštajući egu da ga nosi? Gdje smo nestali mi, poput dima od cigarete tako brzo smo se rasuli. Prethodne dvije noći nisam spavala, i skoz slabo sam jela ovih dana, okovana stresom, mrzeći sama sebe zbog situacije koja se stvorila čekajući da se iz mraka pojavi neko rješenje Biblijskih razmjera. Ali ništa. Toliko sam se trudila da ti objasnim i doprem do tebe. A ti, šta si uradio? Bacio si se Megan u naručje pokazujući pred njom koliko sam ti nebitna! Moj glas više do tebe ne dopire. Kada sam te vidjela s njom i nakon svega što se dogodilo, odlučila sam da odem i da ne budem prepreka tvojoj sreći. Često sam se pitala, kad si me gledao tim svojim beskrajno lijepim očima, šta si to mogao vidjeti u meni. Da li sam ja zaista žena tvoga života, kako si mi to često govorio? Ja sam u tebi vidjela muškarca svog života. Postoje stvari koje kod tebe obožavam i one koje mrzim. Zašto joj nisi rekao da izađe van kada sam došla? Tebe sam htjela da vidim. Došla sam da prekinem ovaj jaz između nas kao Majsije sa svojim štapom, da vratim more na mjesto koje mu pripada. Trebao nam je taj čarobni štap, kada već nismo znali ništa da uradimo sami. Šta si napravio? Izbacio me blago rečeno van, da bi ostao sa njom. Kakva je razlika to što si ti meni sada uradio i što sam ja tebi prećutila Marka?! Sa svom boli koju osjećam ostavljam ti prsten... nadam se, da će ga nositi neko ko ga zaslužuje, neko ko te neće povrijediti kao ja. Jedno znam... ne mogu prestati da te volim. To ne mogu isto kao što Zemlja ne može da prestane da se okreće oko Sunca.*

*S ljubavlju, Sophie*

Kada je završio čitanje odložio je pismo u kovertu. Svako slovo je odjekivalo glavom.

- Prokletstvo! Lupnuo je šakom o sto. Potiskivao je bijes i osjećaj bespomoćnosti pa čitao pismo iznova i iznova. Sad je već znao gdje se nalazi svaka tačka, svaki zarez i veliko slovo. Uzdahnuo je. Volio je i još je voli, ali uprkos tome, uvijek je za njega bila enigma. Ponekad bi je proučavao i nije mogao da zaključi o čemu trenutno misli, nasmiješila bi se samo i nastavila sa mislima tamo gdje je stala. Dopadala mu se ta njena tajanstvena misterija. Misterija kojom se okružila proteklih par dana, koja je dovela do toga da je pokupila stvari i otišla, sad već nije volio taj dio. Baš kada je mislio da se razlikuju po svemu od ostalih parova na svijetu desilo se ovo. Šta iskrenost može da uradi? Može da razdvoji dvoje ljudi koji se vole. Osjetio je da ga počinju u očima peći suze.

- I muškarci plaču sine - sjetio se majčinih riječi. Isplači se milo moje, biće ti lakše. Dobro je kroz suze izbaciti sve iz sebe.

Činjenica da je ostao sam i ostavljen kao list na vjetru nije mu se sviđala. Oči su mu bile crvene od iscrpljenosti. Na papiru je gledao njen poznati rukopis prinoseći papir nosu da osjeti njen miris. Napravio je grimasu napola ljutitu, istovremeno tužnu blago stišćući pismo u ruci. Prsti su mu se tresli. Čitao je ponovo riječi žene koju je volio više nego što je mogao reći. Zatvorio je oči ponovo je vidjevši na vratima kancelarije kada je ugledala Megan. Tjeskoba je poput plime svaki sekund sve više i više u njemu rasla. Ostao je bez daha na samu pomisao da joj se može nešto desiti? U naletu bijesa zgužvao je pismo i bacio ga u ugao kuhinje.

Prosuo je u sudoper ostatak kafe, bilo mu je teško da se usredsredi na bilo šta. Mozak je lutao i radio previše brzo.

- Bukvalno smo jedno drugom čitali misli i naše slaganje nije prestajalo da me zadivljuje - tiho prozborivši zamišljenog izgleda, protrljao je bradu nadlakticom.

- Vratila se kući! - uzviknu sad već ozaren u licu, nepomičan među zlatnim česticama prašine koje su se ogledale na elementima kuhinje. Znam gdje si Sophie!

*Sreća nam uvijek daje prijatelje, ali nesreća ih provjerava.*
*Francuska poslovica*

Bolničarka se polako kretala bolničkom sobom gurajući stalak sa infuzijom bliže Amirovom krevetu.
- Sreća je što ste se zadesili tu? – reče ozbiljno gledajući u Sophie. Sjednite slobodno pored drugarice. Sada nema razloga za brigu. Marie je sjedila na stolcu pored kreveta gledajući u nepoznatog čovjeka. Sophie je uzdahnula.
- Jesu ovo nalazi? - pitala je gledajući u papire koji su stajali pored kreveta na manjem bolničkom stolu.
- Da. Doktor će doći kasnije da ih iščita da znamo koju terapiju da primjenimo.
Sophie laganim korakom ustade i uze papire u ruke čitajući list po list polako: Mokraćna kiselina, TSH, crvena krvna zrnca, hemoglobin, enzimi, gvožđe. Pročitala je i došla do malog ugla, gdje je u dokumentu naznačeno:
- Karcinom ždrijela - reče tiho sebi u bradu. Marie je pogleda začuđeno.
- Ima karcinom - reče Marie sva iznenađena.
- Da - reče Sophie. Okrenula se licem ka prozoru zabrinutog pogleda duboko uzdahnu. Uprkos očiglednim činjenicama, teško je prihvatala zastrašujuću istinu koju je upravo otkrila.
- U rodbinskoj ste vezi - upita sestra znatiželjno?
- Ne, upoznali smo se u avionu...
Vrata sobe se otvoriše. Zgodni muškarac srednjih godina i sijede kose uđe unutra.
- Sophie Šuman? - pogleda u dvije žene radoznalo.
Marie pokaza prstom na nju napravivši malu grimasu.
- Bernard Romand - reče pružajući ruku prema njoj.

- Drago mi je - reče Sophie.
- Vidim već ste pročitali nalaze - reče gledajući u nju dok drži papire.
- Da, rak ždrijela! - reče u čudu gledajući u Bernarda.
- Nažalost da... - reče on blago slegnuvši ramenima.
- To je dovelo do suženja dišnog kanala? - pogledavši u Bernarda reče upitno.
- Da - reče Bernard. – Imao je sreću što ste se zatekli na tom mjestu.
- Nakon uklonjenja larinksa ugradit ćemo govornu protezu, primijeniti odgovarajuće mjere liječenja i sa adekvatnom terapijom sve će biti u redu.

Marie je gledala zbunjeno u oboje.

- Kako rak raste on tako sa svojim rastom prodire kroz sluznicu i mišićni sloj u okolna tkiva i odatle se širi u limfne čvorove vrata pluća i druge organe utičući na okus, govor i gutanje. Često ljudi misle da su prehlađeni zato što imaju promuklost, grlobolju, bolove u uhu i iz tog razloga ne obraćaju pažnju na simptome- reče gledajući u Marie desnom rukom masirajući neprimjetno sljepoočnicu.
- Tačno - reče Bernard.
- Prošla sam sa mamom sve to i na kraju nije izdržala pored raznih dijagnoza koje su nam davali. Život nije uvijek za ples, ali ti opet pleši - bio je njen moto.
- Stope preživljavanja od raka pluća su uglavnom niže od onih za većinu vrsta raka.- tužno joj reče shvatajući koliko još bola nosi u sebi zbog majčinog gubitka. Znam koliko je teško da se to liječi i Danielova je mama umrla od toga. Osjeti bol u grudima na spomen njegovog imena.
- Da - reče Marie. - Iz toga razloga je i postao onkolog ne bi li pomogao drugima zato što nije mogao pomoći njoj.
- Da - reče Sophie tužno.
- Spiralni niskodozni CT može biti od koristi pri otkrivanju malih karcinoma koji se mogu liječiti hirurški resekcijom i sa njim se onda sprječava razvoj neizlječivog raka.
- Ah, kako će sada da govori?- reče zabrinuto Marie.
- Zbog toga mu ugrađuju govornu protezu. To je jedan ventil kojim se proizvodi zrak iz pluća i dušnika u jednjak i ždrijelo na taj način formirajući glas.
- Rak svakako nikome ne donosi ništa dobro - prozbori Marie.
- Daniel kaže da sa ovom bolesti ljudi saznaju ko su zapravo, s kakvim ljudima smo okruženi, otkrivamo šta smo sve u mogućnosti da uradimo i čovjek gubi strah od smrti – tiho izusti Sophie.

Vidjela je njegovu pojavu ispred sebe. Obrise njegovog lica.
- Uvijek sam volio naše nedeljne šetnje. Majka je uvijek znala kako da me usreći. Pričao sam joj o svim svojim problemima koji su mi se nalazili na putu. Ona je sa razumijevanjem sve pažljivo slušala nadajući se da ima rješenje.
- Pitam se da li bi joj se svidjela?
- Obožavala bi te. Otac je malo bio drugačiji, na prvi pogled djelovao je hladno,

ali kada nekoga zavoli to je sigurno to. Znam da mu je majka znala slabe tačke, vjerujem da im je zbog toga brak i imao smisla. Kao što će imati i naš - na trenutak je zaboravila gdje se nalazi.
 - Sophie...

Bolnička soba mu se kupala u bijeloj svjetlosti.
Kao kroz san čuo je razgovor. Još nije mogao da razazna glasove, ali jedan je poznao. U glavi mu je odzvanjalo potmulo brujanje, dok mu je oštar bol šarao plućima. Pokušao je da se pridigne, ali bio je previše iscrpljen.
Okrenuvši se prema njemu Bernard reče:
 - Najbolje je da se sada previše ne naprežete pri govoru. Dok malo odmorite uputit ću Vas šta moramo da uradimo dalje. Okrenu se prema Sophie:
 - Bilo mi je drago - reče joj. Ako ste u prilici da navratite ovih dana želio bih sa Vama privatno da porazgovaram.
 - Naravno - reče zbunjeno. - Mislim, nadam se da ću stići, zbunjena ne znajući šta više da kaže - reče gledajući u Marie.
 - Ja sam Marie - reče tiho pozdravivši Amira. – Pričekaću te vani - pogleda u Sophie tapnuvši je po ramenima.


Marko je zvao sve hotele redom sjedeći u stanu listajući imenik, ali sve je bilo bezuspješno. Ivone se više nije zamarala sa njom, najvažnije je da je otišla. Nakon incidenta sa Markom u dubini svojih misli preispitivala je sebe.
 - Da li uistinu vrijedi biti sa ovakvim čovjekom? Da je udavi zbog druge žene. Svašta je bila u stanju, ali nije mala stvar optužiti nekoga da je potencijalni ubica. Praveći ručak razmišljala je kako bi mogla svoj život da dovede u normalu da nije ovisna o njemu. I ovako je samo tražio način kako da je se riješi. Godine potrošene na njega na obzoru svega ne donose dobro. Razmišljala je ako ne bude htjela da ode, da je blago drogira i smjesti u neki hotel, u sobu sa plaćenim muškarcem. Ali, da je ubije. Zaboga!

*Putovanje od hiljadu milja započinje jednim korakom.*
*Lao Tse*

 

Automobil se zaustavio pred aerodromom. Sjetio se dana kada ju je dočekao sav radostan što je konačno tu.

- Hvala - reče taksisti ostavljajući mu bakšiš.

Zvuk telefona ga trznu, odmaknuvši se od auta, spustivši ruksak pored nogu, javi se.

- Molim?!
- Pa čovječe gdje si? Šta se s tobom dešava, je l' želiš da te izbace s posla?! - vikao je Lukas s druge strane slušalice.
- Pusti me sad! Nisam rapoložen za rasprave. Osim toga idem na put.
- Ideš da tražiš Sophie. Obojica ste ludi i bolesni za tom ženom. Čuo sam se sa Markom i on kaže...
- Lukas, ne želim da čujem njegovo ime! Za tog kretena ne želim da znam! Čujemo se kada dođem.
- A gdje ideš? Ti ne znaš gdje je otišla.
- Idem u Zagreb, vratila se kući. Razmišljao sam, uvijek sam bio logična osoba. Nikada nisam činio gluposti i upuštao se u ovakve poduhvate. Možda je ovo način da naučim. Moraš da studiraš žensku psihu, na koji način radi mislim da sam test položio. Nepredvidljiva je, voli izazove, voli šokirati ljude, uzburkati mora i planine. Žene su u stanju sve to.
- Žene mogu definitivno da izlude čovjeka - reče Lukas poklopivši slušalicu.

- Ne, ne dolazi u obzir - reče Sophie ljutito vraćajući mu ključeve od stana. Upoznao si Marie. Biću kod nje - reče držeći njegovu ruku zajedno sa ključevima u svojoj.

- Ne kao odgovor ne prihvatam. Svakako ću biti u bolnici - lagano se pomjerio u krevetu tražeći daljinski za krevet da se malo pridigne. Sophie pritisnu dugme na krevetu, krevet poče blago da se pridiže.

- Molim te - reče joj tiho molećivim glasom, jedva ispuštajući riječi iz grla. Nije to da vraćam uslugu, ali stan je svakako prazan, a ja sam ovdje. Možda nije po tvom ukusu, ali svakako ćeš, u dvorištu i tišini koju posjeduje u ovom bučnom gradu moći da središ svoje misli.

- U redu - reče na kraju Sophie popustivši nad Amirovim zahtjevom.

Žurno hodajući po sobi Marko je držao slušalicu i pričao dok je Ivone servirala sto za ručak. Šetao se stanom i svaku riječ koja je dopirala do njega, pažljivo je upijao. Iz kuhinje je dopirao miris crvenog luka.

- Ne mogu da vjerujem - reče ljutito. - Kako meni to nije palo na pamet?

Glas sa druge strane žice je još brbljao.

- U redu. Neću! Zašto bih? Ma daj, nisam lud.

Držeći telefon u rukama, protlja bradu rukom zamišljeno. Život je takav lomi te na sve načine. Poput šava, povučeš nit, zašiješ, nit se ponovo raspara. Zašiješ ponovo, nakon nekog vremena misliš sve je u redu, i šav popusti raspori se. Pucanje, svakodnevno razdiranje, traganje za smislom, traganje za ljubavi. Život je... tupo je gledao u zid sobe ne dovršivši misao. Od nervoze počeo je da gricka nokte, što nikada prije nije radio. Smatrao je to ružnom navikom, a sad ni sam kao da nije bio svjestan toga. Pogleda u telefon, listajući imenik. Ivone je sve posmatrala ispod oka postavljajući tanjire na stol. Čak je par puta namjerno okrznula tanjir od tanjir ne bi li skrenula njegovu pažnju ali to se nije dogodilo. Telefon na drugoj strani je zvonio. Još jednom gricnu nokat nesvjesno, otkinuvši komad i pljunuvši na pod.

- Aerodrom, izvolite?

- Želio bih da kupim kartu - reče uzrujan sad već izobličenog pogleda gledajući u Ivone.

- Za Zagreb.

*Sophie*

*Kada se jedna vrata zatvore, druga se otvore, ali mi prečesto gledamo u ona zatvorena da ne vidimo ona koja su se otvorila za nas.*
Helen Keller

Otvorila je staklena vrata, pogledom prešla po vrtu i duboko udahnula zrak koji je mirisao na jorgovan. Očekivala je da će osjećati strah, zaokupirala je stan od stranca, ali umjesto straha bila je ispunjena dobrodošlim osjećajem olakšanja. Miris čaja ispunio je prostoriju. Amir je dobar čovjek. Ne paniči! - prođe joj kroz glavu.

Na zvuk koraka Marie podigne pogled okrenuvši se prema njoj.

- Neobično je spokojno ovdje, sviđa mi se. Ali ipak nešto nisam smirena. Vrt je prekrasan. Crvene ruže za ljubav. Lavanda za vjernost. Jabuke za ljepotu, ali osjećam nemir. Ne poznajem ga!

- Napravila sam nam čaj - reče noseći šoljice u ruci, sjedajući pored nje.

Marie nije bila zadovoljna što nije odsjela kod nje već kod stranca kog je upoznala u avionu. Prihvativši šoljicu udisala je paru iz čaja.

- Šta ako te neko siluje ovdje, misliš li na to? Ok, djeluje mi lik u redu, ali šta ako nekoga pošalje i kidnapuje te.

- Ne želim na to sada da mislim - reče dodavajući sebi malo šećera u čaj, gledajući u paru koja se razletjela po zraku. Osjetila je na svojim leđima lagani dašak vjetra. Ti ne dodaješ šećer? – pokušala da se sjeti.

- Ponekad, svakako sam trenutno na dijeti. Tako da ću bez šećera. I šta bi se moglo reći na sve ovo? - upita lagano ispivši čaj, posmatrajući njeno umorno lice. Želiš jednu? - pitala je uzimajući dugačku cigaretu držeći je u lijepo ručno oblikovanoj tabakeri. Ne gledaj me tako, znam za štetnost, ali svakodnevni stres, ovo mi je kao neki ispušni ventil. Imam osjećaj da sam bez njih stresna i zaboravna, ali samo dvije dnevno. Stavila je cigaretu među usne zapalivši je upaljačem dok je gledala u Sophie. Uvukla je jedan dim, odloživši cigaretu u malu pepeljaru.

Sophie je udisala svježi zrak i miris jorgovana koji se širio dvorištem. Osjećala se usamljeno, razočarano. Usamljenost je udari jačinom fizičke sile. Zagleda se u ruke vidjevši otisak gdje je prije bio zaručnički prsten.

- Mislim da treba dobro da se nalijem alkoholom, prestanem da mislim na posao i neuspjele ljubavne veze. Podigavši noge na stolicu skupi ih i obuhvati rukama. Zašto u mom životu nema vedrine i sreće?

- Nemoj me gledati tim pogledom već pucaj - reče joj nestrpljivo Marie.

- Šta da ti kažem, doživjela sam šok - protegnuvši se uze šoljicu s čajem u ruke.

- Zbog čega? - upita Marie uplašeno šta se desilo?

- Daniel i ja nismo više zajedno - reče tužno sa bolom u grudima.

- Pa dobro zbog čega? - Dovoljno je da te pogledam u kakvom si stanju stigla i da shvatim da nešto nije u redu - reče gledajući u nju. Pusti me da pogodim: Spolja gladac a unutra jadac!

- Dok ne dobiješ sopstvene čvoruge na čelu lekcija se ne smatra savladanom - to mi je rekao Amir u avionu s čim se ja nisam složila, puna sam čvoruga, a lekcije slabo učim. Stvarno sam mislila da ću sa Danielom na nekoj staroj verandi da dočekam starost dok se u daljini čuje cvrkut ptica. Otpivši gutljaj čaja odloži šoljicu na sto. Bili smo prijatelji, ljubavnici, a prije svega sam mislila srodne duše. Ispostavilo se da sudbina ima drugačije planove. Baš kada sam mislila da se više ne svađamo i da smo idealan par, dogodi se problem. I znaš šta je najgore od svega? Marko je živ - reče na kraju.

- Da, ali gdje je mnogo svađe, nadam se da ima i strasti. Jesam romantična, ali mislim da je rano još da sanjam muža i kuću punu djece sa mojim licem. Ali Marko! - Marie je sva u čudu. Marko... Marko? Pomozi mi... onaj Marko što smo davno pričale...

- Upravo taj i glavom i bradom i da stvar bude gora radi sa Danielom u bolnici. Prošlost kao da je zarobljena u meni Marie. I kada odlučim da sve izbacim van, Daniel okrene ploču. Saznam za gnusne laži koje su mi pričane sve ove godine.

Marie je bila u blagom šoku. Vedro nasmijano lice sada preplavi tuga. Ustade i obgrli je oko ramena.

- Nemoj se previše živcirati. Taj Marko je prava ljiga!

Sophie, sada već puna suza, nije više mogla da se suzdrži. Grcajući u plaču skupila se na stolici i sve joj ispričala za Ivone.

- Nemam riječi, jednostavno sam ostala bez teksta, to što je ta Ivone uradila, nema ni na filomovima, a još više me Daniel iznenadio svojim ponašanjem, ali naravno, to je taj muški ego - izusti Marie nekim svojim još prisebnim dijelom.

Svi su muškarci isti. Oženiti Ivone, a šta sve nije rekla. Poslije toga se tebi miješati u život…

- Da - reče jecajući Sophie. Ne samo to - jedva je procijedila ridajući od plača, više me boli kako se Daniel ponio pred Megan, ponizio me. Izabrao je da sluša laži. Mislila sam da će ljubav nadmašiti greške, ali prevarila sam se. Imam osjećaj da sve što se odigralo ništa nije slučajno. Loša procjena ili šta je sve ovo Marie? Kako god, nema više oblaka po kojem sam hodala, propala sam.

- Vjerujem ti, ali nakon kiše dolazi sunce. Moto moga oca. Isplači se, možda će da ti bude lakše. Dođavola, ljubav baš zna da boli! I kod mene je situacija napeta. Znaš da je moj otac sebi našao ljubavnicu. Djevojka je starija od mene možda koju godinu. Znači, ostaneš bez majke, a na kraju i bez oca, samo zato što neka klinka misli da je ok što je našla starijeg lika koji može da joj bude tata. Odmaknuvši se, sjede ponovo na svoju stolicu, uzevši napola dogorelu cigaretu.

- O Bože! - reče Sophie sva šokirana brišući rukama suze sa lica. Šta to pričaš, kako si saznala?

- Vidjela sam ih u gradu kako šetaju pored Ajfelovog tornja, drže se za ruke i ljube kao neki zaljubljeni klinci - reče otpuhnuvši zaostali dim cigarete Strašno! Šta da ti kažem. Mislim da se mama okreće u grobu. Piere je šokiran, još mi je gore što on to sve gleda. Misliš da neće da kaže kakvog ludog starog imam.

- Znaš li ko je ona? - upita radoznalo Sophie.

- Ne znam, ali Pierre kaže da je jedna od onih koji će rado da ti daju sve samo da dobiju šta žele. Žustro ugasi cigaretu u pepeljari. Mislim da živimo bolje bez muškaraca. Manje briga imamo - reče prebacivši nogu preko noge.

- Činjenica je da žene sve više same upravljaju svojom ekonomskom sudbinom, ali sve više posjećuju terapeute zbog nedostatka muške ljubavi - izjasni se Sophie.

- Da, a kakvi su muškarci? Žale se na žene i nema više sredine ni u čemu u ovome svijetu. Žene samo traže ljubav. Dobro i seks. Možda vam je veza postala monotona. Mislim na Daniela i tebe. Prevara je nekada dobra, začini stvari na drugi način.

- Kažeš mi da sam trebala da prevarim Daniela?

- Nekada i parfem moraš da promijeniš - reče kroz smijeh.

- Ne znam kakav odgovor da ti pružim. Znam samo da mi je duh sada umrtvljeniji nego kada sam njega upoznala. Ali jedno je sigurno muškarci žele slobodu. U životu možemo iskusiti dva stanja, ili rastemo, razvijamo se, ili degradiramo. Svako stanje nam je dato samo zbog rasta i razvoja.

- Je l' ti i to rekao onaj lik? - upita Marie osmjehujući se...

- Amir? - Jeste.

- Čudak neki? Tako mi se čini.

- Možda malo tako izgleda, ali jako je načitan. Zapravo sve je u pravu Marie. Svaki njegov savjet i odgovor.

- Pusti šta ti on kaže, ne odustaj, za ljubav se čovjek treba boriti.

- Da, ali ako više ljubavi nema, najbolje je otići.

- Samo nemoj da se previše vežeš za Arapa.

Ogroman kamin u dnevnom boravku je ostavio Sophie bez teksta. Bilo bi izvanredno da može sada da ga upali, ali brzo je odbacila tu zamisao. Jedna fotelja sa jedne, druga s druge strane, kristalne čaše koje vjerovatno nikada nisu korištene stajale su na ormaru, na drugom zidu ogroman TV, na zidovima slike ispisane arapskim slovima. Par slika pored TV-a na kojim se vidi Amir kako se rukuje sa nekim ljudima. Tu su bile slike njega i nekih žena- vjerovatno su mu ovo sestre pomisli uzevši sliku bliže da vidi. Ogromna polica sa knjigama na drugom kraju zida, kupatilo, zaviri u drugu prostoriju shvativši da je to radna soba. Ogroman radni sto pored prozora, ormar pun fascikli i raznih dokumenata. Police pune knjiga, od kojih su neke sa skupim povezima. Druga soba, hodnik, kuhinja. Kupatilo i kuhinja su izgledali kao da su praktično novi. Namještaj se sastojao od dovitljivo restauiranih starinskih komada, kao što je bio slučaj sa gvozdenim krevetom u sobi, prefarbanim u smaragdnu boju. Piljila je u zid spavaće sobe. Živopisna ponoćnoplava pozadina bila je isprskana azurnoplavom bojom, a u središtu je blistala grupa zlatnih zvijezda. Svaka zvijezda je sićušnim tačkicama oslikana, kao da su žive na zidu. U trenutku kao da je mogla da se stopi sa njima. U kuhinji načeta vrećica turske kafe, pakovanje šećera i pola pakovanja crne čokolade. Stan je odisao nekom čudnom energijom. Kao da je ljuštio njene zaštitne slojeve skidajući je do same duše. Amirov ormar je bio otvoren i takoreći prazan. Samo nekoliko grubo složenih majica i hlača. Preletjela je sobu još jednim pogledom, kao da pokušava nešto da pronađe. Blago je protresla ramena. Otišla je u kupatilo i pustila vodu u kadu.

- To će malo da me opusti.

Napunivši kadu više od polovine zatvorila je slavinu i pogledala svoj odraz u ormaru pored, brišući staklo koje se zamaglilo od pare.

- Bože šta ja to radim? Možda je Marie u pravu. Bez ikakvih planova, obrazloženja uputila sam se u nepoznato, razmišljala je uskovitlanih misli.

Gledala je svoj odraz sve dok se nije ponovo staklo zamaglilo. Ušla je u kadu i zaronila u siguran zagrljaj vode. Stavila je glavu ispod vode, ostavši bez daha nakratko, pokušavajući da isprazni mozak od svih štetočina koje su se nakupile. Izvuče glavu iz vode povrativši dah. Osjećala se iscrpljeno, potrošene energije. Usne su joj drhtale a čelo gorjelo. Kao da joj se u stomak nešto uselilo i svaki dan je jede sve više i više, volja i razum slabo nekog uticaja na sve imaju.

- Ne prostire se srce pred svakoga kao tepih. Na kraju nešto što liči na jagnje kad tad pokaže karakteristike vuka- sama sebi je rekla u bradu misleći kako se zavarala po pogledu Marka.

- Vjeruj uvijek svojim instinktima- sjetila se kako joj je majka govorila, dok joj je rukama prolazila kroz kosu. Život je tijelo s primjesama logike. Treba da sve dovedeš u ravnotežu, tako da svaka tvoja odluka bude ispravna. Nedostajali su joj roditelji. Da li je ispravno postupila ostavivši Daniela?

Sunce je bacalo svoj sjaj na površini vode. Zamišljeno je gledao kroz prozor dok je taksi zaobilazio ostale automobile. Grad je bio onakav kakav ga je zapamtio. Najgore od svega je bilo to što mu se činilo da je na izdisaju svega. Očajnički želi da mu se vrati. Otvorio je prozor da udahne malo svježeg vazduha. Nije se ni spakovao kako treba. Bio je premoren, ali pored svega bio je raspoložen. Pronašao ju je.

Usredsređuje se mislima dozivajući njen lik. Već je vidio kako joj rukama prolazi kroz kosu, ljubi obraze, izvinjava se za sve što je uradio, obećava da nikada, ali više nikada neće tako nešto da uradi. Nježnim pokretom joj vraća prsten na ruku prinosi ih usnama. Zagnjuri glavu u njenu kosu i osjeti prelijepi miris jasmina. Krv mu jurnu venama, meka i topla probudi u njemu želju. Osjeća kako klizi rukama po njenim grudima i stomaku. Pričekala je trenutak, kao da se boji, ili je to možda sada nedostatak povjerenja u njega.

- Daniel - način na koji je izgovorila njegovo ime bilo je puno slatkoće koja je govorila koliko ga voli i koliko joj je nedostajao. Podigla je ruke i pratila obrise njegovog lica.

- Da - glas mu je pukao, njegove usne su bile na njenim i osjetio je kao da mu je u grudima nešto eksplodiralo.

- Mislim da smo stigli - reče taksista uz škripu guma gledajući u njegovom pravcu trznuvši ga iz razmišljanja.

- Ah - reče on lagano razgledajući kroz otvoren prozor.

- Jesmo - reče kroz smijeh. Na pravoj smo adresi.

Žurno spakovaši torbu ostavio je i Ivone i jelo koje je spremila. Sophie je bitnija. Ovo će puno da joj znači kada vidi da je sav ovaj put prešao da je pronađe. Daniela je svakako ostavila, ne njega. Sada nema razloga da im ne pruži šansu. Mahao je rukama na ulici sve dok ga taksi konačno nije primjetio. Slike kao da su bile Fast Motion prolazile su pored njega. Žurno je izašao van iz taksija, trčeći, proletio kroz vrata aerodroma probijajući se kroz masu ljudi prema terminalu. Šetao je gore-dolje, svaki tren gledajući na sat mjereći vrijeme. Nije mogao da obuzda misli, a ni da sakrije uzbuđenje, pa je sjeo na stolicu čekajući da se avion konačno pojavi. Ostavljajući je samu, ne primjećujući uloženi trud oko spremanja njegovog omiljenog ručka, Ivone se pitala da li ovaj život više ima smisla. Ima li razloga da ga čeka da se vrati? I da li će da se vrati, ako je pronađe?

Stigao je sav zadihan do ulaza, pozvonio i čekao da mu otvori. Uplašio se tišine. Približio je glavu vratima lagano osluškujući. Sumnjivog izraza lica odmaknu se od vrata. Rukama potegnu za ključ pod otiračem. Nekoliko trenutaka vrteći zamišljeno ključ u ruci stavi ga u bravu. Brava škljocnu, vrata se otvoriše. Otvorivši vrata stana dočekao ga je ustajali vazduh, paučina se nalijepila po zidovima a prašina po elementima. Stan je dvosoban, obojen u nježnu boju kapućina. Pod je urađen kao šahovska ploča. Kuhinja je za razliku od ostalih prostorija bila minijaturna. Četvrtast sto, četiri stolice i mali kuhinjski elementi dobro uklopljeni. Često su ovdje večerali, ispijali vino, pisali dnevne izvještaje. Sada je toliko mračno da se unutra skoro niša ne vidi. Laganim korakom uđe unutra spustivši torbu na hodnik, došavši do dnevnog boravka otvori prozor. Topli zrak prostorije pomiješa se s još toplijim izvana.

- Nije ni ovdje - poražen vrati se i zatvori vrata, sjede na hodnik. Iscrpljen, umoran, osjećao se na ustajali miris znoja, kao mjesečar otetura se do kupatila. Otkopča košulju, duboko uzdahnu. Skinu preostali dio odjeće i baci na wc šolju. Stao je pod hladan tuš da mozak ohladi od svega. Strašno je ostati sam, ako ste prije toga imali nekoga. Čestitao je sam sebi što je pratio instinkt. Prevalio je toliki put da bi bio sam. Naslonio je glavu na hladne pločice dok mu je hladna voda udarala tijelo, osluškujući kako mu umorno tijelo vibrira u ritmu vode.

Sophie se probudila malo svježija i odmornija od puta. Pitala se koliko je sati. Pored malo sna što je uspjela da ugrabi glava joj je još bila naduvani balon. Nedostajao joj je Daniel. Nije tu, krevet joj se činio velikim i praznim. Gore od svega je spoznaja što će biti tako stalno. Laganim korakom se pridigla, bosim nogama prišla prozoru i širom otvorila prozorska krila. Svježi vazduh okrepi cijelu prostoriju. Pogled koji se pruža oduzima dah. Napravila je sebi kafu, i uputila se prema bolnici. Iznenadila se zatekavši Amira da čita knjigu kad je lagano otvorila vrata sobe.

- Dobro jutro - tiho reče osmjehnuvši se. Laganim korakom uđe unutra pritvorivši vrata.
Amir spusti knjigu pored sebe, umornih očiju osmjehnu se s negodovanjem i klimnu glavom.
- Čitaš nešto? - upita ga gledajući u knjigu.
- Aha - tiho izusti. Rumija.
- I ja volim Rumija - reče sjednuvši pored njega i uze od njega knjigu. Sufijski učitelj.
- Da - reče iznenađeno.
- Nisam toliki čudak - gledajući ga reče kroz smiješak. Mesnevija i Divan imam u kolekciji.
Za sve treba iskrenosti u životu, pa tako i za sufizam. Možeš da se moliš i dvadeset godina, provedeš cijeli život u obavljanju ruknova[24], ali ono najvažnije što ljudi ne znaju, srce i duša treba da budu otvoreni i iskreni. Kao i za sve, tako i za sufizam za sve imaju stepeni kako do nečega stići.
- Do ovog dijela si stigao? - upita pogledavši stranu.
  On klimnu glavom.
- Želiš da ti pročitam.
- Može - reče tihim glasom kao povjetarac.

*Čovjek je gostinjska kuća.*
*Svakog jutra neko dođe.*
*Radost, depresija, zloba,*
*neko prolazno stanje...navraćaju*
*poput neočekivanih gostiju.*

---
[24] *Ruknovi*, obavljanje ruknova - razni položaji tijela u namazu

*Sve ih dobro ugosti!*
*Čak i gomili tuge koja ti kroz kuću projuri*
*i odnese sav namještaj,*
*ukaži dobrodošlicu*
*kao da je počasni gost.*
*Možda te je očistila*
*Za neku novu nasladu.*
*Crna misao, stid, pakost...*
*Sve ih s osmjehom*
*dočekaj na vratima*
*i pozovi ih da uđu.*
*Budi zahvalan*
*za svaki posjet,*
*jer svaki gost je tvoj onostrani vodič.*[25]

Gledao je kako joj riječi glatko klize sa usana. Nije znao šta je to, ali nešto je ova žena posjedovala.

- Hvala ti za sve - reče stegnuvši joj ruku.
- Sve će biti u redu - tiho izusti Sophie.

„Kada me zadesi neko iskušenje, prvo mi bude drago što nije nešto još gore, a drugo znam da će i to proći".[26]

- Vjerovatno sve ima svoje razloge - zabrinutim pogledom mu reče.
- Najžalije mi je što ovako prikovan za krevet ne mogu da klanjam namaz, ali Allah sve vidi.
- Ozdravit ćeš brzo. Uskoro ćeš opet da putuješ.
- Bog najbolje sve zna. Hvala Bogu na svim iskušenjima koje imam, zahvaljujući njemu pravim razliku između dobrog i lošeg.

---

[25] Rumi, *Čovjek je gostinjska soba*
[26] Omer Ibn el hattaba

*Odustati… Neki ljudi ne znaju šta to znači.*
*J. Collins*

    Kucanje na vratima probudilo je Daniela. Blago rečeno od spavanja kao da je zapao u komu. Gledao je sunčeve zrake kako se pokušavaju probiti kroz navučene zastore. Ustao je lagano nakon par trenutaka sjedenja na krevetu. Glava mu je bila teška a kapci slijepljeni. Srce mu je bolno tuklo u grudima, osjećao je blagu mučninu u stomaku. Kucanje na vratima se nastavilo. S mukom se pridigao, odmaknuvši zavjese sa prozora, otvorivši ih širom i udahnuvši svježi vazduh. Protrlja oči i stavi ruku na usta dok je zijevao. Kroz glavu mu prođe da je možda sad došla, bila je negdje u hotelu, uzela je avion i vratila se kući. Nema logike. Zašto bi kucala? - pomisli. Ujutro čovjeku svašta pada na pamet, posebno čovjeku koji čeka da mu se žena pojavi. Bosih nogu, u pidžami golih prsa izleti u hodnik i stiže do vrata. Okrenuvši ključ, otvorivši vrata ugleda ogroman buket ruža, lik još ne može da razazna, ali spazio je muške cipele. Osjećao je da mu pritisak u glavi nečujnom brzinom raste.
    - Ti! - reče grubim glasom, šta ti dovraga radiš ovdje?
    Marko je sklonio cvijeće malo u stranu iznenađen što vidi njega a ne Sophie.
    - Došao sam po Sophie, skloni se! Suoči se sa činjenicom da sam tu i spreman na sve! Znam da je ovdje - reče gurajući se pored njega ulazeći u stan sa ružama.
    - Jesam ti rekao da nas se prođeš? - reče Daniel jako zalupnivši vratima.
    Marko je bio u čudu vidjevši prašinu po stanu i paučinu koja se ovila, spusti ruže na sto u trpezariji i pogleda u Daniela, sada već zabrinuto.
    - Znači nije ni ovdje? - malo naboravši čelo, reče iznenađeno.
    - Šta te briga i kako si saznao da postoji mogućnost da je ovdje? Ah naravno, lupnuvši se rukom od čelo, koja sam ja budala od čovjeka? - reče kružeći po stanu i pričajući sam sa sobom. Lukas! - viknu da se glas odbi o zidove. Okrenu se ode do sobe preturajući kofer izvadi kratku crnu majicu i obuče je.

- Nemaš šta ovdje da tražiš. Izlazi van! Uvjerio si se, nije ovdje. Sada voz i prestani da progoniš Sophie! Prijavit ću te policiji za uznemiravanje. Krenuo je prema ulaznim vratima otvarajući ih da Marko izađe van. Gledajući u Daniela, Marko izađe, malo zastavši pored vrata, ali Daniel zalupi vratima stana. Stojeći par trenutaka pored, zamišljenog i zabrinutog izraza, Marko krenu prema izlazu iz grade.
- Kreten - reče Daniel uzevši ruže i bacivši o zid.

Ivone se sada bacila na pretraživanje interneta i traženju posla. Još nije tačno znala šta će da radi, ali grad kao New York ima puno mogućnosti koje se nude. Odlučila je da ostavi Marka u njegovoj agoniji i dok je još u dobrim godinama da nađe nešto za sebe i obezbijedi se. Gubiti vrijeme na nekoga ko te ne voli je promašaj, tapkati stalno u jednom mjestu ne vrijedi, skupljati mrvice nečije nježnosti koje se na kraju istope kao pahulje snijega, nema smisla. Ako imaš još malo snage i ponosa Ivone promjenit ćeš svoj život, a ti Marko trči Sophie u naručje baš da vidim da li će te prihvatiti.

# Sophie

*Mislim da je život dobar prema nama. Pruža nam nekoliko šansi. Mi moramo da naučimo kako da ih uzmemo, ako već nismo.*
*J. Collins*

- Sjedi Sophie - reče Bernard pokazujući joj stolicu u svojoj kancelariji.
- Hvala - odgovori udobno se smjestivši.
- Bila si u posjeti?
- Da - reče ona zabrinuto.
- Nemoj da brineš, za par dana ići će na operaciju i sve će biti u redu. Razlog našeg razgovora danas je što želim da se pridržiš našem timu - zadovoljno izgovori Bernard udobno smješten u stolici.

Duboko udahnuvši proučavala je Bernarda. Bila je iznenađena ponudom. Malo se promeškolji. Nije to očekivala. Razmišljala je šta da odgovori. Bernard kao da je znao šta je muči reče:
- Sophie, ne moraš da odmah kažeš odgovor, uzmi si nekoliko dana da razmisliš.
- Iskreno, zatečena sam.
- Vidim, ali ne treba da budeš, nakon ovog incidenta sa Amirom bacio sam se malo u istraživanje da vidim ko je žena koja je uradila zahvat na aerodromu, ne viđa se to svaki dan. I sve što sam pročitao ostavilo me jednostavno bez riječi. Naravno da želimo da imamo nekoga u timu kao što si ti.

Daniel je sjedio u dnevnoj sobi gdje se nalazio mali stolić prekriven lanenim stolnjakom gledajući njihove zajedničke slike sa putovanja. Još se sjeća dana kada ju je zaprosio. Bilo je to jednog blagog majskog petka. Noć je bila topla, a kroz vazduh je dopirao miris roštilja iz susjedstva. Tada su živjeli kao podstanari u iznajmljenoj kući u drugom dijelu New Yorka. Sjedila je vani ispred kuće, na maloj improvizovanoj verandi, udobno zavaljena u staru stolicu, za koju je imao osjećaj da će svaki sekund da se raspadne. Držala je knjigu u ruci očiju zadubljenih u nju. Čuo je muziku, dječiji smijeh, ženske i muške glasove koji su se ubjeđivali oko Metsa

- Yankeea. Preispitivao je sebe da li je ovo najbolji trenutak? Uzdahnuo je. Sophie je bila jednostavna, ne voli scene gdje ljudi kleče, ulažu basnoslovne svote novca samo za zaruke i još mole za nečiju ruku. To treba da bude tako jednostavno, ali ovijeno i okovano ljubavlju. Ton joj je bio tako nježan i mekan kad je to objašnjavala. Osmjehnula se nečemu, stavivši prste na usta. Oči su mu dobile sjaj vidjevši je koliko je djetinjasta. Ona je žena koja će biti dobra majka, pomislio je. Vjerenički prsten je naručio par mjeseci ranije. Ni sam nije siguran zašto je kutijicu čuvao toliko dugo kod sebe, da li iz straha, ili traženja pravog trenutka? Prišao joj je, staviši ispred nje. Zinuo je da nešto kaže pa odmahnu glavom.

- Nešto se dešava? Zbunjeno progovori poklopivši knjigu ruku spuštenih na nju, pogleda uprtog u njega.

Pričekao je pet sekundi držeći ruke u džepovima, prstima desne ruke obujmivši kutijicu.

- I? Šta li se sada desilo? Zabrinuto ustade odloži knjigu na stolicu, stoji pored njega.
- Opet cijevi? - puhnu ljutito. Da to je! Jesam ti rekla do sada milion puta da treba da kupimo stan u novogradnji i izbjegavamo kuće, gdje treba da ulažemo novac kao u neku rupu bez dna. I još pored svega toga opet nije naše.
- Nije to u pitanju - tiho joj izusti. Ona odahnu.
- Pucaj onda, nešto sigurno jeste čim si se tako ukipio.
- Udaj se za mene? Prevali preko usta, i osjeti olakšanje.

Poslije je ohrabrivao Jacka da se ne plaši već da zaruči Saru. Sophie ga je kasnije često zezala, da je očekivala da će to biti sve odrađeno sa više romantike, ali sada je bio uznemiren i nespokojan. Osjećao je grč u želucu. Osjeti se pomalo ošamućen, protrlja oči. Duh mu je klonuo. Nije imao apetita. Omlet od bjelanjka sa slaninom, rajčicama, malo sira, friško cjeđeni sok od narandže stajao je pored njega. Bio je nervozan. Nije znao šta da radi. Pitao se koliko dugo da se zadrži u gradu kad Sophie nije ovdje.

- Gdje je dovraga mogla da ode? - progovori kroz zube gledajući u slike, sad već razbacane po stolu. U vazduhu se osjećala otrovna napetost. Gledao je sat na zidu čije kazaljke kao da su mu lupale po glavi. Lagano se pridiže i zaputi prema kupatilu. Prebirao je po ormariću tražeći bilo kakve tablete.

- Samo mi je to trebalo! Nema ništa. Lupnuo je ormarićem. Usta su mu se osušila. Vratio se ponovo u sobu ispijajući malo soka. Spazio je njenu gitaru okačenu na zidu. Priđe i skinu je lagano prešavši rukama preko žica. Treba mu trenutak da dođe sebi. Kao da su sva sjećanja navrla odjednom. Prstima je prešao preko žica, naštimavši dvije koje su olabavile. Tjelesno se osjećao slabo i ranjivo, bio je lišen svog britkog uma u kojeg su se nekada uzdali mnogi ljudi. Došli su toliko blizu i nakon svega da ona sad ne bude njegova. Osjećao je lupanje srca, košulju koju mu je znoj zalijepio za tijelo. To je jednostavno nemoguće. Sudbina nije tako odredila, ne bi je držala na njegovom putu tako dugo. Gdje god bi sada pošao sve bi nosilo njen pečat, njen miris. Ubijalo ga je to što je znao da je sada negdje vani, diše i živi bez njega. Spusti se lagano na kauč pored stola držeći gitaru u rukama. Znajući da ona njega voli isto kao on nju, cijela ta spoznaja činila je situaciju još gorom, a pored svega toga nisu zajedno. Sad je imao potrebu da bude negdje gdje ne bi morao da misli, da očisti um od svega. Možda na Tibetu sa budističkim monasima, to je jedino rješenje. Da sve stečeno rasproda, uputi se gore, i traži formulu srećnog života. Nije više vidio smisao svog života bez nje. Raditi u bolnici, završiti teške zahvate, sjediti u svojoj kancelariji sa hrpom nabacanih papira sa dijagnozama pacijenata, našaranih poruka po zidovima kao podsjetnik šta treba da uradi, žurba kući da se malo odmori i da te u toj kući niko ne čeka, ne to nije mogao da smatra životom. Lucas ga je zvao nekoliko puta na telefon. Nije želio da se javi. Nakon spoznaje da je javio Marku gdje je otišao, ne može više nikome da vjeruje. Glas mu je bio promukao. Osjećao je da mu nešto dolazi iz dubine duše. Grudi su ga zaboljele, to ga je cijelog preplavilo. Lagano je prelazio prstima preko žica stvarajući melodiju.

*Jedina, bez tebe ne mogu da dišem,*
*Jedina, bez tebe moje srce kuca sve tiše*
*Jedina, svima ću da kažem da te volim,*
*Jedina bez tebe duša me boli*
*Jedina moje usne tvoje ime spominju*
*Jedina, na usnama ovim ne gasi žar,*
*Jer ti si sunce što iz mraka me budi*
*Jedina vrati se meni sad da te nježno ljubim,*
*Jedina, ljubavlju ogrni me sad,*
*Ne želim da u patnji bez tebe umrem sad*
*Jedina, za malo ljubavi prosim sad,*
*ne idi, ne ostavljaj me u mraku, u noćima bez sna*
*Jedina, stisni se kraj mene,*
*Jedina.*[27]

Kiša je kvasila krovove i fasade kuća, trotoare, prolaznike koji su uprkos lošem vremenu uputili se u razgledanje grada. Automobili u prolazu su im prskali cipele. Neki su žurno hodali, dok su drugi uživali u čarima kiše. Debele kišne kapi spustile su se na vjetrobran.

- Juče onakav divan dan a sada kiša, bolje rečeno prolom oblaka - reče Sophie. Jedan automobil je uletio u baru i poprskao joj nogavice hlača dok je ogrnjena jaknom ulazila u auto sa Marie koja se zaustavila pored znaka gdje jasno piše da je zabranjeno parkiranje.

- Ne vidi se s polja koliko si pojačala grijanje, kao da je -20 - reče smijući se i brišući

---
[27] J.Collins, *Jedina*

staklo rukavom. Vrućina je ovdje nesnosna, kao u sauni.

- Znaš da sam za tropskih krajeva - reče Marie smijući se. Ispuhnula je nos u maramicu i upalila automobil.

Idemo kod mene na kafu, vrijeme je da vidiš kakav luksuz si propustila zahvaljujući onom Arapu ili šta li je već - smijući se. Nego kad sam kod njega, kako je on? - reče zabrinuto.

- Dobro, ne dozvoljava tuzi da ga savlada. Nego, druga stvar se dogodila.
- Pa pričaj, šta čekaš a ne da izvlačim riječi iz tebe kao iz kakve čizme - reče Marie energično klimnuvši glavom.
- Bernard...
- Onaj zgodni doktor... ako sam u pravu - prekide je Marie. Pitam se da li je oženjen?
- Da - sa smješkom reče Sophie...
- Da, kao zgodan je? Da kao oženjen je? - upita je radoznalo Marie. Okrenuvši se prema njoj protrese glavom.
- Mislim da je oboje. Začudi se Sophie.
- Zgodan je jako, mislit ću o tome, ne o burmi koju vjerovatno nosi na ruci, na koju u svim ovim okolnostima koje nam se dešavaju, nisam obraćala pažnju - reče Marie osmjehnuvši se.
- Ponudio mi je radno mjesto kod njih - reče uzbuđeno.
- I šta si odgovorila? - radoznalo upita Marie zaustavljajući auto svaki sekund zbog gužve.
- Ah, Marie, šta da kažem? Trebam vremena da razmislim, o svemu. Sav entuzijazam koji sam prije imala sada imam osjećaj da je zarastao u jedan veliki korov. Ne znam da li imam sve potrebne alate da sve to raščistim kako treba?
- A Daniel? Nećeš da se javiš, odgovaraš, ništa... možda bi on...
- Ne želim za njega da znam! Možda nije ni loše da prihvatim ponudu za posao. Svakako treba nečim da se zanimam - na usnama joj zatitra slabašan smješak.
- Misliš da te ne traži? - radoznalo upita, okreći se malo prema njoj, malo gledajući naprijed.
- Ne vjerujem - reče, blago oklijevajući. Sada sam ja ta koja ne želi da je nađu.

Kuća je smještena petnaestak kilometara od Pariza. Prozori i vrata su bili oivčeni sitnim mozaikom, na vratima je na mesinganoj pločici ugravirano Marie Dubois.
- Dobro došla - osmjehujući se veselo reče Marie parkirajući auto pored. Dome slatki dome! - uzviknu. Kao da negdje žuri, za tren se nađe na cesti zalupnuvši vratima.

S druge strane ceste mahala joj je neka žena.
- Bonjour![28] - Marie!
- Dok je navlačila kapuljaču na duksu uzvratila joj je pozdrav podignuvši ruku, ali

---
[28] *Bonjour, fr.* – Dobar dan

ne skrenuvši pogled. Jedna strana sunčanih naočara je provirivala ispod kapuljače.

- Mannon- reče gledajući u Sophie.

- Ako želiš da znaš šta ko radi, odeš kod Mannon na kafu i to je to. Glumata da joj je sluh loš i vid slab tako da ljudi se u njenom prisustvu oslobode i počnu da pričaju - reče tražeći ključ u džepovima hlača. Mozak je njoj savršeno bistar. Vidjela sam je kako se muva oko kuća i viri kroz prozore. Mislim da se nije udavala, ali ljubavnika zato ima ne zna im se broj. Ah, evo – reče pronašavši ključ. Čula sam da je imala bebu, ali je se odrekla. Stavivši ključ u bravu, blago gurnuvši vrata nogom nađoše se unutra.

- Zanimljivo - reče Sophie zgrožena svim što je čula, pogledavši u ženu. Piere nije kući - reče Sophie ušavši lagano razgledavajući prostor. Zidovi su obojeni u nježnu krem boju, krasile su ga slike raznih umjetnika, na par mjesta okačene police za knjige, *Istorija Francuke,*[29] *Ključ sigurnog uspjeha,*[30] *Doktor Živago,*[31] *Srce je usamljeni lovac,*[32] *Alhemičar,*[33] *Životi svetaca,*[34] *Pokretni praznik,*[35] *Karta vina,*[36] *Knjiga o seksu,*[37] na šta se Sophie nasmija pročitavši naslov. Knjige su izgledale kao nove, u trenutku se pitala da li služe samo kao ukras ili se Marie zapravo bacila na čitanje. Naslijedila je od svoje majke jednostavan ali kako je voljela da kaže profinjen ukus.

- Prelijep prostor, pomisli u sebi, zastavši pred kopijom Pikasove slike *Dijete sa golubom.*[38] Znala je da je slavni Španac za inspiraciju imao neki motiv sigurno iz djetinjstva. Čak je i kopija bila čarobna. Marie primjeti da se zadubila u sliku.

- Joj pusti, izludi me više i on i kompjuteri - reče Marie konačno, stavljajući telefon u stražnji džep hlača, koji je prethodno uzela i nešto gledala. Bacajući svoju jaknu na kauč uputi se prema kuhinji, a Sophie za njom. Možeš li vjerovati da je orginalna slika prodana za 80 miliona eura? Kakva umjetnost, jedna slika i cijeli ostatak života da sjediš na plažama Balija. Čitaš li šta, da ti posudim? Moja majka je uvijek govorila - Više cijenim knjige nego ljude.

- Kod Amira imam knjiga.

- Živo me zanima o čemu on čita? Kafa ili čaj? - reče gledajući u nju dok je stajala pored aparata.

- Kafu - reče zbunjeno slušajući Marie, ima svašta, raznih tema. Nisam primjetila ni jednu o seksu, nasmija se.

- Moram da se informišem o svemu. Nasmija se, dosu vode u posudu i uključi aparat.

---

[29] Peroa E., *Istorija Francuske* ; I I II dio (Knjiga I-od najstarijeg vremena do 1774; Knjiga II-Od 1774.do naših vremena
[30] Charles F. H., *Ključ sigurnog uspjeha*
[31] Pasternalk B., *Doktor Živago*
[32] Mekalers K., *Srce je usamljeni lovac*
[33] Coelho P., *Alhemičar*
[34] Ricci N., *Životi svetaca*
[35] Hemingway E., *Pokretni praznik*
[36] Bonne J., *Karta vina*
[37] Likens H., *Knjiga o seksu*
[38] Pablo P., *Dijete sa golubom, kopija slike, original je urađen 1901. godine, prodana 2012. godine*

- Ne želim više da proživljavam iskustva lošeg seksa u životu i pucanja veza zbog nedovoljne nestručnosti po pitanju istog. Na stolu je stajala vaznica sasušene lavande. U malenoj zdjelici zajedno sa štapićima od kikirkija stoje karamel bombone.

- Pitala si me za Pierra? Utripovao se da će da bude jači od Apple-a, ne želim da bilo šta govorim da misli kako mu rušim snove, ali nisam nešto u to ubijeđena. Otvorivši element kuhinjc izvadi šoljice. Ušao je u partnerstvo sa drugom otvorili su svoju firmu kao softverski stručnjaci. Naravno da mi tata odmah kaže da sam sa propalicom koja ima samo snove a ne rezultate, da sam od žabe stvorila princa i izgubila vrijeme na cijeli proces jer žaba je uvijek žaba - reče stavljajući kapsule u aparat i postavivši šolju za kafu. A seks, to tek da ne pričam. Sveo se samo na trošenje kalorija i oslobađenje oksitocina. Ne znam gdje je nestala ljubav. Ne vidim je više. Očigledno da svaka ljubavna priča ima i opasan preokret.

- Da, svjedok sam toga. Ti, ništa ne radiš? - upita Sophie stojeći pored nje, otkinuvši sasušenu lavadnu prinese nosnicama.

- Još vodim vinariju koliko uspjevam da se sa svim izborim. Tatina djevojka upliće se u posao. Auuu kad smo kod toga, kakvo dobro vino imam! - reče uzbuđeno.

- Moraš da probaš. Sjećaš se kada smo se upoznale u Cancunu - upita je naslonivši se na kuhinjski element, onda kada su vas opljačkali, a ja vam posudila novac da se vratite nazad. Aparat za kafu pisnu dva puta, ona se okrenu i stavi drugu šoljicu za kafu. I od tada smo prijateljice, još to ne mogu da vjerujem - reče Marie pružajući Sophie šoljicu za kafu, uzevši svoju, prebrisavši krpom par kapi što su ostale na aparatu. Žao mi je samo hašiša možda su po to i došli, nasmija se. A tek Tijago, one njegove mišiće mislim da još nisam zaboravila. A tek tvoja faca, kada si mi našla hašiš i zatekla me u kakvoj pozi sa njim. Postiđeno poklopi usta raširenih zjenica.

- To je ništa, u New Yorku se desila ista stvar to sam ti zaboravila reći. Pored svega još i pljačka stana, kao šlag na tortu.

- To stvarno ne mogu da vjerujem! - reče iznenađena Marie.

Vidjevši da je nema u bolnici, obišavši cijeli grad, Marko je izgubio nadu da će pronaći Sophie. Nije imao druge solucije nego da se vrati kući u New York. Prijavio se u hotel, čekajući let idući dan za New York. Ležeći u krevetu razmišljao je šta da radi. Nije imao riješenja. Ekspozivno je ustao i skočio sa kreveta nabivši šaku u zid. Povukakvši krvavu šaku iz udubljenog zida pitao se šta se sa njim dešava. Poželio je da može da vrišti ali glas kao da nije mogao da pukne sa suvih ljepljivih usana. Očaj ga je izjedao, pomislio je da će početi da puca po šavovima. Zašto ju je uopšte vidio? Samo ga je još više uznemirila. Želudac mu se grčio od mučnine i osjetio je kako ga lagano obuzima glavobolja. Zagledao se u mračni zid sjetivši se kako su nekada na livadi ležali i gledali zvijezde. Sjeti li se toga ona ikada? Bila je zahtjevna ali ne previše komplikovana, topla nježna, ali istodobno jako osjetljiva. Na sitnicama se rušila. Lijepa je, ali pored svega njena unutrašnja ljepota, malo ko je to mogao da spozna. Svi su mislili da ju je zaboravio, ali lice kao da joj je izranjalo sa svakim njegovim buđenjem. I da je htio nije mogla da umakne. Mučila ga tako danima, noćima, godinama, oduzimala i davala radost. Osjećao ju je u svakoj tišini, svakoj boli i sreći, u noćima dok je sa Ivone isprepletao postelju. Nazvao je recepciju tražeći kutiju prve pomoći. Otkopčao je dugme na rukavu da ne umaže košulju. Tamna tetovaža je provirila ispod njegovih rukava. Povukavši još malo rukav sada je bila potpuno vidljiva.

- Sophie - reče gledajući u tetovažu.

*Volim vidjeti mladu djevojku kako izlazi i svijet grabi za revere. Život je težak. Moraš izaći i pobjediti ga.*
*Maya Angelou*

Već je prošlo mjesec dana otkako je Sophie bila u Amirovom stanu. Prihvativši ponudu za posao to joj se činilo kao najbolje rješenje. Svako na ovom svijetu sebi gradi dobro ili loše- često se sjetila Amirovih riječi. Svaki dan je dolazila kod njega i on bi joj pričao po jednu priču. Ispunjavao joj tmurne dane suncem. Dolazila je svakodnevno do novih zaključaka i saznanja. Naveče bi često čitala knjige iz njegove kolekcije. Marie je dolazila svakodnevno, nekada sa Pierrom, ali više sama. Bila je u pravu, njegov svijet su bili kompjuteri. Mislila je svakodnevno na Daniela, pokušala je što više da čita da misli skrene sa njega. Zvuk telefona joj prekinu razmišljanje dok je držala knjigu u ruci, udobno zavaljena u krevetu. Stigla joj je poruka od Amira.

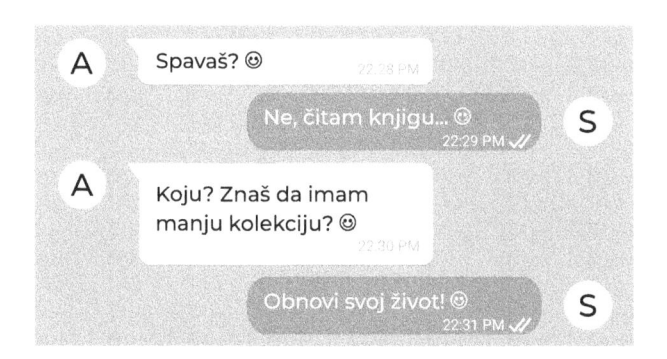

**A:** Spavaš? 😊 22:28 PM

**S:** Ne, čitam knjigu... 😊 22:29 PM

**A:** Koju? Znaš da imam manju kolekciju? 😊 22:30 PM

**S:** Obnovi svoj život! 😊 22:31 PM

**A:** Muhammed El - Gazali. Odlična knjiga.

**S:** Pokušavam nešto novo da naučim. Sam si rekao da je život učenje iznova ☺

**A:** Knjiga napisana za one koji ne poznaju islam, ili ga poznaju samo površno, objašnjava im istinu o toj vjeri. Na taj način bolje razmišljaju o svemu. Ako me još pamćenje služi, pokušat ću da se prisjetim jednog odlomka, ne znam da li si do tog djela stigla:
„Ponekad čovjek luta po ovoj zemlji zbunjeno, a nekada loše procjeni situaciju u kojoj se nalazi. Pod pojmom loše procjene stvari, podrazumjeva se čovjekov prelazak iz zablude u još veću zabludu i nesnalaženje u obavezama koje stoje pred njim i u krizama sa kojim se součava. Uzvišeni Allah je zabranio čovjeku da slijedi pretpostavke riječima:
„Ne povodi se onim što ne znaš; i sluh i vid i razum za sve će zaista odgovarati."
Zato čovjek treba da koristi svoj razum i svoja čula u spoznaji onoga što ga okružuje i što dalje se drži puta koji je posut izmišljotinama i pretpostavkama.

**S:** Nisam još do tog dijela stigla. Zbog čega ne spavaš?

**A:** Razmišljam o svemu.

**S** — Samo nemoj o glupostima. Sve će da bude dobro! Smrt izbaci iz glave! 22:47 PM

**A** — Razmišljanje o smrti može da bude oružje koje nas često oslobodi od loših navika i stavova kojima smo okruženi. Razmišljajući o smrti povećavaš svijest sadašnjeg trenutka. Sam El - Gazali je preporučio duhovnu vježbu koja pojačava svijest čovjeka:

„Prisjetite se vaših vršnjaka, koji su mladi svijet napustili, sjetite se časti i slave koju su uživali. Neki od njih bijahu na visokim položajima, lijepih tijela i lijepog izgleda. No, danas se to više u prašinu pretvorilo, od njih nije ništa ostalo. Ostavili su ovdje djecu i žene svoje, od njih samo prah ostao je. Oni leže ispod zemlje u tamnim rakama, lica njihova bez mesa su ostala."

Stoga, misli i nade svoje ne veži za bogatstvo, ne trači svoj život uludo i uprazno. Prisjeti se onih koji su svijetom živahno hodali, a sada su im ligamenti samo razasute kosti. Njihove jezike, kojima su tako lako govorili, crvi su pojeli, zubi pocrnjeli, poispadali. Uludo svoje dane potrošiše, nisu vjerovali da vrijeme sve briše. Nisu očekivali da će ih smrt posjeći, kada su joj se najmanje nadali.

Laku noć Sophie.

Jako lupanje na vrata probudilo je Sophie. Još u mračnoj sobi pokušavala je da pronađe telefon na stoliću koji se nalazio pored kreveta. 4:45 ujutro. Sada je već bila zabrinuta. Lagano ustavši upali lampu pored kreveta. Još lagano žmureći pridiže se na prste i uputi se prema hodniku upalivši svjetlo na zidu. Provirivši kroz špijunku spazi Marie i njeno uznemireno lice. Brzim pokretom okrenu ključ u bravi i otvori vrata.

- Marie! - uzviknu sva zaprepaštena gledajući u nju.
- Ne pitaj me ništa. Joj... - reče prolazeći pored nje idući u boravak. - Ne znam šta da radim! Hvatala se nervozno rukama za glavu sjednuvši na krevet.

Sophie sva preplašena zatvori vrata buljeći u nju:
- Marie plašiš me... sjede pored nje. Kaži mi šta se dešava.
- Pierre je uhapšen!
- Šta? reče sva iznenađena.
- Da, sada dolazim iz stana, krenula sam odmah za policijom kada su ga odvezli. Sophie ne znam šta da radim. Tata će me živu pojesti!.
- Pa zbog čega je priveden? – sva uplašena uze Marie za ruku.
- Zbog hakiranja. Zapravo to njegovo partnerstvo kako je on meni pričao je hakiranje bankovnih računa drugih ljudi - sva slomljena poče da plače. Hakirali su račune ljudi koji su svoje uštedevine položili u banke, nadajući se da će imati za crne dane kada dođu dok nije naišao Pierre sa svojom skupinom i sve podigao i spiskao. Samo se nadam da je naš bankovni račun zaobišao. Inače! Kunem ti se Bogom...
- Ššš, smiri se molim te.

Odjednom je nastupila tišina. Sophie je osjetila da joj se srce zgrčilo, nije mogla da vjeruje da je Pierre to uradio.

- Ne smijem ni da mislim šta će biti sutra kada moj autoritativni otac vidi sliku u novinama i skine me sa posla izgubivši povjerenje u mene zbog njegove greške. Ramena joj klonuše.
- Smiri se, neće doći do toga- reče pomilovavši je po ramenu. Zna da ti nemaš s tim ništa. Razumijem da se brineš, ali mislim da brineš bez razloga i samo sebi stvaraš nove bore.

Naravno da sam tu da te saslušam i sve što je u mojoj moći da ti pomognem. Ali prvi korak je da uklonimo brigu. Loše je nepotrebno se brinuti. Ne bismo bili ljudi da ne znamo da brinemo, ali on je tvoj otac, vjerujem da će te razumjeti. A i račun, vjerujem da nije uspio da provali.

- Oh Bože šta da radim?! - viknu Marie.

Njena čeljust je titrala od straha. Nije znala kako da se ponaša. Počela je da plače naglas.

- Ne znam kako sam se do tebe dovezla auto - reče suznim očima gledajući u Sophie.
- Dođi ovamo! - privukavši je sebi zagrli je jako. Nema potrebe da te muči savjest, nisi uradila ništa loše, a ako misliš da jesi, grešku možeš ispraviti tako da se ocu izvineš. Činjenica je da samo dobri ljudi imaju grižnju savjesti. Nažalost nauči čovjek kroz život sve, da je važno s kim koračaš kroz njega, s kim sjediš za stolom, s kim radiš, jer prije ili kasnije zbog loših ljudi sve ti se obije o glavu.

Daniel je promatrao ljude kako žurno prolaze dok je sjedio van za visokim stolom na otvorenom čekajući Lukasa. Nije je pronašao, ta misao mu je strujala glavom. Čini se tako jednostavna stvar, ali trenutno je nemoguća. Prije bih pronašao iglu u plastu sijena, nego nju. Strah se poput pare dizao s pločnika. Ispivši jedan gutljaj gledao je kako se Lukas probija kroz masu ljudi. Imao je osjećaj da svakim danom sve više tugu sklanja u čaši alkohola. Kao da traži zaborav. Nekada je znao šta je sreća. Pričekao je trenutak, polako i duboko je disao dok se nije sasvim sabrao. Mahnuvši mu Lukas se približi stolu.

- Pa dobar dan i tebi. Hvala ti što si došao - reče Lukas pružajući mu ruku, posmatrajući njegovo lice koje je napeto i oštro.

- Dobar dan - reče kiselo Daniel više gledajući u čašu viskija nego u njega. I dalje ne znam zašto si me zvao da dođem?

Sjedajući lagano za sto Lukas mahnu konobaru koji odmah dotrča i naruči jedan Martini s kruškom. Ruke su mu nešto ranije drhtale i osjećao je nalet straha, ali znao je da treba da razgovaraju.

- Ne možemo ovako. Izbjegavamo se na poslu. Ti si mi kao brat. Naše prijateljstvo je prošlo kroz mnoga iskušenja. U redu, jesam pogriješio što sam rekao Marku, ali koliko je od tada prošlo vremena, a ti nećeš da se javiš? Da li sam ja kriv što ste obojica ludi za njom i niko ne zna gdje je? Rekao sam mu ne znajući da je lud da se uputi i ide za tobom za Zagreb! Jesam lud, ali ne znam da li bi to uradio - reče gledajući u Daniela uzimajući piće otpivši gutljaj.

- Ne znam šta da mislim - reče Daniel kiselo. Kada se probudim vlada mrkli mrak! Glas mu je bio isprekidan i slomljen. Toliko sam iscrpljen da ne razmišljam racionalno. Zatvorim oči pokušavajući da odagnam glavobolju, ali to kao da mi bol samo pojača, misli navru nekom neobjašnjivom brzinom. Pokušavam na sve načine da se otarasim ove patnje koja mi se lukavo lijepi za kožu.

- Pogledaj se na šta ličiš, ljudi se pitaju šta se sa tobom dešava? Ima li ikakvog traga i glasa gdje bi mogla da bude?- reče Lukas zabrinuto vidjevši ga u kakvom je stanju.

- Nema. Zvao sam sve koga sam znao, ali sve je bezuspješno. Nemam više snage da plivam, plutam u ovom moru tame, talasi me lelujaju tamo - ovamo, horizonta nema na vidiku. Nemam volje za životom - tužno reče. Nakupilo se u meni svega, neizgovorenih riječi, neostvarenih želja. Ledena hladnoća kao da mi prožima tijelo. Sve mi je mračno, ugašeno, beživotno. Ona je jedina znala da mi ulije samopouzdanje. Imam utisak da se davim Lukas. Mozak mi je pretrpan! Dani su mi trivijalni, jednostavne stvari, isti takvi trenuci. Jedem, spavam, idem na posao i razmišljam gdje je ona.

- Ne znam još nikoga da je umro od tuge! Tuga nije smrtonosna, treba da pronađemo način da te izbavimo iz stanja u kojem si trenutno. Kada se zakačiš za samostalnu ženu obično su posljedice takve. Isto tako mi je napravila Jennifer, sjećaš se? Sophie ima sve njene predispozicije. Pametna je u nekim trenucima i drska i nježna. Ne ovisi o muškarcu, zbog toga može da šutira kada god to poželi! A da pokušaš da je preboliš? Zaboravi je! Svijet je pun žena, ako je otišla njena stvar.

- Da je prebolim?! Kako da prebolim nešto što me drži srećnim i jedino o životu. Samo nju imam! Svaki dan se pitam da li je dobro? Za mene ne postoji ništa dragocjenije trenutno u životu od nje!

- Misliš da ona mari za tebe? Jennifer mene više nikada nije kontaktirala. Ostavila je pismo i otišla. Sam sebe nekada preispitujem da li sam trebao da krenem za njom i uradim promjene na sebi?

- Mislim da da, osjećam to. Zaboga kakva su to glupa pitanja, poznajem Sophie. Ljuta je, u revoltu je sve ovo uradila. Samo da mogu da vratim vrijeme, onaj trenutak kada idemo na zabavu i gdje sreće Marka. Prihvatio bi njen prijedlog što ga je dala par trenutaka prije da neće da ide. Sada ne bih imao ove probleme.

- Ah te žene više! Znaš da stručnjaci kažu da za čišćenje od bivše u prosjeku traje do dvije godine, plus što preporučuju psihoterapeuta da se riješimo nagomilanog stresa koje su nam loše veze proizvele. Ovo drugo mislim da bi trebao da uzmeš u razmatranje. Nego, dolazeći ovamo sinula mi je jedna ideja, do tebe je ako želiš da je provedeš, kada si već bio toliko lud i išao za Zagreb ne košta te ništa da uradiš i ovo - reče Lukas smijući se i pijući lagano Martini.

# Sophie

*Udaljavate se od stvarnosti kada vjerujete da postoji opravdan razlog za vašu patnju.*
*Byron Katie*

Zatvorila je oči i pokušala se usredsrediti na zvuk valova. Proučavanjem mora čovjek se približava istini. Ljudi gledaju godinama u okean i misle da to ništa ne znači, ali ovaj pogled liječi dušu.

- Čujem tvoje nožice kako silaze stubama, i pomislim ide naša curica - sjetila se očevih riječi i njegovog blagog lica. Ležeći na pijesku upijala je sunčevu toplinu. Na nekom drugom mjestu u neko drugo vrijeme, vjerovatno bi je zadivila ljepota krajolika, ali sada je osjećala prazninu. Osjećala se kao da nije ovdje, i sve ovo što se desilo i dalje se dešava mislila je da je jedan san. Okretala je školjku u ruci što je pronašla na plaži. Mirisala je na so, bezvremenost. Bila je majušna, neobične veličine i oblika, ali ipak tako savršena. Podigla ju je na uho.

- Je l' se čuje zvuk okeana? - mislima su joj prošle Danielove riječi sa njihovog ljetovanja u Cancunu.

Nasmijala se na njegovo pitanje.

- Nemoj da mi kažeš da ne vjeruješ da je to zvuk mora? - zadirkivala ga je.
- Jeste to je zvuk mora i ljubavi što pruža svojim stanovnicima.

Zapazila je da sunce lagano izvodi majstorsku predstavu zalaska, žuti zraci ulivali su se u plavetnilo, stvarajući neobjašnjivu ljepotu.

Nakon operacije Amir je dosta oslabio. Napade kašlja koje je imao, nisu joj sviđali. Ali uvjerio ju je u prehladu. Odlučila je da ga iznenadi i odvede malo na more. Kako se Marie suočavala sa svim problemima, naumila joj je pomoći da izbaci Pierra iz glave koji je sada u zatvoru i čeka suđenje.

- Idemo u Menton![39] - rekla je Marie.

---

[39] *Menton*, mali gradić. Nalazi se između Monaka i granice sa Italijom.

Tako su se svi zajedno uputili autom, putem Mentona. Oči su joj se zatvarale, a iza njih se pojavila Danielova slika. Poznata bol sijevnula je kroz nju kao da joj je nešto probilo srce. Napunila je pluća još jednim vazduhom duboko uzdahnuvši. More i suze su lijek za sve bolesti pomisli u sebi dok je gledala Amira i Marie kako joj se približavaju.

- Ne bi me doista bacio u vodu - smijala se Marie zadirkivajući Amira koji je sjeo pored Sophie na peškir, a Marie do njega.

- Zaslužila si - tiho joj reče Amir.

- Idem malo u vodu- izusti Sophie gledajući ih oboje.

Amir je ćutao promatrajući je dok se lagano udaljavala.

- Čudna je ovih dana - progovori Marie.

- Primjetio sam… Znaš li možda razlog? - upita.

- Možda zbog tebe, mene, svih ovih problema, svakako sad kada izlaziš iz bolnice mora da traži stan, s tim da ne želi ni meni da smeta. Možda se i dozove pameti pa dođe kod mene da mi pravi društvo. Svakako sam sama.

- Mislim da je stan najmanji problem - reče Amir.

Bosim nožnim prstom povukla je crtu u pijesku osjećajući kako joj sitni pijesak klizi kroz prste. Brzi talas izbrisa tragove. Dve, tri noći već je slabije spavala, iskrala bi se iz stana i koračala bosim nogama po pijesku, osluškujući more i zvuk tihog povjetarca praveći oblike samo njoj znane odnešene zajedno sa morskom pjenom.

- Da je tako i u životu, izbisati sve promašaje koje smo prethodno uradili - pomisli.

Naglo je udahnula ušavši u vodu. Išla je sve dublje i dublje promatrajući vodu oko sebe. Srce joj je počelo brže kucati, a tijelo oživljavati na nepoznati način. Valovi su zapljuskivali njenu kožu.

Imala je na sebi bijelu košulju kojom se štitila od sunca. Zaplivala je malo, a onda naglo potonula dodirnuvši pješčano tlo. Valovito kretanje mora vratilo ju je na površinu. Lagano plivajući vratila se prema obali. Nespretno je izašla iz vode da ju je nadolazeći val skoro oborio. Marie i Amir su se smijali. Iscijedila je košulju i kosu i uputila se prema njima. Disanje joj je sa svakim korakom usporavalo kao da je ostajala bez zraka, a Marie i Amir sada su joj već djelovali kao izmaglica. Zatvorila je oči i srušila se.

# Sophie

*Hrabrost je poput mišića. Korištenjem je jačamo.*
*Ruth Gordon*

 

Daniel i Lukas su sjedili u Danijelovom stanu sad već smišljajući kako tačno realizovati plan.

- Ne želim da onaj luđak zna za ovo. Dovoljno je što ga u bolnici gledam svakodnevno.

- Dajem ti svoju riječ - reče Lukas sada već ulijevajući mu povjerenje.

- Osim toga čuo sam da se razvodi, žena je predala za razvod braka. Otišla je od njega.

- Molim - reče iznenađeno.

- Da - reče Lukas. Našla je sebi posao, pokupila stvari i otišla iz stana. Ne želi više da ga vidi. Možda je zbog toga još više pao u depresiju. Znaš, nezgodno je, kad nemaš na kome da se iskališ, a njemu je to sad prijeko potrebno. Sam si vidio kako izgleda. Mislim da su dobre šanse da ostane bez posla.

- Nemam više snage, nakon iscrpljujućih intervencija, i svega imam osjećaj da čujem njen glas u bolnici, ovdje u stanu, kao neki vid halucinacije, još da se zanimam sa Markom. Evo ova slika... da li je dobra? - reče pokazujući Lukasu sliku.

- Odlična. Moraš da se smiriš. Bolje da si se bacio na čišćenje stana, nego što si se glupostima opterećivao - reče Lukas osvrnuvši se oko sebe. Poznajem Sophie, ovaj nered joj se ne bi svidio. Sada ćemo da otvorimo platformu, skupimo ljude iz cijelog svijeta da se slikaju sa porukom „Gdje je Sophie?" Nemoj da brineš, masa ljudi danas putuje i vjeruj mi da nema šanse da umakne, a da je neko ne primijeti. Čim se to desi javit će nama i idemo za njom. Onda je otkrivena, *Game over baby*.

Daniel je gledao sliku njih dvoje gdje su u Cancunu, slikani pored bazena, ona mu u zagrljaju, oboje preplanuli od sunca.

- Nadam se da je to tako. Nemam šta da izgubim. Ako ništa daću otkaz, ali naći ću Sophie!

Bijela svjetlost snažno zatreperi. Probudila se u bolničkoj sobi. Suvih usta, čudnog gorkog ukusa na jeziku, polako pokrenuvši vrat razgledala je sobu. Kako sam dospjela ovamo? – kroz glavu joj prostruja misao. Imala je osjećaj da joj je svaki mišić naduven i ispunjen tečnošću samim tim pritiskajući joj tijelo. U glavi joj je bubnjalo, ruke su joj malo podrhtavale. Šta mi je sa glavom, sve kao da je u nekoj magli - pomisli. Kroz izmaglicu joj se probi sjećanje šta se desilo. Ah dovraga- izusti. Kosa joj je bila rasčupana od vode. Pokušala je da prođe rukom kroz kosu, ali se ruka zaglavila u ogromnoj zamršenosti. Treba kosu da opere i ispegla da bi se dovela u red- pomisli. Trgne se kad na desnoj ruci vidi kanilu povezanu s velikom kesom tečnosti. Osjećala je ogromnu mučninu imala je osjećaj da će svaki sekund da povrati. Ideja da to uradi u krevetu nije joj se baš sviđala. Progutala je nekoliko puta teško pljuvačku ne bi li je osjećaj prošao. U vazduhu lebdi neki čudan miris. Muškarac obučen u bijeli mantil otvori vrata.

- Sophie...

Obrise njegovog lica je prepoznala. Ostala je u čudu.

- Ivan - reče tiho.

- Kada sam pročitao ime i prezime morao sam doći da se uvjerim da li si to ti - lagano prišavši krevetu poljubi je u obraz namjestivši joj jastuk. Svijet je baš mali!

Nestvarno zelene oči sa bijelim zubima i prelijepim osmijehom gledale su u nju.

- Zar na ovaj način da se vidimo nakon toliko vremena? - reče pomilovavši joj ruku.

- Šta da ti kažem? Sudbina izgleda - odgovori mu blago slegnuvši ramenima pazeći da igla od infuzije ne ispadne iz ruke. Radiš ovdje?

- Da, zapravo, ne samo ja nego i supruga. Menton je blizu italijanske granice pa smo malo tamo, malo ovamo, bolje rečeno, „uskačemo" na dva mjesta sa poslom po potrebi. Sad nema mnogo gužve, tako da me ne čudi što ste svi došli ovdje.

- Marie je birala lokaciju - reče smijući se.

- Divan grad, svakog februara se ovdje održava festival limuna sa motivima i dekoracijama tog citrusnog voća. Radiš ti negdje?

- Da, odnedavno u Parizu. U Val – De – Grace.

- Auu - odgovori zaprepašteno Ivan.

- Da, širenje znanja smatraju svojim velikim zadatkom. Iz tog razloga zaista se brinu da nam obezbijede novac za razne aparate, ali isto tako organizuju skupove i učešće na naučnim skupovima za razvijanje naučnog rada i prenošenje znanja. Svaka posjeta nekom centru za nas je prilika da se upoznamo sa izazovima koji se nameću danas u savremenoj medicini. Konkretno i moje polje isto. Naravno sve zavisi od okolnosti na koje ljekari ne mogu da utiču.

- Da, medicina danas grabi velikim koracima naprijed - reče Ivan zamislivši se.

- Nego, izvadili smo nalaze krvi i sve što ide i znaš da...
- Znam, prekide ga, zamolit ću te da to držiš u tajnosti - tužno reče.
- Dobro, to je tvoja odluka. Znaš nekada postoje stvari koje ne možemo da kažemo čak ni najboljim prijateljima, nekada podrška ljudi sa strane je baš ono što nam u tom trenutku treba. Znaš da nisi sama, s tim učimo zajedno jedni od drugih. U ovom slučaju moramo da poštujemo želje pacijenata. Želiš li da sad otvorim vrata da uđu tvoji prijatelji? Mislim da su od straha za tobom više oni ugroženi nego ti - reče osmjehnuvši se.

Marie i Amir su ušli u sobu laganim koracima, vidno preplašeni. Amir je držao u rukama buket svježeg cvijeća i stavio ga na noćni stočić. Marie se zabrinuto osvrtala po sobi. Šta se desilo? - gledajući u nju preplašeno je progovorila. Vidjevši da je začuđena cvijećem Amir tiho progovori:

- Cvjećara je pored, nisam se umarao ako to misliš. Lagano je sjeo na stolicu pored nje obraćajući pažnju na doktora.
- Doktore, kako je? - uzdahnuvši reče Marie sva preplašena gledajući u Ivana.
- Odlično, iscrpljenost i nedostatak vitamina... kada primi infuziju, popije sok od cijeđene narandže biće daleko bolje. Ne brinite – dodaje Ivan kroz smiješak. Odlazim, ostavljam vas da razgovarate. Prišavši joj lagano uhvati joj ruku.
- Sophie, drago mi je što smo se sreli, ako mogu bilo šta da pomognem, tu sam.
- Hvala ti Ivane - reče ona tiho.

Pogledavši u Marie i Amira klimnu glavom i izađe van.
- Poznajete se? - upita Marie sjednuvši do nje na krevet i uhvati je lagano za ruku gledajući u infuziju na drugoj ruci. Jaoo, što si nas prestrašila! - reče pogledavši u Amira.
- Da - izusti on tiho, svijet je malo mjesto.
- Ništa strašno. Ivan kaže da počnem sa jogom, poslušat ću taj savjet, kada sam rekla koliko volim prokletu kafu, naravno dao je zabranu i za to. Sve to znam i sama. Nemoj da brinete sve je u redu, čuli ste Ivana... zajedno smo išli na fakultet - reče pogledavši Marie.

Marie je uzdahnula, laknulo joj je, ali još je bila uznemirena. Pogledavši Marie i Amir uzdahnu isto.
- Dobro šta vam je oboma? - reče Sophie namršteno. Došli smo na odmor i tako će i biti, čim infuzija bude gotova idemo van.

Sjedeli su u tišini neko vrijeme. Njena priča nije uvjerila ni Marie ni Amira. Sad su već bili zabrinuti za nju.

Objavivši sve na Facebook, Instagram i mnoge druge platforme Lukas i Daniel su sjedili u stanu čekajući da se nešto pokrene.
- Misliš da će ovo upaliti? - gledajući u Lukasa, upita zbunjeno i sumnjičavo.
- Ako ovo ne upali ne znam šta će, bolje pripremi se za put. Ja sam svakako spreman, najavit ću godišnji od sutra.
- Nema potrebe da žuriš, vjeruj mi ne ide to tako brzo.

- Ovakve stvari idu i pokreću se veoma brzo - reče Lukas kroz smijeh. Ljudi žele da spoje dvoje ljudi.
Čitajući ponovo šta je napisano, Daniel je gledao zamišljeno u laptop.

*Dobar dan svima vama u virtuelnom svijetu. Moj prijatelj Lukas i ja obraćamo vam se svima u nadi jer mislimo da nam možete pomoći. Naime, mnogo sam pogriješio i izgubio ženu koju volim! Veoma se kajem... Vratio bih sad vrijeme da mogu, ali sam nemoćan. Ne znam gdje je otišla. Molimo vas da se iz svakog grada, svake ulice slikate sa porukom ,,Gdje je Sophie" i ako prepoznate ovu mladu damu sa slike (slika postavljena u prilogu), da je blizu vašeg mjesta, odmah nam javite. Nadamo se da ćete post šerovati što je više moguće, kako bi se i drugi ljudi uključili u potragu. Možete preko Face-a, Instagrama, kako želite, samo da Sophie pronađemo. Hvala vam puno od srca na svemu. Neka potraga krene.*
*Iskreno i uz veliku zahvalnost*
*Daniel Weston*

Bili su iznenađeni kada su ljudi počeli da šeruju post. Listali su kometare. Poruke su se nizale jedan za drugom. Link je podijeljen 2948 puta. Potpuni stranac im je poslao poruku da će financirati troškove puta, ali da od prave ljubavi ne odustaje. Srce im je ubrzano lupalo, zureći u monitor laptopa. Vijest je odjeknula na sve strane. Uskoro se počele da pristižu raznovrsne slike sa raznih lokacija uz hastag #gdjejesophie
- Nikad nisam bio ovako srećan, najbolji ste mi prijatelji, stvarno ste super par, nadam se da ćemo gospođicu pronaći - reče Lukas bacivši pogled sa laptopa na Daniela. I... izvini za sve još jednom molim te.
- U redu je, mislim da si dobio lekciju samo na drugi način za razliku od mene. Mislim da mi je prijeko potreban odmor. U posljednje vrijeme radio sam bez prestanka, gušeći se poslom da skrenem misli, više sam pukao. Ali još jednom moram da udahnem vazduh duboko u pluća i pokušam. Činjenica je jedna, koliko god situacija izgledala loše, još uvijek na ovome svijetu postoje dobri, ljubazni i pošteni ljudi. Ljudi koji nas nisu ni upoznali, ali pružili su nam svoje povjerenje.
Ostavivši Marie i Amira u stanu, odjenuvši svoj izazovni bikini Sophie se opet uputila prema plaži. Zaronila je u more i plivala sve dok je nisu počeli boljeti mišići na rukama. Amir i Marie su je u strahu posmatrali sa balkona.
- Ne znam zašto sam toliko prestrašena kako se ono dogodilo stalno imam osjećaj da će se opet srušiti. Jedva čekam da sutra krenemo kući - reče gledajući u Amira koji je prethodnih dana skroz slabo progovarao i bio u svojim mislima. Jednostavna ljepota boje na nebu ju je očarala. Razmišljajući o svemu shvatila je da se možda i previše udaljila od obale. Bila je dobra plivačica, ali znala je šta se desi kada te morska struja ponese. Počela je lagano da se vraća natrag. Usredotočila se na toplinu sunca koje je sada već polagano zalazilo i stvorilo idealnu temperaturu vode. Trudila

se da izbaci stres i žaljenje za prošlim. Ali šta sada da radi kada zna šta joj je? Šta će biti? Vozila se dizalom do poslednjeg sprata, jedva čekajući da dođe do stana i spusti se na kauč. Ušavši u stan ugledala je Marie i Amira kako dolaze sa balkona.

- U redu sam - rekla je ugledavši ih oboje, znajući da su je posmatrali.
- Jesi gladna? - upita Marie.
- Umirem od gladi! - voda me iscrpila.

Prilazeći stolu, još mokre odjeće na sebi, izvukla je stolicu da sjedne, uzela palačinku smotavši je bez nadjeva i jela. Nije imala strpljenja da maže nutelu.

- Nikad ovako nisam bila gladna - reče gledajući u njih dok su polagano razmazivali nutelu po palačinci. Vidjevši Amira kako ćutljivo sjedi osjetila je da se nešto dešava sa njim.

- Amire, je l' sve u redu? Zabrinuta sam za tebe - tiho i zabrinuto reče.

Marie pogleda u nju slegnuvši ramenima - Takav je već par dana.

Sophie joj dade znak očima da bude malo blaža.

- Da, samo sam umoran, čekam da dođem kući - tiho joj reče.
- Dobro, sutra ćeš da odmoriš, još malo puta i Pariz i rutina opet. Voda je tako topla i savršena. Ne znam zašto ne želiš da se kupaš Marie.
- Nije mi do kupanja - reče slegnuvši ramenima.

Nakon par dana vrativši se u Pariz sve što je radila pored posla je bilo da pronađe sebi stan. Nije mogla da živi u stanu zajedno sa Amirom. Osjećala je grižnju savjesti što ga ostavlja samog. To možda i nije bila najbolja ideja nakon svega što ju za nju uradio, ali da bude sama s njim u stanu bilo joj je neprijatno. Ali traženje je bilo uzaludno. Agent ju je svaki dan zvao.

- Imaš vremena da još jednu lokaciju pogledamo?

Žurnim korakom sjedajući u auto stizala je na mjesto.

- Mislim da će da ti se ovo svidjeti - reče otvorivši joj vrata stana da uđe.
- Antoan, ali ovo mi je previše daleko od Marie i od Amira isto. Slažem se da je sve lijepo, i cijena je pristojna - govorila je hodajući stanom. Otvarajući vrata sobe, stade i duboko udahnu. Mislim da nije ni ovo - tužno ga pogleda.
- Ne razumijem žene. Zašto sve morate da komplikujete? Sophie, imaš metro, imaš auto, ne razumijem.
- Sve se slažem, ali dok izgubim vrijeme na metro, na auto isto, u ovom gradu je to nemoguće.
- Dobro, izlazi van, nadam se da ću uspjeti naći nešto bolje. Samo da znaš ovo je deseti stan u jednoj sedmici što gledaš.

Morala je da popusti, posluša Marie i na neko vrijeme preseli se kod nje. Marie je bila zahvalna što se urazumila i poslušala njen savjet da žive skupa.

- Svakako mi je dosadno - reče gledajući u gužvu dok je vozila Sophie na posao. Poslije idem do vinarije da vidim stanje. Hvala Bogu tata se malo smirio, ne pominje mi više Pierra kako sam došla. I šta si odlučila, kupuješ auto?

- Naravno, i tebi će biti lakše da me stalno ne voziš. Ne brini za oca, proći će ga - reče Sophie gledajući u telefon. Najvažnije, novac je i dalje na računu.
- Pišeš Amiru.
- Da - reče zabrinuto, čudan je već neko vrijeme. Razumijem sve, promjenio je ishranu, sve je na novo, ali nešto mi ne štima.
- Ma daj pusti, želiš iskreno moj odgovor.
- Odgovor za šta? - reče Sophie iznenađena gledajući je.
- Zaljubljen je u tebe! Eto to je. Kupid ga je pogodio strijelom i to je to.

Daniel i Lukas stigli su u Italiju, dojava je stigla da je Sophie u Veneciji. Iz svih pravaca navirali su turisti. Vazduh je bio prezasićen mirisima maslinovog ulja, mesa, pice i bijelog luka. Izlozi su obilovali raznim suvenirima koje su turisti mogli da kupe. Restorani su sa svih strana mamili raznim specijalitetima, koji bude apetit i ne ostavljaju nikakvu sumnju. Žena je tvrdila da je ista takva žena odsjela u blizini nje. Vukući kofer probijali su se kroz masu ljudi uskim ulicama.
- Ne bih drugačije ni vidio ovaj grad - prozbori Lukas, okrećući se za djevojkama koje su pored prolazile.
- Sve zahvaljujući tvojoj ideji upuštamo se u ovakve stvari. Mada ne razumijem šta bi Sophie radila ovdje.
- Daj ne svaljuj sad sve na mene. Ti si pristao. Osim toga, da li se našao muškarac koji može žene da razumije? Taj se još nije rodio, to je nemoguće izvesti. Vjeruj mi. Daćemo ti sada neko venecijansko ime. Upravo razmišljam koje.
- Prokletsvo, kakva gužva. Izludiće me ovi kanali, ne znam kojim više putem da idemo. Zastavši poče tražiti telefon u džepu. Lukas je razgledao stare kuće.
- Je l' ovo onaj most Rialto - reče gledajuću u masu ljudi koja se gurala sa aparatima slikajući prelijepe prizore.
- Otkud znam, je l' vidiš da kucam u navigaciju lokaciju, a pitaš me za most- reče srdito Daniel.
- Čitao sam malo o ovom gradu prije nego smo pošli, pored toga što me zanimaju žene, zanima me i znamenitost mjesta - cereći se reče Lukas.
- Ne lupaj! – vidno iznerviran izusti Daniel.
- Jeste to je taj most - reče Lukas sav zaprepašten gledajući ga. Prema gradskoj legendi Antonio da Ponte se borio sa dovršetkom ovoga mosta zato što se stalno urušavao, a on je više počinjao da pada u očaj. Jedne noći obratio mu se đavo i obećao da će mu pomoći da završi most, ali njegovu uslugu naravno mora da plati. Kao i sve u ovome životu. Mora mu dati dušu prve osobe koja most pređe. Ovaj je naravno prihvatio dogovor smišljajući kako da nadmudri đavola. Pa je doveo pijetla zato što se đavo nije izjasnio čija duša mora da bude. Ali vidjevši šta je on uradio i kakvim spletkama se služi, đavo je otišao njegovoj ženi koja je bila trudna, rekao joj da je Antonio čeka na gradilištu. Žensko k'o žensko, uputi se i prva pređe most. Poslije

je žena rodila mrtvo dijete i nije prošlo dugo i ona je umrla. Đavo je očigledno svoje naplatio, a i ostali svoje, zbog toga sada imaju ovaj most.
 - Joj Lukas! O čemu mi sad pričaš?! Evo uključila se navigacija prelazi taj most i ćuti.

*Nije blago ni srebro ni zlato, već je blago što je srcu drago.*
*Narodna poslovica*

- Ne znam kako da vam se zahvalim - reče žena zbunjeno sjedeći na bolničkom krevetu gledajući Sophie.
- Meni ništa - reče Sophie blago se osmjehnuvši. - Drago mi je što je cijeli proces urodio plodom.
- Kada sam doznala da sam trudna počela me hvatati panika, ali muž me malo smirio. Jedva čekam da u naručje uzmem svoju malenu djevojčicu. Osjećam da je žensko. Nestrpljiva sam da dobijem prvu sliku ultazvuka bebe.
- Vjerujem vam. Malo ćete se naviknuti na natečene noge i bol u leđima, ali sve to brzo prođe - reče Sophie sa sjajem u očima.
- Hvala vam što ste prošli još jedan novi i drugačiji put sa mnom. Uložila sam sav svoj entuzijazam i snagu koju sam imala u ovo. Djevojčica će se zvati Sophie.
- Oh! - uzviknu Sophie sva uzbuđena, a u očima joj navriješe suze radosnice.


- Ko si dovraga, ti? - osorno je upita i skinu ruksak sa leđa spustivši ga na pločice na podu dok je Lukas provirivao iza njega.
   Intezivne i nepokolebljive zjenice mu se raširiše, zapažajući njene kratke hlače boje vanilije i majicu bez rukava. Njegova kao gavran crna kosa i brada od par dana i široka ramena odavala su poželjnog muškarca. Prepoznala ga je sa fotografije. Bio je jednostavno neodoljiv. Otvorivši mu vrata zapuhnuo ju je slatkasti miris donoseći miris cvijeća i svježine zajedno sa njim. Napokon ima priliku da ga upozna, poznati doktor Daniel Weston. Lukas je izdahnuo ispustivši naglo kofer pored nogu.
- Ti si zacijelo Daniel - reče zakoračivši još bliže njemu ispruživši ruku.

- Da, došao sam da vidim Sophie - odvrati iznenađeno pruživši svoju ruku.
- Upravo je gledaš!
- Molim! - reče on dubokim glasom da je ona osjećala kao da je zavibrirala.
- Ja sam Sophie!
- Ooo - reče Lukas zgrožen - bojim se da ti nisi Sophie koju tražimo.
- Ovo je neka greška! - uzviknu Daniel okrenuvši se prema Lukasu. Nemam živaca za ovakve stvari i igre.
- Uđite - pozva ih gledajući obojicu.

Lukas ga gurnu, tako da je skoro upao u stan.
- Ne razumijem - još jednom reče gledajući djevojku.
- Želite da kažete da Sophie nije ovdje, mislim Sophie sa slike, ako je to tako ne vidim razloga da budemo ovdje - reče gledajući u Lukasa koji je sada i vrata zatvorio, bacajući pogled po stanu.
- Nadam se da si dobila šta si htjela gospođice, ne uzimajući u razmatranje put koji smo morali preći! - reče ljutito.

Otišla je do kuhinje, natočila sebi čašu vode, udahnu, lagano je ispivši i spustivši na pult, trudeći se da mu na osornost ne odgovori istom mjerom. Kada su im se pogledi sreli soba joj se zaljuljala.
- Mali skok adrenailna ne može da škodi vašem srcu, ili možda griješim doktore? - tiho izusti.

Izraz mu je bio grub i nedokučiv. Iz očiju mu je izbijala mračna mješavina osjećanja, toliko mutna i snažna da nije mogla da dokuči šta osjeća.
- Smiri se - brecnuvši se reče Lukas. - Vidiš da si je prestrašio.

Lukas - reče ljubazno joj prišavši i pružajući ruku na šta ona uzvrati.
- Da se smirim, kako da se smirim?! - viknu. Žena koju volim je otišla. Sada mu je već dolazila muka i imao je nagon na povraćanje od iscrpljenosti i svega.
- Gdje je kupatilo - brecnu se ljutito je gledajući.

Ne rekavši ništa, udahnuvši duboko djevojka mu rukom pokaza prema vratima.
- Da li je ovo dobra ideja što je uradila? - pomisli u sebi. Ali to je jedini način, nekada treba sudbini čovjek da pomogne.

Glava mu je bila u šolji dok je povraćao. Imao je osjećaj kao da je sav pocjepan i sada bukvalno u njemu ništa više nije ostalo. Kada je završio, osjeti da je potpuno iscrpljen i ispražnjen. Želudac mu je poručio da je završio posao u potpunosti. Stomak kao da se malo smirio. Danima živi sa uznemirenosti nije ni čudo što mu se sve ovo dešava. Stomak mu je oduvijek bio slaba tačka. Još kao dijete imao je problema. Noćima majka mu nije spavala, kuhala je čaj od kamilice da se bol smiri. Kasnije je završio na opereciji slijepog crijeva. Godinama je uzimao Controloc tablete, dok nije počeo da studira medicinu i riješio da promijeni navike u ishrani. Da su mu bar roditelji živi, da ode majci padne joj u zagrljaj kao što je radio i izjada se. Mrzio je što je jedinac. Želio je da ima brata, sestru da se povjeri. Zajecao je. Pokušao se suspregnuti, ali bol ga potresla iz dubine. Da jedna žena ima toliku moć nad njim? Oboriti ga na koljena i rasplakati poput djeteta. Ustao je i čuo Lukasov glas, pored vrata- Da li si dobro?

- Dobro sam - reče tiho, ustajući i hvatajući se rukom za umivaonik. Pustio je vodu umivši se. Lagano otvori vrata i izađe van kao sa nekim olakšanjem. Uzdahnuo je bacivši pogled po stanu.

- Ne obraćaj pažnju - reče djevojka vidjevši da gleda u prazne boce vina razbacane po kuhinji. Htela sam da ih recikliram, ali nemam vremena za te gluposti.

- Gluposti, brecnu se on iznenađeno.

- Ljutnja može biti i adut pod uslovom da je transformišeš u nešto pozitivno - reče mu tiho.

- Te priče samo govore psiholozi svojim pacijentima. Vjerovatno za ovo očekuješ da ti damo novac?! Prevarila si nas pošteno! Nervirala ga je.

- Hajde dosta, smiri se malo! -viknu Lukas, ne dozvoljavaš joj da bilo šta kaže. Ako i želi novac, nema veze daćemo joj da nas odvede do Sophie.

- Znači ja sam sada beskoristan, to želiš Lukas da mi kažeš?! Ne znam da pročitam situaciju. Shvatam da smo nasamareni kao dva magarca.

- Želim da ti kažem da nemaš strpljenja ni za šta. Ako nemaš odgovore isti momenat počinješ da stvaraš paniku. Samo nemoj da stvaraš više stresa, sad gledaj kako cijelu stvar ja riješim.

- Hvala ti na vjeri koju imaš u ovu glupost i to što ne vidiš da si apsolutno nesposoban kao i ja.

- Dobro, dobro... smiri se - reče Lukas sad već gledajući u djevojku.

- Evo ovako - poče polako - sigurno znaš kako smo mi ovamo došli i zbog čega - djevojka je na sve klimala glavom. Ništa drugo ti ne preostaje nego da nam kažeš gdje je Sophie... želiš novac? U redu, nemamo nešto puno kod sebe, ali ćemo za tu informaciju da podjelimo sa tobom šta imamo. Znači, znaš gdje je Sophie?

- Ne - reče djevojka.

- Oo - uzviknu iznenađeno Lukas gledavši Daniela, koji je zurio u njega stisnuvši čeljust da su mu se vratni mišići stisnuli.

Kratka tišina.

Uzdahnu duboko zatvorivši oči kao da želi da pobjegne iz cijele situacije u koju su sada zapali. Ali pred njim kao da se stvori njen lik. Sva sjećanja u njemu oživiše. Pred očima mu iskrsnu. Mogao je jasno da je vidi i osjeti miris njene kose. Slike kao da su se smjenjivale nekom brzinom, poput bliceva koji su ispaljivani prema mozgu. Prvi susret, prvi pogled, prvi poljubac, prva svađa, prvo ljetovanje, prvo vođenje ljubavi, prvo zimovanje, pravljenje zajedničkih planova. Cancun, Amerika, Hrvatska, Španija, večera u dvoje, prosidba...

- Dobro je sve ovo - reče Lukas potapšavši ga po ramenu. On otvori oči. U svakoj životnoj situaciji treba pronaći zrno humora. Ne znam gdje sam to pročitao - izjavi počešavši se rukom po glavi.

- Ne vidim šta je ovdje dobro Lukas - reče gledajuću u djevojku. Ne znam zbog čega si ovo uradila?
- Žao mi je, moram da vam kažem slučajem okolnosti odlučila sam da iskoristim situaciju. Tužno izusti. Moj… moj otac, on treba vašu pomoć. Jako je bolestan, mi nismo u mogućnosti da ga prebacimo u Ameriku i platimo troškove operacije, koja se nekim čudom obavlja upravo u vašoj bolnici. Njega samo imam, bratu i meni on je sve na ovome svijetu.

Daniel promjeni stav koji je zauzeo na početku.
- Žao mi je. Ja jednostavno…
- Razumijem kako vam je, ovo je samo druga vrsta ljubavi, ljubav oca i kćerke.
- Gdje je on? - upita je zabrinutog pogleda.

Svi zajedno uputiše se sa djevojkom prema sobi. Daniel pogleda u čovjeka i udubljene oči, sijedu kosu, iznemoglo tijelo, klimnuvši mu glavom stade pored njega. Na stoliću pored je stajala pepeljara sa par opušaka. Djevojka spazi njegov pogled na opušcima.
- Je l' ono što mislim da je? - upita djevojku sumnjičavo.
- Jeste. Rekla sam mu za cigarete…
- U redu je… reče pogledavši u Lukasa koji je zabrinuto posmatrao čovjeka.
- Činjenica je jedna, da nisu svi pušači razvili rak pluća, dosta utiče i genetska predispozicija, ali svakako nije dobro za njega da sada puši.
- Imate nalaze? - upita Lukas.
- Da.
- Najbolje da nam doneseš - reče zabrinuto Daniel krenuvši van prema vratima.

- Misliš da će Mark moći da riješi toraktomiju bez tebe? - upita čekajući konobara da im donese naručenu tjesteninu.
- Hoće, vjerujem u njega. Početni je stadij i nije se proširio, to je sreća. Tako piše, mada s tim se nikad ne zna. Nekada se to ne može otkriti tek tako. U šoku sam kada sam pored njega vidio cigarete, a prestanak pušenja je najvažnija mjera kojom se sprečava razvijanje ove bolesti. Ispivši malo vina, zabrinuto je pogledao Lukasa. Napisao sam mu gdje treba tačno da otvori prsni koš. Vjerujem u njega, osim toga Mark je bio student generacije i mnogo puta je bio u mom timu.
- Nisam očekivao da će nas ovo zateći - reče zabrinuto Lukas.
- Nisam ni ja, iskreno zabrinut sam u dalji ishod.
- Da bi se stiglo do sreće i nesreća treba da se prođe. Moramo da ovu nesreću prevaziđemo i idemo dalje - reče Lukas sada već obeshrabljen. Nema druge solucije za ove izlete u nepoznato, nego da se sad naviknemo. Ako ništa drugo, dobro nam je da ovo poljuljano samopouzdanje obojica vratimo.
- Kuda? Gdje da sada idemo? - upita Daniel ostavši bez snage.
- Svakako znaš da smo učili da pitanja zahtijevaju odgovore, a odgovori da se o

situaciji razmisli. Ne gubimo vjeru, nego ponosno i bez oklijevanja dajemo se na rješavanje ovog, kako se sada čini teškog zadatka.

*Dvoje koje je voljelo a sada su razdvojeni, vezani sponama ljubavi zajedno su u srcu.*
*Walofred Strabo*

- Ne mogu više, prejela sam se. Hvala ti Amire na ovoj divnoj večeri- reče Sophie uzevši ga toplo za ruku sjedeći preko puta njega. Punog želuca gledala je u djelić kolača od čokolade.
 - Baš ti se apetit popravio - reče Amir posmatrajući je.
 - Da, izgleda da sam se navikla na Francusku.
 - Čovjek je kao lješnjak, da bi vidio šta se nalazi unutra, moraš da ga slomiš. Tako i ti... kad si donijela odluku da ostaviš Daniela shvatila si da je to najbolje- reče posmatrajući je... ili još imaš...
 - Imam strah, neki neobjašnjiv. Ne znam od čega i zbog čega - reče skrenuvši pogled sa njega i pogleda u prozor gledajući ljude dok prolaze ulicom.
 - Čovjek je čudno biće. Sve može da uništi u sebi, kao uragan kada naleti i sve sklanja sa svog puta. Tako i čovjek, ljubav, mržnju i bol, ali strah je uvijek prisutan. I uvijek nalazi nove motive za strah. I tako dok god živi zna da živi sa strahom, ne može da ga se oslobodi.
 - Kako da to izvedem? - pogleda ga tužno.
 - Imaš strah da si sada skroz izgubljena. Znam kako se osjećaš, ali moraš da pustiš stvari da se odvijaju onako kako idu. Juče ne možeš da promjeniš, sutra ne znaš šta će da bude, danas je jedino bitno. Bio sam isto tako potpuno izgubljen. Neke stvari sam ti pričao... Ali ne znaš da sam spavao na ulicama Amsterdama četiri godine svaki dan sa bocom alkohola u ruci. Doživio sam razočarenje i imao sam veliki strah od života.
 Sophie je bila zatečena onim što je čula, naglo se okrenuvši pogledala ga je. Ne mogu da vjerujem! - izusti šokirana.
 Amira odjednom uhvati panika, kao da zažali što joj je to uopšte rekao.
 - Da, četiri godine sam liječio tugu alkoholom. Jako sam bio zaljubljen u jednu

djevojku, onda su mi jednog dana roditelji rekli da je obećana drugom. Ne znam zbog čega, ali sam samo vidio nju. Gdje god bi pošao ona mi je bila pred očima. Mnogi su me počeli da nazivaju „Medžnun" što znači lud. Meni to nije smetalo. Osjećao sam se kao da sam drugi Medžnun koji je pronašao svoju Lejlu. Majka me molila da ugasim u srcu tu želju za njom, ali nisam mogao da joj objasnim da je to bilo jače od mene. Moja ljubav prema njoj je svaki dan sve više i više rasla. Bilo je trenutaka kada sam držao bodež ispod vrata spreman da sam sebi uzmem život, pošto se Bog nije oglašavao na moje patnje. Znao sam da bi je pronašao na bilo kojem mjestu da je otišla, kao što lovac prepozna tragove lova u snijegu. Sam sebe sam preispitivao zbog čega me Allah iskušava takvom ljubavi. Da li je moguće voljeti ženu više od Njega? Kada bi prošla pored moje kuće, vidjevši je kroz prozor srce bi tako jako udaralo kao da iz grudi želi da iskoči, obuzeo bi me jak nemir, ruke nisu znale kako da se više drže i šta sa njima da radim. Gledam je i mislim u sebi- nisam neprivlačan, zgodan sam, možda me i primijeti. Obuzimao me plamen koji se rasplamsao na samu pomisao na to. Dok sam tako razmišljao, ona pogleda prema prozoru i spazi me i Allah kao da je moje misli čuo pomislih tada. Majka me pitala šta ja to vidim toliko na njoj kada nije ništa posebno. Čak su za mene išli kod drugih ljudi, mislili su da su me obuzeli džini, da ne učim dovoljno Kur'an, ali oni je nisu vidjeli mojim očima. Taj dan… reče duboko udahnuvši, pognuvši glavu prema stolu...

 - Da - reče Sophie tiho, gotovo nečujno.


 - Taj dan neću nikada zaboraviti. Iako je rekla ocu da ne želi da se uda za čovjeka kojeg su joj namjenuli, nenadano, ujutro su došli sa autom i samo je odvezli. Nisam mogao da se pomirim s tim da njeno prelijepo lice i tijelo neko drugi dodiruje. Uputio sam se njenom mužu i rekao da je ostavi jer je ja ljubim. Majka me preklinjala da to ne radim. Kad sam došao izveo ju je pred mene. Bio je grub prema njoj. Dok je stajala sa burkom preko glave, vidio sam joj uplakane oči. Tiho mi se obratila:
 - Amire...
 - Prekini! - viknuo je. Ženino lice postoji samo za muža i utjerao je u kuću.
  Vrativši se kući zatekao sam zabrinutog oca.
 - Amire - reče mi.
 - Da, oče - promrljao sam gledajući u zemlju.
 - Dođi, sjedni ovamo - reče pokazujući mi staro drvo, čije su se grane davno sasušile, ispod kojeg se nalazio drveni stol, koje ne znam zbog čega nije dao da se obori. Valjda ga je podsjećalo na nekadašnju mladost.
 - Znaš da ti je majka slaba i zabrinuta za tebe. I ja sam. Kako bi bilo da odeš malo van zemlje i posvetiš se nečemu dobrom? Allah je veliki, on će već nekako da ti pošalje neki znak - tiho reče stegnuvši mi blago šaku. Nije mogao da spozna kakvu tugu sam nosio. Ne znam zbog čega sam imao loš predosjećaj. Poslušao sam oca, ali ona je čula da sam otišao iz grada, zbog čega je pobjegla od kuće. Niko mi to tada

nije rekao. Saznao sam to tek kasnije. Ne mogavši me naći, ne želeći ponovo njemu pasti u ruke, bacila se s mosta.

Sophie je, čuvši sve ovo, bila u šoku, blagi jecaj joj se ote iz grla.

- Vijest me zatekla kada sam izašao iz džamije, pokušao sam da se priviknem na novi život u Danskoj. Predavao sam o islamu u školi. Prišao mi je dječak noseći pismo u ruci. Nisam znao da li mi donosi dobre ili loše vijesti. Poznao sam sestrin rukopis. Još se sjećam...

*Dragi brate...*

*Nadam se da ti je dobro. Velika tuga se nastanila u našim srcima kako si otišao, ali ako si ti srećan i mi smo. Allah najbolje zna šta je za koga dobro. Ne znam kako ovo da ti kažem, nisam rekla ni majci, ni ocu za ovo pismo...*

- Čitajući dalje retke pisma mogao sam da naslutim šta se desilo. Bila je mrtva. Nije mogla da živi bez ljubavi! Kroz bolest, poteškoće, nevolje, učimo da očvrsnemo i budemo manje sebični, a više saosjećajni i velikodušni. Bog zna šta je najbolje. On je svemoćan i mudar- rekao mi je moj učitelj, ali nisam to tada tako mogao da prihvatim. Pokušao je da dopre do mene da ne klonim duhom, ali sve je bilo uzaludno.

- Ako želiš da doživiš prosvjetljenje izbaci prošlost i budućnost iz misli i živi ovaj trenutak. To je samo jedno malo iskušenje koje si doživio - bile su njegove riječi kada smo se tad poslednji put vidjeli ne znajući da ću ga opet sresti, nekoliko godina kasnije da mi pomogne na putu. Shvatio sam da nema srodne duše koja svijet napušta sama, srodne duše uvijek odnesu i svoje druge polovine sa sobom.

- Šta si uradio - reče radoznalo uhvativši ga za ruku, kao da mu pruža hrabrost da nastavi sa pričom.

- Pokupio sam svojih malo stvari što sam imao i otišao sam. Duboko uzdahnu. Što sam imao novca, brzo sam potrošio kupujući alkohol i radeći sve bludne radnje koje Božja knjiga

zabranjuje. Nemajući gdje da idem spavao sam jedno vrijeme na ulicama Amsterdama, proseći. Najgori su bili zimski dani. Jednom sam toliko promrzao da sam se jedva dovukao do bolnice, sam Allah me spasio. Zubi su mi poispadali skroz od slabe ishrane i slabe lične higijene. Dodirnuo sam dno. Dok nisam sreo Kenana, koji je par puta prolazio tom ulicom, nisam ni slutio da poznajemo istog čovjeka, mog vjernog učitelja, on ga je poslao da me pronađe.

- Misliš onog Kenana iz bolnice što sam ga par puta srela kod tebe u sobi- gledajući ga gotovo sa suznim očima izgovori Sophie.

- Da, tom čovjeku dugujem sve i mom vjernom učitelju, neka mu Allah otvori vrata Dženneta i svako dobro mu da.

Prišavši mi tog prohladnog jutra, Amir prinese usnama čašu i ispivši malo vode,

trudeći se da udahne, reče - Brate pratim te već neko vrijeme. Otrpi bol, pobjegni otrovu svojih poriva. Nebo će se nakloniti tvojoj ljepoti ako to učiniš. Tako trn postaje ruža. Pojedinačno plamti s opštim.
- Razumijem kako se osjećaš - reče Sophie tužno.
- Razumiješ, koliko čovjeka može proganjati gubitak nekoga koga voli.

Nakon Italije dobili su još jednu dojavu. S obzirom da su se još nalazili u Evropi, odlučili su da provjere i uputili se prema Austriji.
- Izgleda da ćemo cijelu zemaljsku kuglu da pređemo tražeći tu djevojku - reče Lukas umorno vadeći kofere iz taksija. Ne razumijem šta bi radila ovdje u ovoj ledari- reče stresnuvši se od hladnoće, gledajući okolo brda koja su još uvijek okovana snijegom. Vrijeme im je baš depresivno. Od ovih brda ne može sunce da se spusti do grada.
- Ne znam. Svakako ćemo otkriti. Ipak je ovo jedna nova informacija, ili ljudi ne znaju dobro da gledaju fotografiju - reče Daniel slegnuvši ramenima, uzimajući kofer u ruke, a ruksak na ramena. Prelazeći praznim i mokrim ulicama preko tirkizno čiste rijeke Inn, uputili su se prema smještaju. Naviknut na nadvijene zidove u gradu, teško je mogao da se privikne da je sad okružen planinama.
- Ovo je poznato skijalište i penjačko središte. Znam da smo se jednom dvoumili između Austrije i Švicarske, ali ipak odluka je pala na Zermat u Švicarkoj - reče Daniel gledajući naprijed, ne obazirući se na Lukasa. A samo dva sata odavde je poznato mjesto Iscgl. Bolje rečeno meka za one koji vole zimske sportove. Sophie i nije ljubitelj zime, ali svake godine u tom mjestu se održava muzički festival „*Top Of the Mountain*" gdje gostuju velike zvijezde. Kada smo mi bili gostovala je Rihanna. Na samoj je granici sa Švicarskom, tako da smo i taj dio vidjeli.
- Nisam ljubitelj zime, ja sam za tropske krajeve, martini, i ako može jedna zgodna ljepotica u prelijepom bikiniju da me služi. Šta treba više?
- Razmišljam, ako je pogled na Alpe lijep ovako iz grada, kakav li je tek pogled sa vrha? - ja sam za to da istražimo dok smo ovdje, ako pronađemo Sophie idemo svi zajedno, ako ne, idemo nas dvojica sami.

Ušavši u stan zatekla je Marie dok pije vino i gleda TV.
- I kako je prošla tajanstvena večera? - upita okrenuvši se prema njoj, držeći čašu u ruci. Znaš kakav odličan film gledam?: *Premonotion*.[40]
Spustivši manju torbicu, skinuvši sako i štikle, Sophie se zavali na kauč pored.
- Ah, šta da ti kažem da ga je život mazio, nije. Tako mi ga je žao.
- Molim te ne počinji - reče Marie ustajući, otvori ormar pored, uze čašu i vješto joj dosu vina.
- Lovi te na priče, znam tu vrstu muškaraca - otvorivši hladnjak uze malo sira, stavi na tanjirić i sjede pored nje.

---
[40] Film, drama *Premonotion*, 2007., Bullock S., Julian Mcmahon

- Meni ne djeluje tako. Zaista, svašta je proživio, izgubio je ljubav života.
- Da, tipično i sada tebi puni glavu tim pričama da se sažališ. Uh, definitivno uvrnut smisao da zavedeš nekoga novog - ubacivši komadić sira punih usta progovara.
- Marie, nemoj odmah da takve zaključke donosiš - reče joj otpivši gutljaj vina pokušavajući da se usmjeri na film. Marie klimnu glavom uzevši još jedan sir.
- Svaki profesor hvali svoj doktorat, tako i on. Taj čovjek je jedna velika misterija, ne znam kako vas dvoje funkcionišete, ali ja zaista ulažem napor u svaku našu riječ.
- Primjetila sam - izusti Sophie.
- U njegovom umu se nešto opasno dešava, u to nema dvojbe. Razumijem da meni to sve promiče, ali me čudiš ti sa svojom diplomom da to ne uviđaš.
- Mislim da pretjeruješ.
- Dobro, svako treba da ima neki hobi, ti trenutno imaš Arapa - reče izvivši obrve.
- Možeš li bez mljackanja tog sira, kao dijete si? - Sophie je štipnu za rame široko se osmjehnuvši, uze komadić i ubaci ga u usta.
- Upravo ovo mljackanje mi pomaže u razmišljanju, zamisli se nakratko, sve sam bliže da prokljuvim Amira. Kod tog čovjeka je sve nekako čudno isprepletano, muško je to, nemam povjerenja u njih. Dobro nema veze. U naše zdravlje. Za žene nemirnog duha, koje gdje god se pojave naprave haos - reče kucnuvši čašu o njenu.
- Razumijem sve, ali po pitanju Amira griješiš. Tvoje oko za ljude, taj dar mislim da si izgubila - smiješeći se reče joj Sophie.

Marie otpuhnu i otpi još malo vina.
- Koliko vidim on je riješio da preuzme brigu o tebi na sve moguće načine. Naravno, nije loše da imaš nekog da brine o tebi, ali pod uslovom da ga voliš. Očigledno da to Amir ne shvaća. Marie se nagnu prema njoj štipnuvši je za lice. Pogledaj to lice, meni ne djeluje zaljubljeno već više razočarano.
- Ne činim ništa za njega u smislu da mi je stalo do njega kao za muškarca, drag mi je. Za drage ljude trebali bi da izdvojimo malo vremena.
- Razumijem sve. Ali nekada treba znati kada treba reći NE. Zauzeti stav, bez stava ljudi samo iskorištavaju našu dobroćudnost. Razmisli o dugoročnim posljedicama onoga što sada radiš. Kaži mu da voliš Daniela i postavi distancu u ljubavnom smislu. Ispijanje kafe zna da napravi problem kasnije. Moj primjer je Pierre. Znaš šta sam sve prošla, ali još učim- reče blago se nasmiješivši i podignuvši lijevu obrvu. Jedino ako ne želite da budete prijatelji sa predispozicijama, mada mislim da on nije tvoj tip muškarca, ili se sada varam i po tom pitanju? Sumnjičavo je gleda.
- Ah, Bože, Amir me ne gleda u tom pogledu, osim toga Daniela više ne volim.
- Onda taj čovjek misli možda da te bolje poznaje od mene, ne shvaćajući da je tek zagrebao samo površinu. Ali upornosti mu ne manjka. Skidam kapu za to. Hm, tajne ženskog srca dublje su od okeana. Poznajem te Sophie - nasmiješi se Marie.
- Gubim nadu Lukas u ovo - izusti Daniel gledajući u daljinu sa više od dvije hiljade metara nadmorske visine. Pogled je bio spektakularan.
- I ja, ali mislim da smo mi pogriješili - reče Lukas i sam sebe iznenadivši.

- Kako misliš? - upita Daniel.

- Pa mi moramo da navedemo da nam pošalju sliku Sophie kada je pronađu, udarivši sam sebe po glavi - reče zbunjen.

- Planina ne nosi samo drugačiji pogled već i drugačiju prespektivu i vidike kao i ova naša situacija.

- Da, o tome ti pričam.

- Grad se više nije čuo, nije bilo zujanja, nema vibracije života, nema više sitnih opažajućih detalja, već samo jedna krupna slika. Obojica gledaju u bijele vrhove na tamno plavom platnu što ga nebo prostire. Mostovi su se stopili u asimetričnu mrežu, zgrade i kuće sada izgledaju kao naslagane šibice.

- Kad snijeg okopni ljudi odlaze na brojne stijene da se penju, odlaze na trčanje, planinarenje, od toga žive tako su nam mještani objašnjavali život u takvim mjestima kada smo bili na odmoru u Zermatu. Ljepota prirode i ono što ova prelijepa planeta posjeduje osjeti se tek sa ovih velikih visina.

- Sada im zavidim, Amerika jeste lijepa, Colorado je predivan, ali ovo mjesto isto ima svoju čar. Kao da je nešto loše iz mene iščezlo ovdje. Pročišćen sam od svježeg vazduha i ovog mira. Ili sam samo postao sentimentalan uslijed sve ove situacije?

- Šta sad predlažeš Lukas - reče razočarano Daniel.

- Vraćamo se kući, slegnuvši ramenima pogledao je u njega. Ne preduzimamo ništa dok neko ne pošalje sliku da je to konačno ona.

# Sophie

*Čovjek je tajna i zagonetka i ako čitav život provedeš u njenom odgonetanju, nemoj mi reći da si uzalud proživio vijek.*
*Dostojevski*

Marie je preblijedila. Bacila je pogled na vrata gledajući da neće Sophie nekim čudom da je iznenadi ranije. Kroz žamor je razabrala taktove muzike koje je dopirala iz dnevne sobe. Prepoznala je pjesmu Mariah Carey „*My all*". Sa papirima u ruci uputila se prema kuhinji, otvorivši frižider tražeći bocu vina koju je prethodno veče ostavila. Nervozno je teturala po kući sa bocom i čašom u jednoj, a papirima u drugoj ruci.

- Da li je ovo moguće? Šta da radim?

Kad je pjesma završila ispila je drugu čašu vina u jednom gutljaju želeći zaustaviti suze koje su počele da joj naviru. Zatreptala je nekoliko puta da razbistri pogled i duboko udahnula. Prišla je prozoru provirivši van.

- Nije još stigla, pomislila je u sebi, vidjevši da nema auta pored. Mjesečina se probijala kroz prozor.

*Više se voli ono što se teže dobije.*
Aristotel

Kako su zakoračili u kafić, sve djevojke su uprle pogled prema njima.

- Strašno mi je vruće, osjećam kao da se gušim ovdje u ovom prostoru - reče gledajući u Lukasa izmičući sebi stolicu da sjedne.

- Ja se ništa ne gušim, čak mi se i sviđa kako su pogledi ovih ljepotica uprti u nas - cereći se reče Lukas, pritom namignuvši djevojci preko puta njih, sjede za sto. Tu smo gdje smo, smiri se sada. Još malo smo ovdje i idemo kući.

- Da, ali bez Sophie!

- Strpljenje molim - reče Lukas mahnuvši rukom konobaru da dođe. Šta ćeš piti? - upita Daniela. Ja ću da probam nešto žestoko.

- Ja ću kafu i Saher tortu - reče Daniel konobaru koji je već bio došao.

- Ja ću... umm stari dobri viski, najbolje, razgledajući okolo stolove - reče Lukas.

- Ne spavam uopšte, samo bespomoćno ležim u krevetu, mrtvo tijelo, prazna duša. Više me iznenađuju ljudi kako mogu da lažu i upuštaju se u svašta. Gledajući u Lukasa baci pogled na TV koji je okačen na zidu.

- Nemam tih problema, spavam kao mrtvac, jedva ustajem od umora. Ništa ne razumijem šta pričaju. Ti?

- Ne!

- Šta je ovo dnevnik, nešto sa You Tube-a - reče Lukas gledajući u masu ljudi koje se prikazivali na TV-u.

Konobar se lagano okrenu gledajući u TV poslušivši im pića.

- Ah, ovo je u Francuskoj, žena doktor spasila hemijskom olovkom putnika dok je putovala iz New Yorka u Pariz. Postoji snimak na internetu, ima preko deset miliona pregleda - progovori na tečnom engleskom. Ima od toga već vremena ali eto emisija

„novosti sa interneta" vjerovatno.

- Samo mi kaži da nije ono što mislim - reče Lukas tražeći telefon po džepovima gledajući u Daniela.

- Ne vjerujem - reče Daniel smireno. Nemoj džaba da gledaš, šta bi ona radila u Francuskoj?

- Šta bi radila i u Italiji pa smo je tražili, kao i ovdje - reče Lukas našavši telefon i tražeći snimak. Stvari nekada bez jasnog razloga krenu da idu u pravom smjeru.

- O moj Bože! - uzviknu ispustivši telefon na sto i uhvativši se rukama za glavu gledajući u Daniela. Mislim da smo sklopili ovu slagalicu.

- Šta je sad? - reče Daniel, gledajući ga. Šta se dešava?

- Pronašli smo je - reče Lukas skočivši sa stolice, pokazujući snimak Danielu. U Parizu je!

Živost mu se vratila na lice. Uspio je da malo povrati snagu. Kao biljka koju se zalili nakon više dana suše. Gvozdena ruka popustila je stisak u njegovom stomaku. Osjećao je ponovo da se život kreće i on učestvuje sada u tom kretanju.

- Ne, ne slažem se s tim da joj kažemo - dopiralo je iz sobe. Sophie se zaustavi pored vrata, spustivši lagano ključeve od stana u džep.

- Da li ona upravo prisluškuje tuđi razgovor? - pomisli u sebi. Ruka joj krenu prema vratima, ali drugi glas dopre do nje.

- Brate znaš da to nije u redu? Koliko smo dugo sve istraživali, informacije koje imamo su sto posto tačne. Ona to treba da zna.

Ipak ona ima...

Sophie grlo zagreba i nakašlja se pored. Lice joj se zacrveni, vrata se otvoriše. Kenan je gledao preplašenog pogleda.

- Zdravo, još imam ključ, izvadi ga, mlatnuvši ispred njegovih očiju. On izađe i zatvori vrata iznenađeno.

- Došla sam da vidim Amira - zbunjeno izusti, pokušavajući da poveže ono što je čula.

- Upravo je legao. Umoran je.

Bila je zatečena tim što ju je Kenan slagao, ubijeđena je da je čula Amirov glas, ali nije željela da se otkriva.

- Ah...

- Vidim da si zamišljena - reče Kenan.

Promeškoljila se na mjestu osmjehnuvši se.

- Malo.

- Problemi?

- Ne nikako, počela je da zamuckuje. Hvala ti... što si uz njega - laganim korakom uputi se prema izlazu.

Kad je došla kući već je bilo prilično kasno. Lagano ušavši, zaključala je vrata i uputila se prema sobi. Skinuvši se otišla je pod topli tuš. Obukla je pidžamu i ugasila telefon, kopkajući se mislima o Kenanu i Amiru.

- Možda je Marie u pravu za sve? Uf, ta sumnja pojede čovjeka! Ubrzo se začulo kucanje na vratima. Sophie se blago trgnu, upali malu lampu na noćnom ormariću. Vrata se otvoriše i Marie uđe u sobu.

- Marie, ne spavaš? - reče Sophie iznenađeno.

- Došla sam samo da vidim da li si dobro.

- Jesam, malo sam umorna od obaveza i svega, ali sve je u redu. Ti? - pridigla se iz kreveta lupnuvši rukom o krevet, dajući joj znak da sjedne.

- Ah ne - odgovori vidjevši da joj nudi da sjedne. Samo sam htjela da provjerim da li si dobro. Laku noć Sophie!

Laku noć Marie.

*Otkrivati tajnu osobi koja voli mnogo da priča je isto kao stavljati vodu u naprslu posudu.*
*Rumi*

Nakon što je iskusila još jednu svađu sa ocem, koji je sada prijetio da će je razbaštiniti, Marie je došla kući i cijeli dan provela u kuhinji. Napravila je ručak i pozvala Amira da se pridruži Sophie i njoj.

- Često je gubio živce, ali kako je sa ovom ženom ovo je više nemoguće! Sjedajući za sto umorna, gledajući u svu hranu koju je spremila, nasu sebi i Sophie čašu vina, gledajući u Amira.

- Da naspem i tebi vino ili ne? - upita posmatrajući ga. Ne znam kako je to u tvojoj vjeri i šta se tamo dešava?

- Vjerujem da je za svakoga čovjeka bolje suzdržavati se od pića. Vjerska pravila i zabrane su važne, ako je neko odlučio tim putem da ide. Često čovjeku alkohol zamuti vid i napravi razne idiotarije. Vjeruj mi da ta tečnost crvene boje ima i svoju drugu stranu.

- Oh Bože, zašto se treba komplikovati sve? Ova tečnost crvene boje je upravo ono što mi sada treba da smirim ove napete živce!

- Ah Marie - tiho reče Sophie pogledavši u nju blago.

Amirovi prsti su se blago zatresli. Imao je osjećaj da samo što mu nije eksplodirao puls. Zatvori oči lagano skupivši poslednje atome snage kako bi se izborio sam sa svojom unutrašnjošću i ne obazirajući se na Marie. Primjetivši to, Marie je bilo žao.

- Izvini - tiho mu reče. Jednostavno sam van svake pameti.

- Moraš jednostavno da shvatiš Marie da proljeće ne može da dođe dok zima ne prođe. Budi strpljiva kad je tvoj otac u pitanju.

Jako lupanje na vratima prekinulo je i onako napetu situaciju.

Buka s vanjske strane udarala je poput zida koji se ruši. Lagano ustavši od stola Marie se uputila prema vratima, dok je Sophie dala znak očima Amiru da ima razumijevanja za nju blago mu dodirnuvši ruku. Poslednje što mi treba je još jedna briga - pomisli Marie došavši do vrata.

Otvorivši vrata žena je zakoračila unutra i pala na hodniku.

- Manon! - sva preplašena Marie viknu. Moj bože!

Čuvši njen krik Amir i Sophie su dotrčali.

Sophie je preblijedila u licu vidjevši Manon kako nepomično leži.

- Pomozi mi da je dovučemo do kreveta - reče gledajući u Marie, dok je Amir sav u šoku zatvorio vrata.

Položivši je na krevet, Sophie je pomilova po ruci gledajući masnice oko njenih čiju, povrijeđen nos i nekoliko pramenova kose iščupanih na glavi.

- Moj Bože, teško je prebijena - reče pogledavši Marie i Amira.

- Ne znam otkud baš meni da dođe kao da nemam dovoljno dešavanja - tiho izusti Marie gledajući u Sophie i pretučenu Manon. Sophie joj opipa puls zabrinuto pogledavši u Marie.

- Puls joj je jak, ne znam ko je mogao ovo da joj uradi? - reče zabrinuto.

- Sigurno ju je neko prebio zbog tračanja - reče gledajući u Sophie dok se Manon uvijala od bolova.

- Žena sa mnogo priča, a ni jednog odgovora - reče Amir gledajući u Manon. Ali na kraju, nije na nama da joj sudimo.

Usne su joj otekle i krvave, usta se iskrivila. Gledajući u Sophie uspjela je da kroz zube procjedi:

- Naučila sam lekciju.

- Smiri se - reče Sopie držeći je za ruku. Marie, donesi mi moju torbu, u njoj imam tablete protiv bolova i ostali pribor da joj iščistim rane.

- Drago mi je, Bernard Romand - reče pruživši ruku Danielu i Lukasu i pokazavši im da sjednu. Pročitao sam vaš e- mail, nisam znao da je situacija takva i da ste cijeli taj put prešli tražeći Sophie. Žene su čudo, bez njih se ne može, sa njima ne znamo kako da postupimo.

- Je l' ona ovdje? - reče radoznalo Daniel razgledajući po Bernardovoj kancelariji. Poslije samo nekoliko sati nemirnog sna skoro pa smo dotrčali ovdje, kada ste odgovorili na e-mail - Preplavile su ga emocije ali sada već one bolje, ljutnja kao da je poput pare lagano isparila, ostavljajući čisti prostor. Ote mu se dug umoran uzdah.

- Mislim da sada trenutno nije, ali svaki tren trebala bi da stigne. Jako smo zadovoljni njenim radom. Zaista mnogo stvari je unaprijedila, i to za jako kratko vrijeme - reče zadovoljno gledajući u Daniela i Lukasa. Naravno našem timu uvijek se možete priključiti, visoki školovani kadar je ovdje uvijek dobrodošao.

- Trenutno imamo radno mjesto, došli smo da odvedemo mladu damu i da se vratimo svojim obavezama - reče Lukas pogledavši u Daniela.

- Da - odgovori on pomalo zbunjeno.

 Bernard potegnu za telefonom brzo okrenuvši broj.

- Da li je Sophie stigla? - reče u slušalicu. Dobro, kažite joj da je želim vidjeti.

*Riskiraj sve za ljubav ako si pravo ljudsko biće.*
*Rumi*

Okamenila se kada je iza sebe čula duboki muški glas zatvorivši vrata za njom.

- Sophie - reče gledajući je i približivši joj se sa leđa. Utapa se u njenom imenu, koje iznova želi da ponavlja neprekidno, da dušu zadovolji.

Pokušala je da umiri dah i srce. Nije mogla da kontroliše reakciju. Naglo se okrenula, začuđena zbog boje glasa kojeg je prepoznala, susrevši se sa njegovim pogledom. Njegova crna kosa, oči, bijeli zubi.

- Daniel - tiho izgovori, gotovo nečujno.

Trgnula se kada je uzeo njenu ruku spustivši je na svoje lice poljubivši joj dlanove. Osjećala je da svaki tren može da se sruši. Posmatrala ga je. Oči su joj lagano blistale.

- Daniel, ja...

Pomakao se kako bi joj prepriječio put da pojuri van. Ščepao ju je za ramena, snažno, ne shvativši koliko je snažan kada je ljut. Ima osjećaj da mu zvuci njenog srca odjekuju u ušima. Ona je tu, srce mu lupa, dlanovi se znoje, bujica osjećanja ga plavi. Ali sve to sada kao da zatomi, duboko u sebi. Gleda je prodorno u oči. Ljutnja mu u pogledu poput munje sijevnu. Ona bolno jauknu.

- Auch!

Trznuo se. Magla koja ga je gušila počela je lagano da se razilazi. Zurila je u njega zaprepaštena. Ruke su mu se tresle. Tu je pored njega. Njene ruke, njen miris, njena usta. Malaksale ruke su ponovo kliznule prema njoj. Bijes koji je bio oštar poput dobro naoštrenog kuhinjskog noža sada je lagano gubio na jačini. Dlanovima je obuhvatio njeno lice usnama prekrivši njene. Nije to učinio ni blago ni grubo. Ovaj poljubac je bio kao ni jedan drugi, ubjeđivao ju je da popusti, ubjeđivao da učestvuje u poljupcu. Poljubac koji je nije krotio, nije gubila svoju divljinu, sve je tu, ali nešto je drugačije. Malo je popustila. Usne joj kliznuše niz njegove, tople, meke, energija joj prostruji tijelom. Ispusti uzdah, gdje on sada malo olabavi svoj stisak.

- Tako si mi nedostajala - priznade joj. Glas mu je bio prepun očaja i žudnje. Privukao ju je uz sebe. Ne, nisam ljut, možda malo, više na sebe nego na tebe. Sva ova opasnost koja se u duši zatomila, još je više oblikovala moju ljubav prema tebi. Samo jedna stvar upotpunjuje dušu, ljubav. Ljubav nije neki amorfni koncept da se pominje samo u literaturi, ljubav je potreba, bez nje se teško živi.

Ne želim da pričamo, želim samo da te gledam. Ne znaš šta sam sve prošao dok sam te našao. Rukom joj je mrsio kosu. Tvoj me mozak možda zaboravio, ali ovo ovdje, položivši ruku na njeno srce, ovo ovdje me pamti.

Talas želje prostrujao je njenim tijelom. Uzdahnula je. Topila se i gorjela istovremeno. Nije željela da se brani. Sklopila je oči. Rukama uhvati njeno lice naginjući ga na stranu, povlačeći ga prema svojim usnama koje su je očajnički tražile. Uzvrati mu poljubac ponovo. Usne su mu sada nježnije. Skinu joj bijeli mantil otkopčavši jedno dugme na košulji. Ugledao joj je grudi, uhvativši je za ruku nije želio da je ispusti, imao je strah da je ne izgubi ponovo. Punije su primjetio je. Udebljala se malo.

- Volim te! - izusti joj.

Suze su joj se zaglavile u grlu, i krenule da iskre u očima. Ona se suspregnu, i blago ošamućena posla signal kroz glavu da misli skrene, stavi ruku na trbuh i okrenu se.

- Bože! Suspregnu suze. Štedići dah reče mu oštro - Ja tebe više ne volim! Žao mi je, precijenila sam se. Još uvijek ne mogu da kontrolišem želju prema tebi, želja je jedno, ipak smo nekada bili vezani, ali svakako imam vremena ovdje da radim na tome. Ne želim te više Daniel.

Kao da su ga njene riječi ošamarile.

- Maločas je drugačije izgledalo. Lažeš, znam to. Želiš me kao i ja tebe. Onaj ko pobijedi mržnju i osvetu pobjednik je. Griješiti je ljudski, pogriješio sam! Ne sveti mi se tako što me udaljavaš od sebe! Obmana je umijeće ratovanja - pomisli u sebi, ne želivši joj otkriti misao. Osmijeh mu se malo raširi kad mu je ta misao prošla kroz glavu.

Obukavši mantil, zakopča dugme na košulji, trudeći se da ne obraća pažnju na njegove riječi. Bila je gnjevna na sebe zbog vlastite slabosti na samu njegovu pojavu. Nervozno poče ukrštati prste, nadajući se da to ne izgleda tako teatralno koliko se njoj u njenoj glavi čini.

- Griješiti jeste ljudski, a opraštati božanski, u ovom slučaju ne bih se igrala sa bogovima. Naša veza koliko mogu da zaključim je bila samo tjelesna, ako je i bilo ljubavi, vrijeme ju je izbrisalo. Svakako vezama kao što je bila naša, više se ne prepuštam, nešto iz svega čovjek i nauči. Imao si svoju priliku.

- To je za svaku pohvalu - reče on posmatrajući je, pokušavajući da dokuči da li zaista blefira ili govori istinu.

- To je realnost - reče ispravivši ga.

Glas joj je sada bio smireniji, iako joj je tijelo i srce gorjelo. Gledala je njegov pogled, vidjevši da se sav pomutio od želje.

- Svih ovih dana si mi na pameti. Toliko želim da vodim ljubav sa tobom. Znam da su laž te tvoje riječi. Uzeo joj je ruke položivši ih uz svoje tijelo.

- Ne vraćam se nazad ako na to misliš da ću da se vratim. Radit ću ovdje ako treba - reče prkoseći joj. Nasmijao se i zarobio joj glavu dlanovima ponovo privukavši usne svojima. Osjetila je zadovoljstvo u njegovom glasu, odmaknuvši se malo od njega.

- Ništa se nisi promijenila, još si stidljiva, sramiš se što uživaš u nečemu tako prirodnom.

Pokušala se odmaknuti od njega, ali on ju je čvrsto držao. Osjetio je kako se slabašno otima, mahnuvši glavom on još jače stegnu stisak. Želio je osjetiti vrelinu njene kože, miris njene kose, da se zakopa duboko u njoj. Valovi nježnosti su ga preplavili.

- Najbolje je da se vratiš Daniel - rekla je tiho dok ju je gledao. Riječi su kao živa bića. Jedne su divlje, druge prijatne. Povrijedio si me! Usna joj blago zatreperi. Na mojoj duši tuga je isplela mrežu. Život je takav. Nekada smo naivni kao djeca. Ljudi se odriču mnogočega u njemu. I uvijek neko izvuče deblji kraj. Ovdje, ti si se odrekao mene, ja tebe, i sjaja u oku tvom. Visine na kojima smo letjeli, sada su ponori po kojima hodamo. Skrenula je pogled sa njega.

- Zar ja mogu da odustanem od tebe? Sakrio sam te u svoju dušu, zakopao. Dok dišeš, nikoga drugog nećeš željeti osim mene, isto kao što i ja želim samo tebe!

Njena prividna nezainteresovanost za njega pobudila je još više njegovu pažnju. Nemoguće da ga ne voli. Osjetila je nalet mučnine, pokušavajući da kontroliše zbrkane misli i sada već nepovezane slike koje su joj iskrsavale pred oči. Ne mogu više sav ovaj teret da nosim na leđima, umoran sam od pokušaja da te ne volim, da te nisam željan.

- Daniel odmakni se nemam zraka - tiho prozbori, odmaknuvši se od njega, rukama se uhvati za stolicu, dišući duboko, nesigurnim nogama uspjede da sjedne.

- Sophie jesi dobro? - reče on zabrinuto, izvini previše sam...

- Dobro sam - progovori ne želeći da uputi pogled prema njemu. Osjećala je kao da je gubila zrak, grlo ju je grebalo kao da je progutala pijesak.

- Volim te - reče joj čučnuvši pored nje gledajući je u oči. I najveća ljubav može da se završi ako čovjek sam sebe obmanjuje, ne laži da me više ne želiš. Stavio je glavu na njena koljena. Nemam tebe nemam svjetla u svom životu. S kim da podjelim ovu bol što nosim u grudima? Znam da sam pogriješio, ali i ti si. Ali hajde da sve to ostavimo iza nas. Zašto si tako distancirana prema meni, a znam da me voliš?! Vjeruj da sam osjetio vrata što si mi zalupila pred nosom i spoznao tvoju odsutnost. Oboje smo pogriješili.

- Povrijedio si me - tiho izgovori dok je u njoj strujala želja da mu prođe prstima kroz kosu, ali se oduprijela. Lice joj je bilo prozirno kao da je sada preko njega navukla neki metalni zaslon.

- Žao mi je, ali više ne možemo biti zajedno - reče tiho lagano se pridižući da ustane, sklanjajući njegovu glavu sa koljena. Mi smo nažalost dvoje ljudi koji su zatočeni u simbiozi nepovjerenja. Kako čovjek bez povjerenja da ide naprijed? Lako se gubi teško se stiče.

Veza je čvrsta ako partneri podržavaju jedno drugo, čak i u tajnama, stvarima koje im nisu zajedničke. Osjetila sam se sputano zato što si posumnjao u mene. Prema partneru treba bolje da se odnosimo nego prema prijatelju, a jedan od načina je pružanje podrške. Ti to nisi uradio. Ljubav mora biti slobodan dar, u suprotnom nema nikakvu vrijednost.

Otvorivši vrata izađe iz prostorije. On je krenuo za njom, naglo otvorivši vrata, srce mu je divlje tuklo. Zalupnivši vratima za sobom čuo je kako zvuk njenih potpetica odzvanja mramornim podom, vidio ju je ispred sebe dotjeranu, pribranu, sjajne kose, ali kao da je miljama daleko od njega nije obraćala pažnju uopšte. Zastade na trenutak, svjesna njegovog pogleda na sebi. O, kako sada pršti od samopozdanja. Vratilo joj se.

- Sophie! Nemoj mi to ponovo raditi! - glas mu je odjeknuo polupraznim hodnikom, odbijajući se o bijela vrata ostalih soba bolnice. - Ovo nije igra! Prišla joj je medicinska sestra pokazujući joj papir. Skrenuvši pogled nešto je napisala uputivši se korakom dalje.

- Ostajem u Parizu - bila je prva misao koja mu je prošla kroz glavu. Izmakla si mi jednom svijet ispod nogu, za drugi put sam spreman. Pokušao je da se na cijelu situaciju nasmiješi, ali srce kao da mu se našlo u grlu. Moram da idem sada polako, još uvijek je gnjev u njoj, šta ako sada opet pobjegne? Šta da radim Bože?!

Na drugom kraju hodnika začuli su se koraci koji su se sve više i više približavali, dok ga na kraju muška ruka nije potapšala po ramenu.

- Šta da se kaže? - čuo je glas Lukasa iza sebe.

Glas mu je sada bio tih i smiren, nakon vrlo kratka oklijevanja okrenu se prema Lukasu i reče:

- Ostajem u Parizu.

- I ja isto - reče on cereći se. Možeš me častiti večerom zato što ću ti reći gdje živi.

Njene pete su lupale po drvenom podu dok je hodala po kancelariji. Razmišlja je o tome da li je Daniel spavao s Megan dok je nije bilo? Sjetila se njegovog pogleda, njegove kose, njegovog neodoljivog osmijeha.

- Bože taj čovjek može šarmirati bilo koga - pomislila je.

Mrzila je biti ravnodušna, ali nije li se i on tako ponašao prema njoj, onaj dan kad je Megan bila s njim. Ljubeći njegove usne pokrenuo se vatromet u njenom trbuhu. Nije se mogla zasititi, nije mogla disati, misliti. Osjećala se kao izgubljena u njegovom svijetu, gušila se u njemu. Njena se potreba pokazala kroz svako osjećanje njegovog tijela, sa svakim teškim dahom sa usana. Sada joj je bilo jako teško koncentrisati se na bilo šta drugo.

- Gledajući me u oči kao da je mjerio iskrenost mojih riječi- pomisli sjedajući za sto i upalivši laptop. Stavila je glavu na tastaturu od sve frustracije. Trebala je nešto da uradi da raščisti misli ili će cijeli dan da se bori sa sobom. Skupivši kosu u rep ispravi se na stolici. Pogleda na laptopu raspored. Obrćući nalivpero u ruci, gledala je ruku gdje je prije bio zaručnički prsten. Zapisa nešto u notes ispred sebe, stavivši telefon u torbu, pogleda po kancelariji.

- Najbolje da idem kući!

*Ne tuguj. Sve što izgubiš se vrati natrag u drugoj formi.*
*Rumi*

Hladne tuševe nije voljela, ali hladna voda ju je osvježila i očistila glavu od gluposti. Kao da je čula neke razgovore u kuhinji.

- Stigao je Amir - pomisli, opet neka netrepeljivost između njega i Marie. Prošla je rukama kroz malo vlažnu kosu, oblačeći farmerice i bijelu kratku majicu, svezavši kosu spustila se lagano niz stepenice.

- Ne mogu da vjerujem - čula je glas od Marie kako se kikoće.
- Šta se dešava? - reče došavši u dnevni boravak, a oči joj se zakovaše na jednom muškarcu.
- Nisam ništa kriva - reče Marie, ali Lukas, sad kad smo se upoznali, shvatila sam da znaš biti baš uvjerljiv, vjerujem da nemate gdje da se smjestite. Znam Sophie da ćeš da me mrziš zbog ovoga, ali rekla sam da ostanu ovdje. Kao da se pravdala.
- Molim!? uzviknu Sophie sva izbezumljena.
- Istrošili su novac. Treba da im pomognemo, mislim odlučila sam da Lukasu izađem u susret, s tim da je Daniel s njim, ne mogu njega da pošaljem na ulicu.
- Istrošili novac, aha kako da ne! Dođi ovamo! - reče joj pokazujući prstom dok su Daniel i Lukas gledali.
- Sada? - upita Marie
- Da. Upravo sada! - brecnu se ljutito.

Marie pogleda u Lukasa, mignuvši mu jednim okom, blago se nasmijavši, jedva pružajući korak uputi se za Sophie. Daniel i Lukas gledali su u Marie koja je išla za njom prema njenoj sobi.

- Zaboga, šta radiš? Samo mi kaži da li si normalna? - rekla je zatvorivši ljutito vrata. - Ali zaboga nije smak svijeta. Nije stranac, poznajete se. Osim toga ni Lukas nije loš. Wow! - samo mogu da kažem. Da li su ovo posljedice samoće počele da mi se lupaju o glavu - reče blago popravivši rukama okvir naočara na kosi koje su bile blago spale. Stavljajujući prst na usta, dala joj je znak da tiše priča.

- Ne želim ga ovdje. Marie...

Neko je odlučno pokucao na vrata, naglo ih otvorivši strijeljajući Sophie pogledom, kiselo se nasmijavši.

- Marie, da li možeš...
- Sa zadovoljstvom - reče Marie napuštajući sobu.
- Ti, ti znaš tako da budeš tvrdoglava da je to nemoguće! Prišavši joj blizu mogla je da osjeti njegov dah. Poriv da je privuče bliže bio je jači nego ikada prije. Ti si kao kaktus, pustiš bodlje i ne dozvoljavaš nikome da ti priđe i objasni situaciju, ali ja, ja ću ti protresti te bodlje Sophie, stegao joj je mišicu malo jače da je imala osjećaj da je sada već boli - uzdahnuo je.
- Pusti me - reče otrgnuvši ruku. Ne želim da te vidim!
- Tako?!

Jedna zraka sunca padala joj je na lice dok se ona odmicala od njega, ali unatoč tome on napravi još jedan korak prema njoj.

- Nemaš gde da pobjegneš - reče joj osjehnuvši se.

Gledavši u njega sve joj se komešalo kao da je u vrtlogu, njegov glas je bio obojen strašću. Opsjeo ju je kao nekakav đavo. Približio joj se još bliže, dodirujući joj tijelo dok su mu se mišići nategli i podivljali od nagomilane strasti.

- Zašto mi ne vjeruješ ljubavi moja kada kažem da te volim? Moja ljubav je prema tebi čista kao bistra rijeka. Pogledaj me u oči, oči su ogledalo duše. Zaviri samo sekund u moju dušu i vidjet ćeš koliko je ta ljubav. Je l' treba da kleknem i da te molim za ljubav? Uradit ću i to ako je potrebno! Ne pripadam ovom svijetu bez tebe.

Pogled mu je lutao od vrhova prstiju na bosim nogama preko vitkih nogu i grudi do očiju. Uronio je pogledom u njene oči i kao da joj je govorio - Poljubi me dovraga! Bila je na ivici suza. Toliko ga je željela da je to osjećala kao fizičku bol.

- Ne umišljaj Daniele - izgovori tiho zacrvenuvši se.
- To nije razlog da se crveniš - reče nježno uzevši joj ruke i stavi oko svoga vrata.
- Šta to radiš?
- Šta misliš? - šapnu privukavši je bliže sebi.

Prikovao je pogled na njene grudi koje su se ubrzano dizale i spuštale ispod kratke majice. Bez ikakvog uvoda blago joj je podigao majicu obavivši ruke oko njenog struka. Uzdahnula je. Osjetio je toplinu njenog tijela. Zavukla je prste u njegovu kosu i privukla njegovu glavu blizu svojih usana. Htjela je da osjeti njegov miris. Možda bi to u konačnici bio kraj njenim mukama.

- Dovodiš me u stanje kada više ne vladam sobom - tiho mu šapnu na uho.
- Ja sobom ne vladam kako za tebe znam. Njegov dug, dubok poljubac skinuo joj je karmin sa usana. Zarobio joj je usne dugim poljubcem koji kida dah i muti

svijest. Osjećala je njegove ruke po cijelom tijelu. Rukama je prošla preko njegovih leđa blago ga ogrebavši noktima. Njegove usne su tako jako pritisnule njene da je imala osjećaj da će da ih povrijedi. Prijalo joj je malo agresivnosti koju je miješao sa nježnošću. Osjećala je uz sebe svaki dio njegovog tijela i žudjela je više nego ikad da to tijelo opet posjeduje i bezumno voli. Milovao ju je tako nježno kao da je figura od skupog porculana. Predala se skroz.

- Ovo sam želio cijelo vrijeme, da te osjetim i imam u svom naručju.

Oštar zvuk prenu ih oboje. Vrata su se naglo otvorila.

- Oh Bože! - reče naglo se odmaknuvši od Daniela spustivši majicu. Pogledavši u Daniela sva crvena, stala je ispred njega kao da želi da ga zakloni.

- Sophie, izvini, ali nema nikoga u kući, a vrata nisu bila skoz zatvorena, pa sam krenuo da tražim redom po sobama - reče tiho Amir.

- Amire - reče sva zbunjena gledajući u Daniela malo zagladivši kosu priđe zagrlivši ga.

Blago joj vrativši zagrljaj gledao je prodorno u Daniela koji je stojao ljut kao ris.

- Ah izvini, ovo je Daniel, Daniel je...

- Drago mi je, Amir - reče pruživši mu ruku.

Daniel je ljutito gledao u njega pa u Sophie. - Vi ste...

- Ja sam čovjek kojeg je Sophie spasila...

- A... olovka na aerodromu - reče blago mahnuvši glavom.

- I sada se družite?

Amir na to pitanje ništa ne odgovori, uze Sophie za ruke blago je pogledavši.

- Došao sam da te pitam da ideš sa mnom na večeru. Dugujem ti to, kao izvinjenje što si me čekala. Žao mi je ali Kenan i ja smo u obavezama...

- O - reče Sophie sva iznenađena gledajuću u njega, pa u Daniela.

- Naravno - reče osmjehnuvši se, vidjevši da je to Daniela zaboljelo, ali nije na odmet da osjeti malo boli. Zamolit ću vas da izađete van, da se na brzinu spremim i onda idemo- reče dajući im znak očima da idu prema vratima.

Amir je pošao, a Daniel za njim, prodorno je pogledavši, blago zalupnivši vrata dajući joj znak da je ljut. Počela je da prebire po ormaru tražeći najljepšu haljinu što je imala. I pronašla je crnu, dugačku znajući koliko Daniel voli crno. Oblikovala je lijepo frizuru, meki uvojci padali su joj po vratu, naglašavajući oštru čeljusnu kost, crveni ruž nanese na usne, mrvica sjenke i maskare da istakne oči, stavljajući svoje srećne naušnice u obliku pera. Nanese parfem - ne previše pomisli.

Po blagoj buci koju je čula shvatila je da je Daniela već uhvatila ljubomora. Poznavala ga je, vjerovatno sada ključa od bijesa. Izgledala je privlačno, sada najviše zbog čudnog sjaja koji je oživio njeno lice. Poslednjih dana je izgledala blijedo i beživotno od jada koji ju je razdirao. Dokazat će mu da nije slomljena.

- Ne znam u kakvom ste odnosu Vi i Sophie, ali molit ću Vas da se držite dalje od nje - reče noseći čašu vode u ruci i sjedajući pored Amira u kuhinji.

- Po samoj prirodi stvari sve se mijenja. Sve je u procesu promjene. U svakoj promjeni ima uskraćivanja i davanja. Čovjeku ne dosadi nikada da moli za dobro i slijedom toga uvijek traži više. Pitam se zbog čega misli da to zaslužuje?- reče smireno Amir.

- Ja Sophie volim! I ona voli mene. Mislim da sam tu jasan.

- Volite Sophie? Da li Sophie voli Vas to ću morati da je pitam? Svaki čovjek ima jedno srce kojim voli. I shodno tome nema mjesta za dvije ljubavi. Srce je takvo kada voli, traži i drugo cijelo srce u ljubavi. Ljubav ima nevjerovatno veliku snagu - reče Amir i blago ustavši, uputi se prema kuhinjskom prozoru, bacivši pogled da li ga Daniel sluša.

- Ljubav mijenja onog ko voli. To bi trebalo da bude dobro zato što tim ona treba da ga vadi iz pohlepe i samozaljubljenosti. Ima snagu uništenja i snagu očuvanja. Bez nje nema radosti ni zadovoljstva- blago reče okrenuvši se prema Danielu koji ga je gledao stiskajući čašu sa vodom, kipeći od ljubomore. Kako možemo biti zadovoljni Daniele bez ljubavi?

- Dosta pametovanja, muškarci smo. Drži se dalje od Sophie!

- Ah - reče Amir. - Rekli su mi da sam lud zbog one koju volim, a ja im rekoh da je zaljubljenost gora od zaluđenosti. Jer onaj ko je zaljubljen dugo vremena sebi ne dolazi, a onaj kojeg ludilo napada, ono ga spopada samo neko vrijeme.

- Lijepo si to rekao, sreća pa nije ludilo, već ljubav! - reče Daniel unijevši mu se u facu.

- Duše su poput mobilisanih vojnika koji treba da krenu u borbu. Oni koji imaju zajedničke interese, zbliže se, a oni čiji su interesi različiti udalje se. Možda Sophie više nema isti interes u pogledu Vas? Možda se izgubio? Zapamti ovih pet stvari Daniele, dobro će da ti posluže u životu bar meni jesu:

- Pošten čovjek se ne pravda; Plemenit ne prigovara; Dobronamjeran nema razloga da se kaje; Iskren nema potreba da se zaklinje, a najvažnije od svega; Onaj ko voli ne odustaje!

- Stigla sam - reče Sophie sada već zbunjena vidjevši u kakvom su duelu Daniel i Amir. Ne obazirivši se na Daniela, Amir joj priđe i prinese njenu ruku svojim usnama.

- Prelijepa si, idemo? - tiho joj reče namjerno praveći Daniela ljubomornim.

Čim ju je ugledao sa Amirom, osjetio je kako mu iz nutrine lagano navire bijes. Živa vatra poput vulkanske lave, krenula je iz pravca stopala, obavila želudac, prste, srce, lagano se omotavajući poput lukave zmije oko glave. Najgore od svega je bilo kad mu se nasmiješila. Prkosi mi! U tom trenutku kao da je nešto eksplodiralo u njemu. Nije znao šta da radi, prišao je prozoru, gledajući kroz zavjesu dok ulazi u auto.

- Spasila ga i sada se kao krpelj prilijepio za nju - reče stisnuvši šake i krenuvši prema kuhinji. Nikakav su par! Otvorio je frižider, ugledao je bocu bijelog vina, zalupio vratima frižidera gledajući po kuhinji gdje da nađe čašu.

Njegov je pogled vrludao prostorijom. Nervoza mu se poigravala sa živcima.

Smatrao je sebe mirnom osobom, život je podredio izbjegavanju konflikata, ali ovo sve izmiče kontroli. Imao je osjećaj da nije bilo dana kako je otišla da nije imao frustracije i nervozu, a sada počinju i izlivi bijesa.

*Može li se ikad zaboraviti ono što se jednom ljubilo?*
*Jean Jacques Rousseau*

- Je l' sve bilo u redu sa Danielom? - reče Sophie gledajući u Amira tužno blago mu dodirnuvši ruku dok ih je šofer vozio prema restoranu.

Svjetla grada su brzim pokretima prolazila, okupana noćnim svjetiljkama. Ljudi su neki žurno, neki lagano koračali ulicama. Zvukovi drugih automobila dopirali su s vana. Negdje u daljini čuo se zvuk sirene hitne pomoći.

- Ljubomoran je - reče gledajući kroz prozor malo zamišljeno Amir.
- Misliš? - reče ona tiho sa sjajem u očima?
- Koja je svrha postavljanja retoričkih pitanja, kada svako čuje ono što želi da čuje? Ne mislim već znam - reče blago je pogledavši. Znam kako je kada čovjek voli ženu. Čovjek je vani nadmoćniji, ali žena savlađuje njegovu unutrašnjost. Njegova osobina je da voli ženu. Može li glava uopšte biti nesvjesna tuge u srcu?
- Ne znam da li me Daniel više voli. Više mi to liči na osjećaj krivice?
- Pusti da sa tebe padne neuravnoteženi teret. Samo tako ćeš moći da vidiš sva prostranstva koje život pruža. Pognuta do zemlje, ne možeš puno stvari vidjeti.
- Amire, šta mi savjetuješ? - tužno ga pogleda, uzevši ga za ruku.
- Sophie, snopom slame ne podiže se planina. Da postoji Mjesec to i sama znaš, dokaz je kada se naveče pojavi. Možda nekada zapadne pod sjenu, ali izađe. Ne okreći se od Mjeseca. Tijelo ti je kao vodenica. Samo voda zna šta točak nosi. Tako isto i vaša ljubav. Pripadati nekome ne znači da trebaš da nosiš njegov prsten na ruci, ili prezime na papiru. Pripadati nekome znači nositi ga u srcu, pripadati mu dušom, na jedinstven način. Bori se za ljubav. Jer ljubav, ljubav je voda života.
- Toliko tuge i nevolja da se čovjek za tu ljubav izbori Amire!
- Svaka babica zna da se bez bola put za bebu ne može otvoriti i majka ne može da

rodi. Na sličan način tako se odvija sve u životu. Poteškoće su tu, da se čovjek učvrsti u svojoj boli. Ljubav se samo u bolu usavršava.

- Pored Daniela, brineš me ti, slab si, ne sviđa mi se to tvoje žutilo u licu. Jesi išao kod Bernarda?

- Ah, Sophie, još treba puno da učiš - reče osmjehnuvši joj se. Život svima nama ovdje je samo pozajmljen, on je samo gruba imitacija stvarnosti. Allah kaže:"Udahnuo sam svoj duh u tebe!"[41] Svi mi, samo smo Njegovi izaslanici na zemlji. Svaki put kada se zaljubimo uzdignemo se u vrata Dženneta, a kada mrzimo i svađamo se vrata Džehennema su pred nama. Zato ovaj trenutak, to pamti, ne nanosi štetu drugima, strpljivo podnosi i ne izgovaraj ni jednu jedinu riječ o svojim neprijateljima, jer to samo tebe okrivljava. Očvrsni vjeru, a srce smekšaj poput pera.


- Gdje je Sophie? - upita Lukas ušavši u kuhinju zajedno sa Marie. Mi smo bili malo vani, nadamo se da ste nedoumice bar malo riješili - reče izvlačeći stolicu za stolom u kuhinji da Marie sjedne, gledajući u bocu vina koja je bila skoro ispijena.

- Riješili bi sigurno, da se nije pojavio on! Mali pametnjaković.

- Auu, znači i ti tako misliš? - mršteći se upita Marie.

- O čemu vas dvoje pričate. Nisam u toku?

- Ne sviđa mi se on nikako! Njegovo blebetanje, pametovanje, riječi kao kakve slagalice - reče grubo, okrećući čašu sa vinom na stolu.

- O čemu ovaj priča? - upita Lukas sjednuvši pored Marie okrznuvši svoje rame o njeno.

- Misli na Amira. Znači upoznavanje je palo? - reče osmjehnuvši se. Daniel, donese još jednu flašu vina i dvije čaše lagano sipajući vino sebi i Lukasu.

- On joj je prijatelj, ali i meni je čudan skroz, osim toga znam da Sophie Amira ne gleda tim očima, za njega ne mogu da garantujem - reče nagnuvši čašu i ispi gutljaj vina, te sjede pored Lukasa.

- O tome ja pričam, znači i ti znaš da je on zaljubljen u nju!

- Čuj znam, ubijeđena sam u to, samo tvoja odbjegla mlada to ne shvaća.

- Ja mislim da je nekoga preplavio osjećaj ljubomore - blago se osmjehnuvši reče Lukas.

- Rekao sam mu da ga ne želim blizu nje.

Marie i Lukas ga u čudu pogledaše.

- Umm, mislim da to možda i nije najpametnija ideja - reče Marie. Njihovo prijateljstvo je za sada veoma jako, pored sveg mog trabunjanja, Sophie ima puno povjerenje u njega. Da bi ga iznenadila, kad je bio slab, odvela ga je na more - ote se Marie iz usta.

Daniel je bio u šoku. Ispio je preostalo vino iz čaše.

- Molim! I sad mi kaži da nije zaljubljena u malog crnog čovječuljka.

---
[41] As – Sadžda 9

## Marie

Ušavši u sobu, Marie pritvori vrata i udahnu duboko.
- Ova kuća je postala kao Big Brother.
Sjede na krevet skidajući cipele sa nogu, baci ih u jedan ugao i uključi noćnu lampu.
- Čuj to, ona ne želi više Daniela, a kao da ne vidim kako još slini za njim. Bar sam sada sigurna da ne voli onog pametnjakovića Amira.
Otvori ladicu i izvadi jednu svesku i olovku. Skide odjeću i osta samo u grudnjaku i gaćicama, zavali se na krevet.
- Moj dnevniče, da vidimo dokle smo stigli.
Listajući stranice dodje do zadnje, pročita par redaka :

*Sve sam mogla da očekujem, ali da Manon prebiju zbog tračanja to je već šlag na tortu. Amir kao kakva ženica, stoji pored nas i posmatra situaciju i dodaje svoje pametne fore. Ako je očekivao da nisam sve čula, neka se ne iznenadi. Hvala Bogu Sophie je pribrana i stručna...*
*Ispisa novi list.*
*23.08.2015.*

*Moj dnevniče, znam da se iznenađuješ što sam istrajna u svome pisanju, ali treba da imaš razumijevanja prema meni, ti si mi kao izduvni ventil. Očekujem da će situacija u kući da se primiri i naravno da Sophie ostane u Parizu. Ona mi je kao sestra, ako ode srce će da mi ispuni tuga. Malo sam skeptična i imam dozu straha zbog nalaza koje sam pročitala, da će ipak da se uputi za Danielom i put Amerike. To mi se već sve ne sviđa, jedino kada bi Lukas ostao ovdje. Ko je Lukas, pitaš me? Kako da stignem i sve ti pretračam pored sve ove zbrke koja se oko mene dešava? Osjećam se, možda je pretjerano reći preporođeno, kako sam njega upoznala, ako neko može da se preporodi kroz par sati, ali ti me najbolje znaš. Ima nešto u njemu čudno. Neki nevidljivi magnet. I ova naša današnja kratka šetnja koja se dogodila, pobudila je u meni veliko zanimanje za njega. Ne, nemoj odmah da misliš da mi se sviđa njegov izgled, ima nešto i u njegovom mozgu. Možda svemu tome, doprinosi ova moja samoća koja se zadesila nakon Pierra i usljed nedostatka seksa, koji mi jako fali. Ne znam zašto mislim da bi Lukas mogao da sredi ove podivljale hormone ali jednostavno osjećaj me ne vara. Kako me danas samo iznervirao onaj taksista. Gnjev mi je igrao duž kičme. Bila sam ljuta, plahovita, čak sam mislila u njegovim očima sa svim tim svojim potezima, malo i glupa. Znaš kada sam pod takvim naponom da znam da budem jako impulsivna. Ali on, Lukas, znaš već na koga mislim, spustio je ruku na moj zglob, stegnuvši me jako, što nikada nisam dozvoljavala ni Pierru da to uradi.*
- Moraš raditi na strpljenju - reče mi pokazujući one svoje bijele zube, čvrtse usne,

nesvjestan da mi srce udara poput rakete. Refleksi su mu nekako bili usporeni. Ne znam do čega je, znam da ćeš da kažeš da nisam to trebala da radim, ali dođavola: POLJUBILA SAM LUKASA. Da li to da prepisujem stresu koji se desio ili što me taj mangup privlači ne znam. Da li je grijeh ako kažem da želim Lukasa za ljubavnika? Želim da vatra koja postoji u njemu gori kroz mene. Da me zapali živu!

Tiho kucanje na vratima trgnu je iz pisanja.
- Uff Sophie, idi kod onog čovjeka u sobu! Definitivno ti treba seks da se smiriš - prozbori sebi u njedra, odloži svesku u ladicu i ustade da otvori vrata.

### Marko

Ne samo da sam izgubio Sophie već se i Ivone pokupila i otišla. Skupila je snagu ne želeći više da trpi maltretiranja sa moje strane. Ona dvojica zajedno su otišla u potragu za Sophie. Da li sam opterećen prošlošću? Ljudi kažu bilo pa prošlo, gotovo je, prihvati to. Gledajući oca kako se ponaša prema mojoj majci, zakleo sam se da ću prema ženi biti dobar. Okolnosti su bile takve da oženim onu lažljivu Ivone. Kako da je smatram ženom i ponašam se lijepo kada je nisam volio?! Da je gledam sa razumijevanjem i pokušam je razumjeti, pored svih laži koje je pričala i lagala. Sjetivši se sada nje, imam mržnju, bijes, želju za osvetom. Ali pored svega što sam joj radio voljela me. Nisam mogao vjerovati vlastitim očima kada sam vidio Sophie. Cijelo vrijeme sam žudio za njom, želio je. Živa je u meni cijelo ovo vrijeme. Otkako znam za sebe, osjećao sam se uvijek sam, ona je donijela svjetlo u moj život, a sa svim tim i strepnju da ću da je izgubim. Progutao sam ogromnu knedlu, vidjevši njega da sjedi pored nje. Zavrtjelo mi se u glavi kao da ću da se onesvijestim. Ne znam kako su me noge nosile prema njoj. Kada se onesvijestila pruživši mi nakon toga ruku, uhvatio sam se za nju kao da je uže za spašavanje. Trebala su samo dva sata od našeg tadašnjeg susreta da mi se ponovo uvuče pod kožu poput bolesti. Još uvijek sam bijesan na Daniela, ali što sam imao više vremena za razmišljanje, moj bijes je manje bio usmjeren na njega, a više na mene. Ja sam bio prevelika kukavica i izgleda da ću to i da ostanem. Nikad ne znam stvari da postavim na svoje mjesto. Mrzim svoga oca! Još mi te njegove riječi odzvanjaju u glavi:
- Nikad od tebe čovjeka!
- Hvataj - još se sjećam kada mi je bacila loptu, a ja nespretni dječak ni to nisam mogao da odradim kako treba, pa mi je izbila dva prednja zuba. Znao sam da je volim. Sjećam se kad je bila tužna. Grlio sam je, tješio. Sjećam se kad je pokušala da mi umakne, rekao sam tada sebi- Sad ili nikad! Zgrabio sam je prije nego što je uspjela da umakne. Bio sam, sam na sebe ponosan, nošen emocijama koje su mi strujale kroz tijelo. Onog trenutka kada je njeno tijelo došlo u kontakt sa mnom,

obuzela me takva čežnja. Morao sam to da joj kažem, prinijevši usne njenoj kosi koja je mirisala na lavandu. Udahnuo sam njen miris još jednom, kao da će srce da mi ekspodira, nekako sam se pribrao i kažem joj:

- Volim te, Sophie.

Podigla je glavu zadirkujući me.

- Da li si ti upravo mirisao moju kosu? - pitala je podignuvši jednu obrvu crvenih obraza. Uvijek je bila sramežljiva. Da li ovo sjećanje mogu da zaboravim? Ta slika godinama me smirivala, i ostala urezana u meni zauvijek! Nije znala da sam htio da zapamtim njen miris kad budem sam, dok sam sjedio držeći knjige, učeći sve ove gluposti iz medicine da jednog dana bude ponosna na mene. Dok moj otac ne uleti u sobu i potjera me van, a ja bih prije toga sakrio sve knjige pod krevet. Kako sam je htio zgrabiti za lakat tu veče i privući svom tijelu.

- Poljubi je, poljubi je, u glavi mi je samo to pulsiralo. Želio sam utisnuti svoje usne na njene da odagnam svu ovu tugu koja me oborila na koljena. Očajan za njenim poljupcem, dodirom, mislio sam da ima nade za nas. Vidjevši je u njegovoj kancelariji, isto sam osjećao. Ali ona je izabrala njega. Srce mi se steglo, udarac koji sam primio, ne znam kako sam podnio. Mogao bih se zakleti da je samo stojeći pored mene izvačila sav jad u meni, moju bol. Kad je došao on nakon lude Ivone, ljubomora me pogodila poput udarca. Osjećao sam se poraženo, a sve riječi što sam još htio da joj kažem visile su u zraku. Poželio sam sjesti, osjetio sam slabost u želucu, ali suzdržao sam se da ne vidi da sam slabić. Naučio sam nekako da se borim protiv tuge. Ali sa bijesom koji i sada osjećam dok ovo pišem. Sa njim ne znam šta da radim. Za njega pokušavam da pronađem bilo kakvo opravdanje. Plašim se da kasnije ne potonem u jamu jada. Glavobolja, iscrpljenost, tamni krugovi oko očiju… Da li sam normalan? - pitam se sada dok pišem ove retke. Da li je moguća ljubav prema jednoj ženi ili je ovo bolest? Moj otac imao je vid bolesti prema mojoj majci.

Bolestan od ljubomore premlaćivao ju je do smrti, pravdajući se kasnije nekim minijaturnim poklonima i pokojim skrivenim poljupcem kojeg sam uspio da upratim još kao dječak. Razgovor sa njim izazivao mi je mučninu. A ona, nije željela da ostavi takvog čovjeka već se pravdala da trpi sve zbog mene. Dok nije iscrpljena teškim radom, umorom, tugom, nošena još teškom bolešću, svoju dušu ispustila na mojim rukama. Trudim se da taj dan zaboravim, ali kao tamna sjena često mi se noću prišunja. Još u snovima vidim njenu tamnu kosu, oči napunjene sjajem. Bila je kao strankinja, sluškinja za njega, ni jedan jedini smiješak nije joj bio dopušten. Probudim se sav mokar, shvativši, hvala Bogu, da je sve san. Nedugo poslije toga, otac je izbjegavao da jede i pije, ubivši sam sebe za majkom. Da li nošen osjećajem krivice za sve što je radio, ili je sudbina, ili nešto drugo? Očajan sam. Pored papira i olovke ispred mene na stolu stoji pištolj. Nemam snage da to uradim. Kukavica sam. Otac je u pravu. Ali, možda je još u meni ostalo razuma da pitam se: Da li vrijedi sebi oduzeti život zbog žene koja me više ne voli? Sat otkucava. Za sve. Za nov život, za smrt. Jednostavno za sve. Moje tijelo je bolno, svjesno svake sitnice u vezi nje.

Sada i u vezi Ivone.

Nisam naučio da budem sam. Ubiše me ovaj stan, tišina, zidovi... Kada sam vidio da je otišla i pokupila svoje stvari, u tom trenutku mi je bilo drago, ali kako dani odmiču, shvatajući da do Sophie više ne mogu da dođem i da drugi drži ključ njenog srca, nedostaje mi Ivone. Nakon par dana istuširao sam se, lupajući glavom kao kakav manijak o zid. Sad bih čak mogao da podnesem ono njeno vikanje, kukanje, žaljenje. Mogao bih da podnesem što je često zbog mene išla uplakana u krevet. Ali ono što sada ne mogu da podnesem je da me ostavila. Otišao sam do njenog novog stana. Vrata dizala su se otvorila, izašla je, ugledavši me kako stojim na hodniku pred njenim vratima. Neko vrijeme smo stajali u tišini, osluškujući zvukove dizala koje je išlo gore-dole. Kao da me se uplašila, drhtala je. Drhtavom rukom je pokušala obrisati suzu iz oka. Ljutito sam je pogledao. Pred očima mi je bila slika majke i oca, ali suzdržao sam svoj bijes, nisam želio da produžavam njegove gene. Nosnice su mi se raširile od bijesa.

- Šta ti glumataš? Želiš novac? Nećeš ga dobiti! - želio sam da je još više povrijedim, ali njoj koja je navikla da sve ima i koja je živjela na moj račun, više joj ništa nije bilo važno.

Slegnula je ramenima.

- Nikad se nećeš promjeniti. Kada se odlučiš na promjenu potraži me. Do tada, zbogom!

Zgrabio sam je za ruku, ona se prvo pokušala izvući iz moga stiska, kasnije, kasnije joj je bilo svejedno, život ili smrt.

Tada sam sam se uplašio pogleda u njenim očima. Pobjegao sam glavom bez obzira. Ja sam užasno ljudsko biće. Juče sam skinuo tetovažu na ruci, još me koža pecka, ali srce za Sophie više ne. Više me boli sada za Ivone. Iskoristio sam i ja nju koliko i ona mene. Želim da zaboravim svoju prošlost. Želim da zaboravim svoga oca. Želim da zauvijek zakopam ovaj strah što imam. Možda je vrijeme da pružim životu još jednu šansu. Da pružim sebi i Ivone priliku koju oboje zaslužujemo. Zadrhti mi ovo izdajničko tijelo na pomisao da će pronaći nekog drugog. Ovo, ovo sada nisam ja. Život bez ljubavi nije proživljen život. Moram dopustiti Ivone da me nauči da volim i druge. Ona, ona me ljubila cijelo ovo vrijeme. Vatrena je duša. Ako sam ja voda neka onda ona bude vatra. Neka voda zavoli vatru i bude drugačije.

## Sophie

*Zlato provjeravamo vatrom, ženu zlatom, a muškarca ženom.*
*Pitagora*

Izašla je iz auta zabrinuta kada je sa Amirom došla kući. Daniel nije spavao, gledao je kroz prozor njene sobe dok je mjesečina sve osvjetlila vani. Vidio je kad je zatvorila vrata auta.

- Tako znači - reče ljutito.

Ušavši u kuću, skinula je štikle da ne odjekuju hodnikom lagano se uputivši prema sobi. U kući je bilo mirno. Kroz glavu joj je prošlo gdje spavaju Lukas i Daniel. Vjerovatno u dnevnoj. Tihim gotovo nečujnim korakom zaputi se prema sobi. Mjesec je osvijetlio njegovu sjenu dok je stajao pored prozora.

Znači čekao je kad ću da dođem - pomisli zatvarajući vrata.

- Bojim se da ovdje nećeš moći da spavaš. Ideš van - vidjevši kako je gleda reče otvorivši mu vrata.

On lagano priđe stavivši ruku na njenu dok je držala vrata, lagano ih pritvorivši.

- Sada me se i bojiš, ili imaš njega za ljubavnika - reče prodorno je gledajući.

- Gluposti, šta ti se valja po glavi? - odgovori provukavši se pored njega i stade pored kreveta.

- Izluđuješ me - muklo je prošaputao prišavši joj sa leđa. Zašto me praviš ljubomornim sa njim?!

Njegove ruke su je držale čvrsto oko struka. Privukao ju je bliže sebi. Privila se uz njega, osjećajući kao da će da se onesvjesti ako je ne pridrži. Uzevši joj ruku u svoju isprepleteo im je prste.

- Ne znam šta imaš sa njim, ...

- Ah Daniel - tiho izusti... zašto misliš...

- Sada ne mislim ništa. Želim da znaš da svake sekunde sve moje misli bile su podređene samo tebi.

Okrenula se blago prema njemu nagnuvši glavu na njegovo rame. Pustio joj je kosu da padne preko ramena. Lagano se odmaknuvši ugasi svjetlo dok je mjesečina probijala kroz prozore sobe. Soba je još uvijek bila okupana blagim polumrakom. Prostorija kao da je postala manja. Kratko su se gledali u nelagodnoj tišini. Šum elektriciteta zazujao je između njih. Spustio je svoju toplu ruku na njena leđa lagano joj otkopčavši haljinu. Haljina pade na pod. Pređe prstima preko grudnjaka obrubljenog čipkom. Bila je prelijepa. Srce mu je žestoko tuklo, a uši počele da zuje. Sada čuje lupanje njenog srca i jako brujanje u grudima. Obrazi joj sijaju, osjeća da joj je krv buknula. Sklopila je oči pokušavajući da udahne, ali sve što je udahnula bio je njegov miris. Ispustivši drhtav glas položila je ruke na njegova prsa. Njen miris zamaglio mu je mozak. Koža joj je sjajila. Njegovi prsti su klizili njenom kožom, kao da je upravo rješavao neku zagonetku. Sjenke na njenom licu, obline njezina tijela. Trebalo bi zakonom zabraniti da jedna žena izgleda ovako prirodno lijepo. Prekrasno, elegantno, jedinstveno. Zatvorila je oči. Usnama je prešao po njenoj kosi. Užitak je zapalio njezinu kožu. Trebao ju je žudio je za njom. Nagnuo se lagano spustivši joj poljubac na vrat.

- Volim te.

Njegov poljubac je davao pečat da je to zaista tako. Ispustila je uzdah. Uronivši prstima u njegovu kosu, povukla ga je bliže sebi gricnuvši ga za ramena.

- Dokaži mi to.

I kao da nema više nadzor nad nagonima koji su je opsjeli, prsti su joj kliznuli niz njegovu kičmu, lagano ga milujući. Razum joj se kidao na komadiće. Udahnuo je kao da želi da joj nešto kaže, ali spusti joj blagi poljubac na usne, lagano ugrizavši usnu. Ramena su mu podrhtavala, glas izlazio u plitkim izdisajima, a cijelo tijelo mu je bilo napeto kao da će eksplodirati. Položivši je na krevet hladne plahte kao da su joj malo smirile uzavrelu strast, ali njegov miris ju je ponovo opio. Lagano mu otkopčavši košulju ljubeći svaki djelić kože koji se otkrivao, blago je podignula nogu oko njegovog struka. Jezikom mu je dodirnula kožu, osjećajući miris žudnje, miris muškarca. Prvi nalet vreline oduzeo mu je dah. U tom trenutku želio joj je biti sve; partner, ljubavnik, prijatelj..

- Sophie - tiho izusti...
- Daniel - šapnula je u njegovo grlo, hipnotišući ga glasom.

Položio je prste na mekanu kožu njenih kukova. Srce mu se raspalo na hiljade komada. Rebra kao da su mu se stegla ispustivši sav zrak, tjeskobu i patnju koja se nakupila prethodnih dana.

- Daniel, moram nešto da ti kažem... izborivši se sa dahom - ote joj se iz usta.
- Ššš, ništa više ne pričamo, sve ostavljamo iza nas. Produbio je poljubac, njegov jezik se sastao sa njenim. U njegovom poljupcu osjetila je prošle dane, čežnju koja se nakupila, ali i budućnost koja je pred njima. Vidjela je njihovu djecu dok trče, njih dvoje sjede u parku sa psom, osjetila je strast i nježnost. On kao da osjeća tu

njenu mješavinu osjećanja. Njena usta su se žudno podizala do njegovih. Ona mu je potrebna, čak šta više neophodna. Tijelo mu je poput jureće lokomotive vrištalo tražeći oslobođenje. Poljubila ga je u bradu, izazivački ugrizla za donju usnu, pritisla i pustila, nasmijala se kad je ispustio zvuk pun užitka.

- Ne želim ni o čemu da pričam, sada samo želim da budem s tobom - ote mu se iz grla. Nasmiješila mu se blistavo. Tijelo joj je bilo istopljeno od vrućine. Vrelina joj je obavila kožu, a krv je ključala. Oči su joj zasjale. Tijelo joj je bilo veličanstveno gipko. Znao je taj njen osmijeh. Znao je taj njen pogled. Nije mogao da diše, a da pritom ne udiše nju. Znao je da je ona žena njegovog života. I nikada više je neće pustiti. Koliko puta je zamišljao njeno tijelo u uspaljenim snovima, strah da više neće biti tu paralizovala ga je sve ovo vrijeme.

Spustila mu je ruke na ramena i nježno ga masirajući poljubila mu vrat. Zagrljaj je bio kao i ona, nesebičan i otvoren. Njegova težina je bila veličanstvena, udubivši je u dušek, osjećajući se kao da je propala kroz same oblake. Um joj je sada bio u izmaglici a tijelo kao kakva uskovitlana masa. Polugola i uzdrhtala, drhtala je pod njim.

- Molim te reci mi da nisam prokockao sve šanse? Ne mogu da podnesem pomisao da si digla ruke od nas. Toliko te volim Sophie, toliko si mi nedostajala da sam mislio da gubim razum. Zadržala je dah. Prepustivši se njegovoj harizmi osjetila je kako joj je tijelo popušta pod njegovim rukama. Kapci su joj podrhtavali poput leptirovih krila.

- Daniel, volim te! I to ništa i niko na ovom svijetu ne može da promjeni.
- Opraštaš mi sve? Obećavam da ću pokušati da kontrolišem ljubomoru.
- Sve ti je oprošteno - šapnu mu zagrlivši ga jako. Potrošila sam noću silne sati priželjkujući da si ovdje i samo da me dodirneš.

Samouvjereno ju je gledao u oči, trudeći se da ne misli da je sve ovo jedan san. Dani čežnje lišili su ga sna, ali sada ona je tu. Stvarna je.

*Marie*

- Oh... izusti iznenanađeno.
- Ne mogu da spavam na kauču, jednostavno tijesno je. Razmišljao sam...
- Da dođeš kod mene u sobu? - naceri se.
- Znaš, nakon onoga danas što se desilo u autu, smatrao sam da to možda nije ni loša ideja. Napravivši korak naprijed uđe u sobu i pritvori vrata.
- Znaš, nekako sam morala da izbacim sav taj stres, osim toga doktor si znaš kako to ide.
- Postoje razni načini da se stres izbaci van?
- Imaš neki od prijedloga? Blago izdignuvši lijevu obrvu.

Približi joj se tako blizu, da njena usta skoro okrzniše njegova. Pamet joj je govorila da se ne upušta u sve to, ali srce je od uzbuđenja igralo. Intrigantna svijest joj je govorila da iskoristi ovaj trenutak i svoju moć. Mogao je da namiriše njenu kosu, osjeti svježinu njenog tijela. Njen dah je lagano pirkao preko njegove kože.

- Sigurna si u ove poduhvate, mislim, da li treba da ovo uradimo?

Osjećao je lupanje njenog srca, koje se stapa sa njegovim. Rukom mu izazivački protrlja bradu. Imam neka pravila doktore.

- Da čujem. Zgrabi joj zglob ruke, ovivši joj ruku oko sebe, drugu ruku isprepleteu svojim prstima.
- Prijatelji smo sa predizpozicijama?
- Slažem se.
- Nema emocija, samo seks nas zanima?
- Slažem se.
- Nema ljubomore?
- Slažem se.
- Dok si ovdje konzumiramo seks svaki dan?
- Slažem se. Meki i pohlepni zvuci koje je ispuštala uzburka mu još više krv...
- Još…

Kada ju je dotaknuo usnama cijeli svijet je nestao. Grudnjak joj je pao na pod. Njegove usne su gutale njene. Njegove ruke su obuhvatile njen struk.

- Slažem se sa svim - izusti.

Brzim pokretom skinu mu kratku majicu, ruke zadržavši na njegovim grudima. Zadrhta. On to osjeti. Otkopča svoje hlače i pusti da padnu na pod. Podiže je u naručje spustivši je na krevet. Srce joj je pulsiralo u ušima poput bubnjeva, upravo je razbudio svu njenu ženstvenost. Provukla je prste kroz njegovu kosu. Ne, ne želi da se zaljubi, upravo su se usaglasili da oboje žele samo seks, zadovoljstvo i uzbuđenje. Usamljen je kao i ja. Trebamo druženje. Neće ovo komplikovati i analizirati do sitnih detalja.

- O Bože zašto joj sada sve ovo pada napamet?!

Glava joj se puni strastima, uzdasima, osjeća vruće prste na svome tijelu. Njegovo srce lupa jako kao i njeno. Oči koje su ga danas očarale, sada su još više svjetlile, koža joj je topla, mekana, vlažna. Sve joj se na njemu sviđa, ljubazan je, školovan, ima smisla za humor, njegovo tijelo čvrsto, snažno poput željeza, napola pijane glave od emocija, koliko može da vidi odličan je ljubavnik. Ljubio joj je ramena tiho, skrivajući lice u njenoj mirisnoj kosi. Lagani i nježni dodiri na tijelu su izazivali laganu erupciju u njoj. Imala je osjećaj da je vidjela Mjesec i mogla da prebroji sve zvijezde kada je uplovio u nju. Letila je sve više i više. Uzviknula je njegovo ime dok joj se val užitka širio tijelom. On joj prekri usne svojima. Pomalo divlje izmaknu se njenim rukama uronivši usne u njene. Ponovo se našao u njoj.

- Još jednom i privodimo ovo kraju ako se slažeš? - vrućeg tijela, zadihanog i vrućeg daha izusti. Mišići su mu se tresli od njenih dodira, tijelo mu se uzdizalo i spuštalo u njenom ritmu. Uskladila je ritam i uzdisaje sa njegovim. Obgrlila ga je rukama nježno mu privukavši usne sebi- Jesi spreman da dotakneš zvijezde?

Sophie lagano otvori oči. Probudila se osjećajući poznati miris dok je sunce lagano probijalo kroz prozore. Uoči Danielovu ruku prebačenu preko njenog stomaka. Nježno se osmjehnula. Rano jutarnje sunce se prolomilo unutra obasjavajući njenu kožu svojom svjetlošću. Promeškoljila se i licem se okrenula prema njemu sklupčavši se legla na bok. Jedan dio prekrivača je bio na podu otkrivši mu dio tijela. Lagano je počeo da otvara oči. Nije bio u stanju ni da spava. Vidjevši njeno lice kao da se umiri. Imao je strah da će kada se probudi da ne bude više tu. Zurio je u nju, posmatrajući joj grudi kako se nježno dižu i spuštaju. Koža joj je bila topla, kosa rasuta po jastuku. Privukao joj se još bliže poljubivši joj vrat.

- Dobro jutro - tiho izgovori. Oh, izgleda da će dan biti predivan - reče vidjevši svjetlost sunca u sobi.
- Kao da zna da smo se ponovo zaljubili tako je raspršilo svoju zlatnu prašinu kroz prozore - tiho reče osmjehnuvši se dok mu je milovala lice.
- Ono za čim mi je duša čeznula, čeznulo je i oko. Sada sam smiren - reče tiho uživajući u zvuku njenog glasa.
- Vidiš da lijepi dani neće sami doći nego čovjek mora njima poći. Dobro je što si se dao u potragu, urodilo je plodom - reče štipnuvši ga za obraz.
- Kada nešto uđe u srce nema povratka. Nad vedro nebo naše veze bilo se nadvilo sivo i sumorno, tako brzo stigavši hladno i bolno.
- Tijelo može da podnese veliki teret, ali ono od čega srce strada, na izgled nevidljivo, na težini se čini nedovoljno, ali ipak ga ubije - riječi. Nemoj više da me praviš ljubomornom, kao onda pred Megan kada si me svojim riječima oštrim poput strijele pogodio u srce. I nemoj da nemaš povjerenja u mene. Nabrala je obrve posmatrajući ga. Nikada te ne bih ostavila, sama sebe sam propitivala kada sam sjela u avion, kasnije… ne znam, nisam željela da pod pritiskom bilo šta gradim. U njenim riječima osjetio je kajanje.
- Bila si toliko ljuta na mene?
- Bila sam tužna, postoji razlika - tiho odvrati.
- Obećavam ti, nikada više. Stegnuvši joj ruku, osjeti njenu meku kožu uz svoju.
- Ruža i leš nikada ne mogu da mirišu isto. Nisam ljubomorna na Megan, možda malo, ali ne želim je u tvojoj blizini. Osim toga cijela situacija u vezi Marka… nemam ništa sa njim. To je prošlost. Svi je imamo.
- Da, ali nemam ni ja ništa sa Megan. Ali nisam ljubitelj Amira u tvojoj blizini- reče osmjehnuvši se.
- Daniel, Amir je nešto drugo. Puno mi znači naše prijateljstvo koje imamo i više od svega brine me njegovo zdravlje. Osim toga ovo što želim sad da ti kažem, nema

veze sa Amirom. Osjećajući već da je hvata panika, počela se meškoljiti po krevetu. On joj uhvati ruku i prinese usnama. - Pretvorio sam se u uho.

- Dobro, duboko je uzdahnula. Trudna sam! Postat ćemo roditelji - riječi kao da joj ispadoše iz usta. Njegovo lice se zateglo. Sjaj koji je imao prije par trenutaka kao da je nestao.

Znala je šta misli, pročitala mu je pogled.

- Znam šta misliš, ali kada sam saznala isto...
- Ne mogu da vjerujem, a šta da nisam krenuo na put Sophie da te tražim, hranila bi našu bebu bez oca - reče zgrožen. Legao je na leđa rukama se uhvativši za glavu.

Legla mu je na prsa i blago rukom prelazila po koži.

- U šoku sam. Ne mogu da ti opišem šta mi sad prolazi kroz tijelo, ogromna ljutnja, ali zaboga postat ću tata. Tata! Stegao ju je jako. Bog kao da je čuo moje molitve.
- Nada dođe u najbeznadežnijim trenucima, iz crnih oblaka najjača se kiša sliva. Uzevši mu ruku prinese je usnama. Zbog toga volim Amira, što me naučio smislu na ovome svijetu.
- On zna da si trudna? - upita Daniel.
- Ne, možda je naslutio. Kada smo bili na moru onesvjestila sam se, bilo mi je loše, možda je tada shvatio. Ali još nisam nikome rekla.
- Bože! Duša mi je sad ljuta na jezik što ne može da opiše kako se osjećam. Ustao je polako, stavljajući nju na leđa, a svoju glavu blago spustivši na njen stomak. Ne mogu vjerovati! Unutra se krije jedno malo ljudsko biće koje svake sekunde raste sve više i više. Kad sam bio u Austriji sa Lukasom, izgubio sam svaku nadu da ćemo te pronaći. Ali sam, sam sebi rekao - Ne gubi nadu srce moje, nevidljiva čuda obitavaju. Čak i kad se čini da se ništa ne dešava, dešava se.
- Možemo da kažemo imao si sreću, to je univerzum podesio stvari u tvoju korist - reče provlačeći ruku kroz njegovu kosu.
- Naslijedit će naše najbolje vrline i zauvijek ćemo ga voljeti.

Sophie ga sumnjičavo pogledala.

- Naravno da je dječak, vjerujem u to, mislim...
- Oh Bože...

Sophie je spustila ruku na trbuh i zadivila se čudu koje je raslo u njoj.

# Sophie

*Žena može da se izliječi od svake izmišljene bolesti, samo kada se zaljubi i kada iskreno voli.*
*J. Collins*

 

- Što je u kući mirno - reče Marie gledajući u Lukasa koji je po frižideru prebirao sastojke za doručak, dok je ona već razbila jaja u tavu. Pomislivši na slaninu, jaja, salatu, poče joj navirati slina na usta. Još je uvijek pod uticajem valova zadovoljstva. Ljudi bi trebali da vode ljubav svaki dan, bili bi sretniji, raspoloženiji, manje podložni stresu.

- Ova slanina, rezana ili... Lukas se okrenu prema njoj, otpuhnuvši joj misli.

- Ma koju želiš - osmjehnu se Marie odmaknuvši se od plate, smanjivši temperaturu, prišavši i štipnuvši ga za obraz. Srce joj je lupalo tako brzo da joj je krv udarila u glavu. Osjetila je nalet vrućine.

- Mirno je, nastupilo je primirje - reče Lukas osmjehnuvši se i zatvorivši vrata frižidera. Mislim da je bilo krajnje vrijeme. Otvorio je paket slanine i stavio jedan komadić u usta prišavši i rukama je obgrlivši. Njegova prsa prepriječila su joj put.

- Možda bi nas dvojica i mogli da ostanemo ovdje i preselimo se. U dubini njegovih očiju zaiskri neobičan sjaj. Napetost među njima je rasla svakog sata, da je Marie počela da se pita šta se sa njom događa. Usta su joj se osušila, prešla je jezikom da ih ovlaži. Osjetila je trnce kroz tijelo sjetivši se prethodne večeri. Još je bila pod utiskom Lukasovih poljubaca, strastvene noći, njegovih poljubaca po njenim koljenima, iako je zaboravila da mu kaže da na koljenima ima vrlo malo nervnih završetaka. Sjećanja su u njoj bubrila poput šampanjca.

- Danas vas vodim u vinograde - malo se pribravši tiho reče. Kad vidiš sve ljepote Francuske nećeš željeti da se više vraćaš.

- Ja već sad ne želim - reče stegnuvši je sada još jače oko struka. Lagano joj usnama dotaknuvši školjku uha, vrućina njegovog daha kao da ju je škakljala, na šta osjeti kako joj rumenilo udara u obraze.

- Oh, nešto dobro miriše - reče Daniel ušavši i nakašljavši se gledajući u Marie i Lukasa. Lukas se odmače uzimajući još jedan komadić slanine stavljajući u usta i sjedajući za sto. Marie blago uzdahnu, leđima joj prođoše čudni trnci.

- Polako se privikavam na ove Francuze - reče cereći se i gledajući u njega.

- Vidim da ne gubiš vrijeme - reče pogledavši u Marie koja je bila crvena kao crveni paradajz sjedajući pored Lukasa.

- Družimo se, pazimo se, to prijatelji rade, zar ne? Daniel se nasmija na njen odgovor.

- I, gdje je Sophie? - upita ga Lukas.

- Dolazi za par minuta - reče Daniel.

- Znači sad je sve u redu - upita Marie.

- Jeste - reče osmjehnuvši joj se. Hvala ti za sve, ne znam kako da ti se zahvalim. Ne mogu da dišem koliko sam uzbuđen...

- Usput samo da kažem, da na sekretarici imamo preko sto poruka. Ljudi žele da znaju šta se dešava, da li je happy end na kraju od sve te potrage u koju ste se vas dvojica upustili.

- Šta se sada desilo? – upita Lukas sav prestrašen.

- Postat ću tata! - viknu. - Ah to znam - reče Marie, našla sam nalaze i pročitala.

- Molim - reče Sophie sva iznenađena ušavši na vrata i čuvši šta je rekla.

- Da ali nisam znala šta da kažem. Plašim se da ćeš da odeš, ti si mi kao sestra. Priđe i zagrli je jako, suznih očiju.

- Oh Marie...

# Sophie

*Nije pravi vjernik ko neke nesreće ne ubraja u blagodati, a neka zadovoljstva u nesreće.*
Muhammed

- Želiš li da ja kažem Sophie? - tihim glasom Bernand upita Amira.
- Iskreno, pokušavao sam da joj kažem nekako ovih dana, ali nisam znao kako - reče obeshrabren.
- Život proleti za tren, dječije doba prođe najbrže - reče Bernard tužno ga gledajući.
- Pola života čovjeku prođe da očara i zadivi druge, a druga polovina provede se u boli koju su uzrokovali najčešće ti isti očarani ljudi. Mnogi su svakako na ovome svijetu mrtvi i prije smrti, hodajući kosturi.
- Bojiš se smrti? – upita Bernard.
- Po Kur'anu smrt je povratak Bogu. Kako mogu da se bojim nečega, kad se vraćam Onome ko me stvorio. Sve što se rađa tako i umire. Svako živo biće na zemlji koje hoda iskusit će smrt. U islamskom svijetu mi stvari gledamo drugačije. Iza tjelesne smrti dolazi drugi svijet, svijet koji je vječan. Duša ne umire ona prelazi iz jednog stanja u drugo i mijenja svoj odnos s tijelom.
- Hemo terapija koju si primao te iscrpila…
- Bernard sve znam, osim toga koliko dugo se poznajemo?
- Dosta dugo prijatelju moj. Hvala ti na svim donacijama uručenim ovom odjeljenju. Napade kašlja koje imaš i sve ostalo, rekao sam ti sve nakon prvog operacionog zahvata - sklopivši ruke reče Bernard. Medicina je danas jako napredovala i vjerujem da će se pronaći pravi lijek u skorije vrijeme.
- Ali opet, ne možete smrt da spriječite - osmjehnuvši se reče Amir. Život na ovome svijetu svima nama je ograničen rokom. Kur'an je to kod Muslimana jasno definisao surom: *„Ne klanjaj se pored Allaha drugom Bogu! Nema Boga osim Njega! Sve će osim Njega propasti! On će suditi i Njemu ćete se vratiti. Ma gdje bili stići će vas smrt, pa kad biste bili i u visokim kulama"*.[42]

- Zašto smo onda ovdje - upita Bernard zainteresovano?
- Ljudi treba da shvate jednu stvar. Život i smrt su iskušenje dato ljudima da bi se iznijelo na vidjelo njihovo ponašanje na Zemlji i prema svome radu da ostvare nagradu. Čovjek treba da bude stalno budan i svjestan svojih postupaka, jer će za njih biti pitan kad dođe vrijeme. Dakle, sva uživanja ovog svijeta, sve je to kratko, čitav ovaj svijet. Ovo je sve samo varljivo naslađivanje. Pored svega koliko je medicina napredovala i ovaj svijet isto, neke stvari ne možete da promjenite. Možete li da stvorite pticu iz ničega? Ne možete! A On je to uradio! Postoji jedna pjesma koju treba svaki čovjek često po mome mišljenju da čita. Ona glasi:

*Promotri svijet očima pouke,*
*jer to je tek svijet kušnje.*
*Zato mu ne teži,*
*i srce za njeg' ne veži.*

- Trudio sam se da kontrolišem svoje strasti i prohtjeve, nadam se da je Allah stekao zadovoljstvo u mene.
- Nisi nikada volio i ženio se, uvijek mi je bilo neprijatno da te pitam? - reče Bernard iznenađeno.
- Nisam se ženio, ali volio jesam. Mnoga iskušenja sam na svome putu sretao. Vrijeme u kojem čovjek danas živi puno je dinamike i žurbe.

Za ljubav se baš previše i nema vremena. Sva briga usmjerena je na materijalno. U trci za materijalnim stvarima mnogi zaborave svoju dušu i njene potrebe. Ja sam potrebe svoje duše ispunio i dan danas samo jednu osobu u njoj čuvam. Ako sam napravio grijeh za to, račun ću izravno da polažem svemogućem i sveznajućem. Hodajući ovim svijetom govorio sam samo istinu, mada je mnogi ne vole čuti, draža im je laž obučena u lijepo odijelo. Ona je lukava i prepredena i kad tad nađe svoj put. Kao đavo, nove spletke pravi. Molio sam Allaha da usnim Božjeg Poslanika, nisam imao tu čast, a sada Ga molim da me njegovim stopama povede i otvori vrata Dženneta. Uputio sam Kenana, svog vjernog prijatelja, šta treba da radi. Koliko je vjeran molio Ga je da njega uzme umjesto mene. Rekao sam mu - Kenane smiri se, pera su već zapisala ono što će te snaći i to dobro znaš. Onaj koji prvi umre od nas dvojice, neka se drugom javi preko sna. Složio se s tim. Svaka duša gore biva sa svojom družicom. Nadam se da je Allah dobro zbrinuo moju ljubav, da ju je primio među robove svoje, i da je s njom zadovoljan. Neka se Allah Bernarde smiluje i našim i vašim precima kao i potomcima- reče lagano ustavši i napustivši kancelariju, ostavljajući Bernarda zamišljenog.

---
[42] *Al-Qassas 88*

# Sophie

*Uspjeh je dobiti ono što želimo. Sreća je željeti ono što dobijemo.*
*Dale Carnegi*

- Francuska je zemlja sa najdužom istorijom u proizvodnji i tehnoligiji pravljenja vina - objašnjavala je Marie držeći Lukasa za ruke i provodeći ga kroz vinograd, dok su ih Daniel i Sophie pratili u stopu. Sophie je udisala svježi seoski zrak. Miris zemlje je bio ispunjen svježinom i mirom, a vazduhom se prostirao miris cvijeća. Uvlačila ga je u nosnice shvatajući tek tad koliko joj to sve nedostaje. Disala je punim plućima, misli su joj se pročistile upijajući svježinu. Blagi povjetarac je donosio miris svježe lavande. Cijelo joj je tijelo vibriralo od pozitivne energije koja se prostirala ovim mjestom, osjećala se fantastično. Seoski zrak promjenio joj je ten. Zarumenila se u licu. Raspustila je dugu kosu, da se lepršâ na tihom povjetarcu, padajući joj na ramena.

- Ovdje se proteže istorija prozvodnje vina još od Kelta, oni su prvi počeli obradu vinograda, a vinovu lozu su donijeli Grci iz Azije, sadašnje Gruzije - Marie je i dalje objašnjavala.

- Moj otac voli da kaže da se svako učenje temelji na praksi. Podučit ću te svemu što znam Lukas, ako iskažeš želju da želiš da budeš ovde.

- Hm, još ću da razmislim. Da se još zanimam vinima, ne znam baš - reče Lukas, stisnuvši joj šaku.

- Ovdje se može puno naučiti. Francusko vinarstvo je procvjetalo kada se Elena od Akvitanije udala za engleskog kralja Henrija II. Tada je počela trgovina vinima iz Boredeauxa-a za London, zbog toga su ova vina dobila prepoznatljivu etiketu. Saradnju nisu samo razvijali sa Londonom već i sa Holandijom, zato što su holandski brodovi imali prilaz francuskoj obali i kupovali su vina od njih. Zanimljivo je da je sredina 19. vijeka bila takozvano „ Zlatno doba" za vinarstvo. Godine 1855. je ustanovljena Bordeaux apelacija za vino koja je bila otkriće za cijeli svijet. Ti zakoni se primjenjuju i danas sa malom izmjenom. Proces starenja vina iz Bordeauxa je 150 godina i vjeruj mi da ni jedna druga regija u svijetu to ne može dati. Iako se čini da je proizvodnja vina jednostavan proces, nadam se da ćete se složiti da nije. Pogotovo kada su u pitanju mlada vina. Isto kao da krotite konja. Potrebni su vještina, znanje, iskustvo. Pritom svake godine težite da proizvedete bolje vino. Sunce daje slast, kiša život. Poseban pečat svi stvaramo da osvojimo srce publike.

- 150 godina da čekamo za vino - smijući se reče Sophie dok je držala Daniela za ruku.

- Mi proizvodimo Bordeux vino i ono je svakako jedno od najpoznatijih u svijetu. Primjetila si da na svakoj našoj etiketi ima dvorac.

- Da - reče radoznalo Sophie.

- To je zbog toga što su vinogradi bili u okviru nekog dvorca. Jako je važna struktura zemljišta. Pogledajte - reče sagnuvši se i uzevši zemlju u ruke i blago je protrese.

- Kamenito je, pomiješano sa pijeskom i glinom. Imamo svoje vinograde u dolini Loare, tamo ću isto da vas odvedem. To je mjesto poznato po dvorcima, jako poznato mjesto u svijetu i jedna od najvećih francuskih regija. Čuli ste za vina Suvingon Blanc?

- Jesmo - reče Daniel.

- Odatle potiče - reče Marie.

- Koja je najskuplja boca vina, znaš li to? - upita Lukas zadirkujući ju.

- Ah Lukas - nasmija se Marie, znam cijelu istoriju, to mi je struka.

Najskuplja boca vina u svijetu Romanee – Conti koja potiče iz 1945. godine, prodata je upravo u New Yorku, za vrtoglavih 558.000 dolara. Vino je nauka i umjetnost. Treba znati koje vino sa čim ide. Ljudi se slabo informišu o tome. Na primjer, crveno vino obično ide sa crvenim mesom, dok bijela idu sa laganim mesom, tipa školjke, škampi.

- Svakako poznati ste i po kroasanu i ukusnim baguettima. Sada sam i gladna - progovori Sophie. Samo mi se jede!

- Francuzi i Francuska su takvi da ili ih volite ili ne, šarmanti su vam, ili ih ne možete podnijeti nikako - reče pogledavši Lukasa.

- Ja mogu da kažem da do sada sve dobro podnosim.

- Oh Bože! - uzviknu Daniel.

- Mogu samo da kažem da je život nepredvidiv, iza svakog ugla nešto vreba, nadati se da je to uvijek dobro, a ako i nije, svakako i iz toga se nešto nauči. Ali opet, nakon svega sudbinu ne možeš izbjeći. Preći toliki put i pored svih žena Lukas da padne Marie u zagrljaj - reče Sophie.

- Šta da ti kažem - odgovori joj smijući se.

Pariz je lijep grad, posebno u kasnim satima. Opisan je u slavnoj pjesmi Kola Portera[43], lijep je i ljeti i zimi, u smiraj dana i kad sunce sija punim sjajem, prepravljen

---
[43] *Porter C., Peru*, Indiana, SAD, 9. juni 1891. - Santa Monica, Kalifornija, SAD, 15. avgust 1964., američki tekstopisac i kompozitor muzike za pozorište, TV i film

magijom ili po kiši, šiban vjetrom ili pokriven snijegom, nalik na neobično otmjen kolač. Napolju je lagano padao mrak, bacajući crvenkaste tragove preko neba. Vazduh je bio mlak, gužva ogromna, a zraka kao da nije bilo dovoljno u svoj toj masi ljudi. Pariz je grad koji ima jedno lice danju, a drugo noću. Po mraku sve svjetli, blješti sa svih strana, dok ujutro imaš osjećaj da jedan dio grada sanjivo spava i u večernjim satima se budi. U restoranu je bilo kao u mravinjaku. Ali tako je u večernjim satima u Parizu za vrijeme večere.

Različiti mirisi širili su se prostorom. Smijeh čavrljanje, lagana muzika stvarala je posebnu atmosferu.
- Šta isprobati? Kraljevske škampe u kombinaciji s povrćem? Ili medaljone bretonskih jastoga na posteljici od želea od šafrana, s maslinovim uljem i limunom? - upita ih Marie dok je držala meni pred sobom lagano klizeći prstom po jelovniku. Ispivši gutljaj vina, lice joj se razvuče u skroman osmijeh.
- Ne znam, bojim se pogriješiću, francuski mi nikako nije dobar - osmjehnu se Lukas slegnuvši ramenima.
- Ja ću odrezak lososa s kremastom palentom i ljubičastom gorušicom - spustivši meni reče Sophie.
Daniel i Lukas su bili izbezumljeni.
- Je l' možeš da mi prevedeš šta je ovo? - upita pokazujući joj na meniu.
- Sladoled od medenjaka - odgovori smijući se i ona i Marie.
- Bože! Želiš govedinu u bearnaise sosu? - smijući se toplim osmijehom upita Daniela.
- Može, samo da već nešto donesu. Ne mogu više, umirem od gladi - reče Daniel praveći tužnu grimasu.
- Ja ću onda za tebe Lukas da izaberem, evo, ček, sotirani pačji foie gras. Daniel kako je saznao da će postati otac glavu drži u oblacima, molim te da se ti koncentrišeš na hranu.
- Da jedem patku? - upita zbunjen. No dobro, probat ću.
Veče je bila prelijepa, Marie i Lukas nisu skidali osmijeh sa lica. Ljudi su pričali, odjednom ču se lupa tanjira, pretrpani konobar ispustio je par tanjira na pod, ljudi su se malo obazreli nastavljajući dalje sa večerom.
- Kad se vratim nekoliko godina unazad, kao neka retrospektiva, sjetim se oca kako nas je dovodio ovdje na večeru. Volim ovo mjesto. Mogu da čujem zvukove kočija i vidim otmjene muškarce i dame kako ovdje dolaze na večeru u nekom drugom vijeku kada vrijeme nije bilo ovako žurno kao sada - reče Marie sada već malo tužno, sjetivši se svoje majke.
- Ah Marie, nemoj da budeš tužna, sada nisi sama. Ti si sad dovela nas, drugi put ćemo mi tebe. Sada ne razmišljaj o prošlosti, već se usredotoči na Lukasa - reče Sophie kroz smijeh izvadivši telefon i poslavši Amiru poruku.

Spazivši da stalno gleda na telefon, Daniel je uočio njenu zabrinutost.

- Dušo je l' sve u redu? - tiho joj šapnu.

- Poslala sam Amiru poruku, zabrinuta sam, imam osjećaj da nešto krije? U poslednje vrijeme gubi glas i ima napade kašlja. Kilažu je izgubio drastično. Nešto se dešava, osjećam to. Bojim se da nije rak.

- Nemoj da umišljaš. Vjerovatno ima i svojih obaveza - reče uzimajući joj ruku, toplo je pomazivši i istovremeno stavljajući nogu između njenih nogu. Ne možeš znake raka zaboga da tražiš u svemu. Opusti se malo, vjerujem da nije ništa strašno. Volim kada ovako stavim svoju nogu u tvoje noge, onda kao da osjećam svaki elektricitet i struju koja prolazi kroz tebe. Pogledaj ovoga kako gleda Marie, odlijepio je - šapnu joj na uho. Dešava se nešto, ali vješto se krije.

- Oboje su prelijepi i zgodni. Marie je dobila neku čudnu boju u licu, vjerujem da se zaljubila - tiho mu reče, dok su Marie i Lukas vodili neku svoju priču kao da su sami.

- Rekla ti je nešto?

- To su tajne koje samo žene pričaju - reče spustivši ruku na njegovu.

Uz šarmantnu Marie koja nije zatvarala usta i konstatnto brbljanje nje i Lukasa nije moglo da bude dosadno.

- Obožavam Pariz, ovaj grad nikada neće da izgubi dušu - rekla je gledajući Sophie.

- Da, i šta ti Lukas na sve to kažeš, vraćaš li se nazad za New York? Daniel će još da ode da sredi neke stvari i za par dana se vraća - reče toplo pogledavši Daniela.

- Da, sam znaš da me Bernard pitao za posao, nakon svega u New Yorku ne želim ni da se vraćamo tamo zbog... zastade pogledavši ih sve pa nastavi... i svakako neću sad tamo da izlažem Sophie stresu. Stan ću izdati i kupićemo sebi ovdje.

- Ja sam dosta razmišljao... i mislim... ma dovraga... zašto onda ne bi ostao i ja ovdje ako me Marie prima sebi, naravno?

- Odlično će nam biti u zajednici, kao Amiši smo. Big Brother zajednica. Nasmija se Marie.

# Sophie

*Radi za ovaj svijet kao da ćeš vječno živjeti, a radi za onaj svijet kao da ćeš sutra umrijeti.*
*Muhammed*

Nakon vrućih dana, nedjeljno jutro donijelo je kišne kapi. Slušajući tiho dobovanje po staklu ležala je u krevetu razmišljajući o Amiru. Možda je otišao iz Francuske na put nemajući vremena da se javi. Ili je sada izbjegava, ali zašto bi? Daniel je još spavao. U kući je bila tišina. Prošlo je već nekoliko dana i nema odgovora, to za njega nije uobičajno. Ustala je lagano, uzela telefon koji se nalazio pored nje i tiho prišla prozoru gledajući kišu kako udara u okna. Nad Parizom se nadvilo tamno nebo i oblaci. Okrenula je Bernardov broj. Javio se nakon nekoliko trenutaka.

- Dobro jutro. Željela bi nešto da te pitam, mada znam da je to povjerenje između pacijenta i doktora, ali jednostavno više ne mogu od brige da spavam - tiho je rekla.
- Već pretpostavljam zbog čega me zoveš, nadam se da mislimo na isto - čula je pomalo zabinut glas s druge strane slušalice.
- Mislim na Amira - reče ona nagnuvši se na prozor gledajući u Daniela dok spava.
- I ja isto, ne znam kako da ti kažem Sophie, znaš da nam je etika...
- Sve znam, ali Bernard, molim te znaš da...
- Sophie, on umire.
- Molim! - uzviknu uhvativši se za zid prozora i lagano krenu prema krevetu da sjedne dok je Daniel otvarao polako oči i gledao u nju.
- To, to je nemoguće - izusti glasom punim suza. Zašto mi to nisi rekao ranije? Možda je bilo vremena i...
- Sophie on sve zna, još od ranije. Pričajući sa njim rekao mi je da je pokušao u par navrata da ti kaže ali nije znao kako. Nažalost nema nade.

Slomila se. Nije mogla da vjeruje. Jednostavno kroz razgovor sa njim znala je da nešto nije u redu. Imala je jaku intuiciju, ona je nije varala. Imala je strah od toga šta će biti i strah joj se obistinio. Počela je da jeca i plače.

Daniel je ustao sjednuvši pored nje.
- Šta se desilo za Boga miloga, beba je l'...
- Amir, on umire - reče kroz jecaje.
- O Bože! - uzviknu zagrlivši je jako, spustivši joj poljubac na obraz. Osjetio je njene suze na svojim usnama.
- Daniel, molim te idemo do njega - reče brišući suze u očima, otvorivši ormar i bacajući garderobu na krevet.

Pokušavao je da se probije kroz gužvu automobila koja je bila prevelika. Svaki minut činio se kao sat.
- Daniel molim te požuri - reče uzevši njegovu ruku dok je pokušavao da se probije kroz gužvu.
- Sophie smiri se, molim te! - reče nervozno, osjećajući blagu grižnju savjesti kako se prevario u pogledu njihovog odnosa.
- Možda još ima nade Daniel, možda još nije sve izgubljeno.
Izjurila je brzo iz auta ne čekajući Daniela. Penjući se uz stepenice išla je desno pa skrenu prema kraju hodnika. Sva zadihana jedva dolazeći do zraka, počela je da lupa na vrata. Otvorio je Kenan tužnog izraza lica.
- Sophie, dobro je da si došla, uđi - reče joj pokazujući rukom. Klonuvši glavom pozdravi Daniela.
- Gdje je on?! pitala je Sophie.
- U sobi je, ali jako je loše. Htio sam da te zovem ali nije želio. Kao da je znao da ćeš sama doći.

Sophie i Daniel uputiše se prema sobi. Otvorivši vrata ostala je u šoku vidjevši Amira tamnog lica dok je jedva disao.
- Odbio je svu pomoć - tužno reče Kenan iza njenih leđa.
- Sophie - tiho progovori. Sva u jecaju priđe i zagrli ga.
- Amire, ne, ne mogu to da prihvatim. Daniel, pomozi mu molim te.
- Ljubavi, znaš da je to nemoguće. Sjede pored nje, duboko udahnuvši gledajući u Amira.
- Da mogu nekako da ti pomognem rado bih to uradio.
- Znam - naprežući se reče.
- Sophie, Kenan zna sve, sve što...
- Smiri se. Daniele zovi Bernarda i bolnicu odmah.
- Daniel ustavši uze telefon iz džepa i izađe van.
Držala je Amirovu ruku sva u suzama. Prinese njegove prste svojim usnama.
- Ne mogu da podnesem da te izgubim! Toliko te volim! Ti si najbolji prijatelj...

- Ti si zaista pravi prijatelj i za ovo vremena što smo proveli zajedno zahvalan sam Bogu. Ti si utočište i u radosti i u tuzi. Ovdje se rastajemo - tiho reče, prekinuvši njenu rečenicu.

- Još nije kraj - reče ona stegnuvši mu ruku.

- Sanjao sam sinoć Razan. Došla mi je u san. Pokušavajući da udahne gledajući u Sophie. Zar se živi i mrtvi mogu susresti? - upitah je u snu.

- Mogu - reče mi, duša mi je u Džennetu, dobri Allah mi je oprostio što sam uradila. Dao mi je svoje velikodušnosti i darežljivosti. Primio je moja dobra djela i oprostio loša. Osloni se na Allaha i budi radostan.

- Nisam vidio da je išta tako vrijedno kao pouzdanje u Boga jedinoga rekao sam joj. Bila je lijepa.

- Tako sam žudio za tim da te sretnem.

- Budi radostan Amire, bićemo zajedno.

- I nestala je. A preda mnom se otvorila ogromna svjetlost poput sunca. Iz glasa mi se otrgnu - Bože sačuvaj me kaburske patnje! Zatim sam čuo riječi više moje glave - O, dobra dušo, izađi u oprost Božji i zadovoljstvo njegovo. Jeza se prošarala mojim tijelom. Veseli se onim što te čini srećnim ovo je dan koji ti je obećavan. Sav od straha uspio sam izustiti.

- A ko si ti?

- Ja sam tvoje dobro djelo - odgovori mi.

- Kakav je ovo lijepi miris što se širi s strahopoštovanjem upitah? Ali odgovor ne dobih, već u daljini kao da čujem da neko čita moje ime i imena mojih roditelja.

- Ko ti je gospodar? - upita me.

- Moj gospodar je Allah, za njega samo znam.

- Koja ti je vjera?

- Najpravednija što znam, islam.

- Ko je čovjek koji vam je poslat?

- On je Božji poslanik.

- Kako ti to sve znaš?

- Ja sam hafiz i učio sam Kur'an, vjerovao i prihvaćao ono što je u njemu. Tada na nebu čuh ogroman glas - Moj rob govori istinu. Namjestite ga prema...

- Prepadoh se, ali rekoh - O Silni, Pravedni, Svemoćni, Ljubljeni, još me poživi, toliko da se pozdravim sa jednom ženom. Poslije toga uzmi me sebi. Tada sam se probudio i sada kada vidim tebe shvatim da to nije bio samo san, bio sam pred njegovim vratima. Dao mi je vrijeme koje sam tražio. Sophie, neka ti uvijek dobra djela prevagnu na vagi, čak i onda kad ti se čini da je na tvoju štetu. On sve vidi, On je Silni i Moćni. Hvala ti... Ispustivši dah, zatvori oči. Sophie jauknu.

- Amire!

Daniel i Kenan utrčaše u sobu. - O Allahu - reče Kenan prišavši Amiru. Uze njegovu ruku i prinese je usnama.

*Ne oni koji govore isti jezik, već oni koji dijele isti osjećaj shvaćaju jedni druge.*
*Rumi*

Tamni oblaci su se nadvili, ali kiša još nije počela da pada. Sophie je bila skrhana. Daniel je stajao pored nje držeći je za ruku. Marie je bila tužna, tupo gledajući pored sebe držala se za Lukasovu ruku. Ljudi iz svih krajeva svijeta došli su kada su čuli šta se desilo. Veliki učenjaci došli su da mu odaju priznanje. Amirovi Braća i sestre tužno su stajali pored nje. Svaki od njih je imao jedan obris sa njegovog lica. Bili su toliko slični. Sophie se iznenadila kada je vidjela broj ljudi koji je stigao. Duboko je uzdahnula, vazduh joj je proparao pluća. Stavila je ruku na stomak. Pogled je spustila ispred sebe gledajući u zelenu travu. Daniel joj je stisnuo ruku kao da joj daje znak da je tu, da nije sama. Želja mu je bila da se isprati sa plesom derviša. Kada su se pojavili Sophie se iznenadila. Uz prisustvo šejha, nečujno su prošli, zauzimajući svoje mjesto. Kenan je pročitao par stihova što je Amir volio. Kao da je osjetila samo prisustvo anđela. Sjetila se Amirovih riječi dok su pored nje prolazili.

- Nej i čovjek su jedno, oboje tuguju zbog svoje odvojenosti. Oboje imaju ranu u grudima.

U pratnji glazbe šejh i derviši su obišli sporim ritmom u smjeru suprotnom od kretanja kazaljke na satu tri puta krug, u holu pozdravljajući jedni druge. Tri etape koje prolaze predstavljaju približavanje Bogu. Osjećala se počašćenom što joj je Amir prenio to znanje koje je prije za nju bilo nepoznato. Prvi put je put znanja, drugi put je put otkrivanja, treći put je put stapanja. Prvi krug također predstavlja Božje stvaranje Sunca i Mjeseca, zvijezda i neživih stvari. Drugi krug prikazuje stvaranje biljnog svijeta, a treći stvaranje životinjskog. Odbacivši svoje duge crne plašteve koji simboliziraju vidljivo postojanje, bili su spremni za duhovno putovanje. Naklonom šejhu tražili su dopuštenje za ulazak u Semu. U znak dopuštenja šejh ih svakog poljubi u kapu. Visoka kapa predstavlja spomenik, a široka bijela haljina mrtvački pokrov. Oči su im zatvorene glava im je lagano spuštena na stranu. Uspravljeni sa rukama prekrštenim na prstima što predstavlja broj jedan, prikazuju rođenje istine i jedinstvo u Bogu. Bosonogi su poredani jedan pored drugog. Poklonivši se šejhu i poljubivši mu ruku, Kenan je dao znak za muziku. Počeli su lagano da se u skladu s njom vrte, ubrzavajući ritam ruku podignutih ka nebu Kako plešu ruke im se postepeno šire. Njihovo kretanje kao da je hipnotisalo Sophie. Pokreti su tako spori i kompaktni da čovjek ima osjećaj kao da se ne kreću. U vrtećem plesu čine se bezvremeni i bez ikakvog oblika. Sophie je počela da plače. Nije mogla suze da suspregne.

- Derviška muzika nema note Sophie, ona kuca dušom derviša - sjetila se njegovih riječi.

Kao da su odvojeni od ovoga svijeta, ali ipak svjesni trenutka, pomisli. Duša im je premašila ego i sjedinila se s Bogom. Za vrijeme plesa desni dlan im je okrenut gore, spreman za primanje Božijih blagoslova, a lijevi prema zemlji, da primljene blagoslove dijele onima koji si prisutni. Poput kiše, uzdižu se na nebo i spuštaju se na zemlju.

- Ljubav je ropstvo i oporavak, oni to znaju- izgovori Sophie sebi u bradu, pogledavši u Daniela stegnu mu ruku. Vrteći se tako oslobodili su se zemaljskih okova. Nije ni čudo što je Amir obožavao i poštovao sufije.

- Allahu pripadaju istok i zapad, gdje god se okrenete, Božije je lice. Bog je sveobuhvatan i sveznajući. Sufizam bez islama je kao svijeća, koja gori na otvorenom prostoru bez zaštite, svjetlost koju bi joj u tom slučaju pružila lampa. Sufizam nas uči da su sve religije i njihovi duhovni učitelji poslani od jednoga Boga. Onaj koji gleda očima ljubavi vidi ljepotu i dobrotu u svemu. Ako zakoračite dva koraka prema Allahu, On će potrčati prema vama. Jednom su neki siromasi upitali hazreti Aliju, na koji način bi oni mogli pomoći drugima. On im je tada odgovorio da se prijatno nasmiješe i učine sve da se ljudi osjećaju zadovoljno. Prije nego je preselio na bolji svijet, Božji poslanik Muhamed je, neka je Božji blagoslov i mir na njega, rekao - Ostavljam vam dva učitelja u nasljedstvo. Jedan od njih govori a drugi ćuti. Učitelj koji govori je Kur'an časni, a učitelj koji ne govori je smrt - bile su Kemalove riječi nakon završetka Seme. Proučivši potom Fatihu, naklonio se dervišima. Kiša je počela lagano da pada. Kao da je tapkala po travi i lišću donoseći novu svježinu, ili je dala neki znak zbog ispraćaja Amira?

- Danas će padati cijeli dan - komentarisali su neki od ljudi koji su se lagano udaljavali.

Prije se veselila ritmičkom udaranju kiše, slušajući njen zvuk odmarala se, sada je osjećala ogromnu prazninu i tugu. Nekoliko kišnih kapi okrznu joj lice koje je već bilo natopljeno suzama. Marie i Lukas su se tiho udaljavali od njih nestajući među masom ljudi. Zrakom se počeo širiti miris vlage. Daniel je jednom rukom držao Sophie za ruku, a drugom kišobran pokušavajući da je čuva od svake kapi. Tlo joj podrhti pod nogama kad se nebom obruši grmljavina. Kiša je počela glasno da bubnja po kišobranu. Pogledom je pratila druge ljude koji su žurno ulazili u auta sklanjajući se od kiše.

- Postoji hiljadu načina da se poljubi zemlja, Bog kada to želi, pošalje kišu - pruživši ruku da dodirne zemlju - sjetila se Amira.
- Sophie! - neko viknu iza njih.

Okrenuvši se spazi Kenana.

- Nisam mogao odmah da dođem do tebe, ali moram nešto da ti uručim - reče vadeći iz džepa bijelu kovertu.
- Ovo je za tebe - toplo joj reče pozdravivši Danicla pogledom. Previše pada.
- Kao da se nebo otvorilo. Uze kovertu, nekoliko sekundi je promatrajući i stavi je u torbicu.
- Božji blagoslov, dobro će doći ljudima koji se bave poljoprivredom. Sophie želim vam sreću, bilo šta da trebaš, znaš kako da me pronađeš - prišavši joj zagrli je jako, a Danielu pruži ruku.
- Hvala Kenane - rekoše oboje zaputivši se prema autu.

Kosa joj je pokupila vlagu od kiše. Došavši u stan čekali su ih Marie i Lukas.

- Stigli ste - reče Marie tužno.
- Da, idem u sobu da se odmorim - reče Sophie i pogledavši ih sve uputi se lagano stepenicama prema sobi.
- Dotuklo ju je ovo - reče Daniel zabrinuto sjednuvši sa njima.
- Vidim, ali šta da radimo kada nije bilo pomoći - reče Lukas nemoćno slegnuvši ramenima i sjede pored njega.

Sophie je sjela na krevet. Osjećala je blagu malaksalost. Iz torbice je izvadila pismo. Osjetila je čudan miris papira kao da je namirisan. Lagano ga otvarajući uzdahnu duboko i još jače izdahnu.

*Draga Sophie,*

*Ne znam odakle da počnem. Za ovo kratko vrijeme što smo zajedno prošli nisam imao osjećaj da je kratko, već kao da te znam cijeli svoj život, ali došlo je vrijeme rastanka. Poznajem te dovoljno da znam da si sada sigurno ljuta na Boga i na mene. Ali iz razgovora koje smo vodili znaš da je smrt svima od nas neizbježna. Ovo pismo ću da iskoristim kao priliku za još jednu priču. Čovjek kroz priče najbrže dolazi do saznanja. Jednom davno, živio je jedan car. Imao je mnogo novca, ali smrt se približavala lagano kucajući na njegova vrata. Zbog toga je odlučio da potraži rješenje. Skupio je sve mudrace svijeta da mu kažu rješenje za vječni život. Ljudi su dolazili i govorili mnoge priče, ali nijedan nije rekao konkretno kako da spriječi smrt dok se nakon dugo vremena nije pojavio jedan mudrac. Reče- Ja znam drvo koje daje vječni život, nalazi se u Indiji, ali ne znam gdje tačno. Ko pojede plod tog drveta živjet' će vječno. Car se oduševio. Pozva svog slugu i reče- Ako mi doneseš* voćku života postavit' ću te za velikog vezira, ako dođeš bez voćke ostat ćeš bez glave. Opskrbi ga sa novcem i posla na put. Sluga je prešao cijelu Indiju uzduž i poprijeko, ali niko za takvo drvo nije čuo. Ljudi su počeli da se ismijavaju govoreći - Da tako nešto ovdje postoji zar misliš da bi mi umirali. Drugi su ga ohrabrivali da nastavi svoju potragu, ubjeđujući ga da će sigurno pronaći voćku. Odjednom sa juga stiže mu glas kako postoji jedan mudrac koji zna gdje je drvo koje daje takve plodove.. Sluga se uputi i na kraju stiže do stare istrošene kuće. Pred kućom je bilo još ljudi pa je morao da čeka dok starac sa njima završi rješavajući njihove probleme. Nakon dugog čekanja došao je na red. Ušavši unutra ljubazno pozdravi starca. Starac mu uzvrati pozdrav.

- Kaži mi čovječe šta tebe dovede pred moja vrata?- upita gledajuću u slugu.

Tražim drvo čiji plodovi daju vječni život. Car me poslao da to tražim, ako dođem bez toga ostat ću bez glave, a s tim će me unaprijediti.

Starac se slatko nasmija - Dobri čovječe nije to nikakvo drvo koje raste iz zemlje i daje takve plodove. Znanje je drvo života i samo učen čovjek može okusiti plod sa njega. Mnogo je blagodati koje znanje daje, a vječni život je tek jedna od njih. O čovječe dobri, to je drvo nauke, ono znanjem rodi! Tražio si voćku koja starost liječi, trebao si malo da razmisliš o smislu tih riječi. Sa znanjem ćeć hiljadu blagodati steći, a najmanja od njih jeste život vječni.

Drvo života jeste drvo znanja. Znanje je najveće blago koje čovjek može da ima. Učen čovjek živi vječno i njegov trag ne može ni vjetar da briše, zato što mudrost koju je ostavio ljudima u naslijeđe čini da je uspomena na njega vječna.

Tako, nadam Sophie da ćeš imati vječnu uspomenu na mene. Vjetrovi koji dolaze sa svih strana i tuku te snažno, ne mogu to da izbrišu. Svako od nas treba neprestano da očekuje smrt, čak da se više vidi mrtvim nego živim, jer sve što će doći blizu je, a daleko je samo ono što nikada neće doći. Neka je slavljen Uzvišeni Allah kome se sve potčinjava, Onaj kome sve pripada i kome se svi vraćamo, Onaj koji živi vječno i nikada ne umire. Čovjek umire na onome na čemu je i živio, a tako će biti i proživljen. Svi smo mi jedna prašina pod suncem.

*Na dan moje smrti, kad bude nošen moj tabut,*
*Ne misli da ću osjećati bol za ovim svijetom,*
*Ne plači i ne govori - Šteta, šteta.*
*Kad se mlijeko pokvari već je šteta.*
*Kad vidiš da me polažu u grob, ja neću nestati.*
*Zar Mjesec i Sunce nestanu kad zađu?*
*Tebi se čini smrt, a to je rađanje.*
*Grob ti se čini tamnica, a duša je postala slobodna.*
*Koje to zrno ne nikne kad se stavi u zemlju?*
*Pa zašto da sumnjaš u zrno čovjekovo?* [44]

---
[44] Rumi

Zato pazi da uvijek zalijevaš dobro i nemoj se iznenaditi kada primijetiš da zalijevanje svakog korijena nije blagodat.

Dvije stvari na ovome svijetu najbrže unište život čovjeku - Izdaja koja mu dođe od prijatelja, primi nož u leđa kada se najmanje nada i kada milost dođe od neprijatelja.

Ako želiš radostan život, gledaj da uvijek gledaš svoja posla i svoje dvorište. Ako želiš zdrav život, vodi brigu o svome zdravlju. Ako želiš pametan život vodi brigu o svome razumu. Ako želiš da te svi vole, za to mogu da kažem da je nemoguće, takvo nešto iz svoje glave ukloni. Drago mi je što sam te imao na ovozemaljskom životu za prijatelja. Znam da ćete Daniel, ti i beba biti srećni. Pitaš se kako znam za bebu? Uvijek se sporazume oni koji dijele iste osjećaje, tišina nekada sve kaže. Možda mogu da se zahvalim i Bogu za taj dar, što sam mogao da predvidim i uočim neke stvari.

Ne tuguj Sophie. Tuga često čovjeka priprema za radost. I ne odustaj od sebe i svojih želja. Život, život se okrene kao kazaljke na satu. I vidiš vrijeme je proletjelo. Na kraju mnogi žale za nešto što nisu uradili, sada bi uradili, ali ležeći u postelji shvataju da sekunde otkucajavaju i žale što prije nisu imali hrabrosti i snage za to. Vjeruj mi šta god tuga otrese sa tvog srca, otvara prostor za mnoge druge dobre stvari, kao i snijeg poslije zime kad otkiva miris ljubičica na pašnjacima. Zaboravi sigurnost, ne živi sigurno, živjet ćeš srećnije, manje jedi, više pjevaj, manje spavaj, više čitaj i misli o velikanima stoljeća. Kad misliš da je najgore, pleši. I jezik, najgore zlo od svih, teško ukrotljivo, pokušaj da ukrotiš, manje pričaj. Mnogo pričati je isto kao da dolijevaš vodu u napuklu čašu koja vodu propušta. Voda odlazi ne zadržava se, tako i riječi, samo na konačnici svega još dobiješ glavobolju. Ne bježi od ljubavi. Ljubav je život na zemlji. Sa ljubavlju je sve stvoreno. Fizička ljepota je varljiva. Kako privlači tako i odbija. Čovjek sam stvori magiju u ljubavi. Kreni putem kojim želiš, baci se u nepoznato, zahvaljujući tome što si prvi put tako uradila, upoznali smo se. Iz svog životnog putovanja izbaci sve nepoželjne putnike. Tvoj smjer tvoj put. Trenutak kada od sreće ostaneš bez daha, to je važno. Smij se Sophie što više, osmijeh hrani dušu. Naš susret nije slučajan, imao je svoju priču, priču koja je ostavila trag. Postoje iskušenja koja čovjek nikada ne prevaziđe, ali ih zato preživi, uprkos svemu. Svako na ovome svijetu rođen je dobar, ali kroz razne okolnosti ljudi se pogube u pogrešnim smjerovima.

Sa sobom ništa ne nosim, ali ono što sam stekao, ostavljam dobrim ljudima da dobro umnožavaju. Kenan je sredio svu papirologiju, tebi u amanet ostavljam svoj stan u Parizu. Ne, nećeš da budeš tužna i da te tamo podsjeća na mene. Znam šta misliš. Ja tebe nosim u srcu, tako i ti mene. Uredi ga po svojoj želji i budi srećna. Jer srećna si već na samu pomisao da si rođena zdrava, imaš ruke, noge, možeš da stvaraš i ostaviš svijetu dobro. Do sledećeg susreta, sigurno putovanje putniče.

Amir Khankan
Septembar 15 2015.

Vrativši pismo u koverat, spazila je da se u koverti nalazi još nešto. Duša joj je zaigrala. Bio je to Amirov znak Hu.

- Kakav je to znak? - upita znatiželjno uzevši znak u svoje ruke, blago ga promotrivši, dok je ležao u bolnici.

- Naziva se znak Hu, predstavlja sveobuhvatajuće ime Boga jedinoga.

# Sophie

*Dum spiro spero – Dok dišem (živim), nadam se.*
*Latinska izreka*

*Tri godine kasnije...*

Sunce je podrhtavalo na blijedom zimskom nebu, tanki sloj snijega vidio se na krovovima kuća, pločnicima i drveću. Dan je bio vlažan i hladan, a nebu su se približavali sivi oblaci.

- Razumjeti djetetov plač je vještina koja se uči metodom pokušaja pogrešaka. Nećeš uvijek da pogodiš šta dijete želi, ali naravno kao majka ne možeš da mu naštetiš. Sophie je uzela dijete u krilo i sjela preko puta Marie.

- Ne znam kako da se sa svim tim nosim? Kako ću znati kada je beba gladna? - upita zabrinuto Marie.

- Razumijem te, roditelji obično ne znaju koliko dijete treba sna na dan pa ga onda pokušaju nahraniti zato što gladna beba plače kao i kad je umorna. Beba kada je umorna obično zuri u daljinu ili zijeva. Dok gladna beba obično izvija leđa. Ne razumijem zbog čega se brineš kada je Lukas doktor.

- Oh, Touche![45] Ne muči se Lukas s ovim već ja. Ne visi Lukas na wc šolji svaki sekund i povraća. Potpuno sam slomljena od umora. Toliko sam se ugojila da mi Lukas veže pertle. Ne znam šta je sa ovom bebom, stalno sam gladna. Za moj tajanstveni gen mršavosti stigao je kraj. Stomak poskakuje stalno.

- Možda je na vidiku novi fudbaler – kroz smijeh reče Sophie. Tokom noći padao je malo snijeg, ali nedovoljno da se zadrži na tlu- reče mazeći djetetovu kosu.

- Samo mi je on trebao, pretvori i ovako gust saobraćaj u pravu ljapavicu. Stopala su mi otečena - reče Marie lagano ustajući držeći se za stomak. Pa pozdravljam vas do skorog viđenja. Tko bi rekao da je ovo bivši Amirov stan. Obnova je trajala, ali

---

[45] *Touche*, porijeklom iz francuskog jezika. Izvorno se koristi u mačevanju da se prizna poen u mačevanju. Danas se koristi kao priznanje za nečiji validan argument.

uspjeli ste.

- Nedostajete nam puno. Život zajedno nekako nam je svima imao više smisla. Pitam se zašto ljudi ne žive u zajednicima?
- Kad-tad morali smo da izađemo. Nasmija se. Znaš da smo pronašli sef sakriven u knjigama?
- Šta? Jeste ga otvorili?
- Nismo, nemamo ključa. Djeluje jako čudno. Daniel ni ja nismo vidjeli tako nešto.
- Sada sam baš zaintrigirana šta se krije unutra?
- Vjerujem da nema ništa. I ako je bilo vjerovatno je Kenan to ispraznio.
- Hm... reče sumnjivo.
- Oh Marie... - tužno reče Sophie, još imam osjećaj kao da je bilo sve juče. Stan izgleda drugačije, mada mi Amir nedostaje, kao da je tu.
- Uvijek će biti tako. Ljudi koji se uvuku u srce, pokažu lojalnost kao što je on uradio, zauvijek tu ostaju. Nisam bila neki fan, ali riječi utjehe uvijek mogu da kažem. Dušica moja mila - reče povukavši dijete nježno za obraze i zagrli ih oboje. Izašavši van strese se pred vratima od hladnoće.
- Iduća sedmica kod mene - reče zatvorivši vrata.

U kaminu je lagano pucketala vatra. Mačak Oreo dovukao se nečujno pored Sophie spustivši se lagano na krevet.
- Super, tu si, ljenjivče mali, čuvaj Adriana dok potražim nešto da mu čitam. Ah evo je. Uzevši knjigu sjede pored dječaka. Možda si još mali za ovakve priče, ali dječače moj karakter, ličnost, kao i duh čovjeka grade se od malih nogu - reče spustivši mu poljubac na obraze.

*Jednog davnog kišnog dana, starac je izlazio iz svog sela. Sa teškim tovarom drva tjerao je konjska kola brzo, da što brže stigne do kuće. Nevrijeme je bilo veliko. Kiša je padala kao nikada do sada. Morao je da uspori, vremenske neprilike, rupe na putu i godine nisu mu dozvoljavale da rizikuje život. Odjednom starac se našao na mokrom putu, mokre odjeće i sav umazan od blata, dok je jedan točak zapao u ogromnu rupu. Konj se uznemirio, pokušao je zajedno sa teretom da se izvuče ali to nije bilo moguće. Točak se zaglavio. Dubinu rupe starac nije mogao da vidi bila je natopljena sva vodom.*

*- Oh, ko zna za šta je ovo dobro?! - izusti iznemogao.*

*Lagano priđe konju i umiri ga. Vrati se na blatnjavi put i poče da se muči sa kolskim točkom.*

*- Bože, sve se događa po Tvojoj promisli - reče tiho rukama podignutim prema nebu, dok se sa odjeće cijedila voda.*

*U tom trenutku začu korake. Seoski dječak krenuo je kući na večeru i ugledao starca i njegova kola.*

*- Šta tebe starče natjera ovim putem po ovom vremenu? - upita gledajući u pokislog i promrzlog starca.*

*- Išao sam da skupljam drva u drugoj šumi, na izlazu iz sela obrušilo se ovo nevrijeme.*

*Dječak se sažali. Bio je krupan, ali i voljan da pomogne. Zagazio je do koljena u blatnjavu rupu, pronašao kamen koji se zaglavio u točku ne dozvoljavajući mu da se pokrene.*

*- Pokušaj sada - reče starcu.*

*Starac uze uzde, iako iscrpljen, konj izvuče teret. Sjedoše na kola i uputiše se prema dječakovoj kući. U putu mu je dječak pričao o svojim planovima za budućnost. Tačno je da sada puno radi, ali jednog dana to će se promjeniti. Nije baš znao puno o svijetu, ali imao je želju da nauči, i još bolje da ga razumije. A tek o ljubavi. Kakve je snove imao. Bila je to savršena ljubav. Imali su lijepu kuću, dobre poslove, prelijepo dvorište u kojem su skakutala djeca.*

*- Često mislim da možda previše sanjam? - izusti sramežljivo.*

*Nastavio je da priča a starac je sve slušao. Stigavši do dječakove kuće, starac stavi ruke u džepove tražeći novčiće kako da mu se oduži. Kiša je stala. Obojica su bili mokri. Starac se osjećao razočarano kad ne nađe novac.*

*- Nemam novca da platim tvoj rad? Da li bi prihvatio tri bisera mudrosti. To je sve što sada mogu da ti ponudim.*

*Dječak je par trenutaka prvo oklijevao, na kraju promisli - Da nije bilo kiše, ne bi ni vidio starca, uzet ću tri bisera mudrosti.*

*Nije mogao da odbije zahvalnost ovog sirotog starca u kojem god obliku ona dolazila.*

*- Da bi pronašao svoj put na ovome svijetu, potrebno je da odgovoriš na samo tri pitanja.*

*- Tako jednostavno? - upita dječak.*

*- Nekima baš i nije odvrati starac.*

*- Prvo moraš da pitaš sebe ko sam ja?*

*- Kako da to otkrijem? - upita dječak*

*- Znaćeš kad budeš uvidio ko nisi. Život napravi podlogu za to.*

*Drugo pitanje - Moraš se upitati šta je stvarno?*

*- To mi je nekada teško - odvrati dječak.*

*- Znaćeš šta je stvarno, kad prihvatiš ono što nije stvarno.*

*- Treće pitanje - Moraš da se zapitaš šta je to ljubav?*

*- To se već često pitam - odvrati dječak.*

*- Spoznat ćeš je kada shvatiš šta nije ljubav - odgovori starac. Za sva pitanja moraš imati otvoreno i iskreno srce. Srce u dogovoru sa dušom sve osluškuje i zna. U ritmu*

*su. Jedan bez drugoga ne idu.*

Sophie oslušnu kao da je čula da su se otvorila vrata stana.

- Nema puno snijega, ali je hladno - reče Daniel ušavši unutra stresajući se od hladnoće dok je gledao u dječaka i mačka. Prišao je i spustio joj poljubac na obraz.
- I kakva je situacija, je l' slušate vas dvojica? - upita šaljivo i uze dječaka u ruke.
- Slušaš li mamu, znaš šta smo se dogovorili?
- Bila je Marie prije par trenutaka - reče mu prišavši i uze mu ruku.
- Premoren sam! Dobro da je došla da vam malo ispuni dan. Ovdje je baš toplo - reče sjedajući sa dječakom na krevet dok mu se mačak umiljavao oko nogu, gurajući glavu u Danielove ruke. Čitao sam da predenje potiče zarastanje kostiju i liječi dušu.
- Hm, čitala sam da vole bez srama i bezuvjetno - reče Sophie kroz smijeh toplo ga gledajući. Napravit ću ti kafu da dođeš sebi.
- Prvo tuširanje i presvlačenje - lagano ustajući pruži joj dijete.
- Tata… želim …
- Brzo stižem…

Nakon pola sata pod mlazom mlake vode izađe van. Ogrnuvši se peškirom priđe ormaru, prebirući šta da obuče. Navukavši majicu i sportsku trenerku zaputi se prema kuhinji. Kroz glavu mu je prolazilo kako je ovaj stan bio miran i napušten, a sada odjekuje dječiji smijeh, plač, poneka svađa. Bio je zahvalan Amiru. On i Sophie osnovali su fondaciju za pomoć ljudima koji boluju od malignih oboljenja a nemaju sredstva za liječenje. Miris kafe i keksa širio se stanom. Dnevna soba je bila okupana svjetlošću.

- Odlično je ovo ispalo, kamen i drvo. Kao da sam se probudio iz nekog sna, sve mi izgleda nestvarno. Konačno su uspjeli da završe sve prije ove zime. Sjeo je pored nje dok je dječak na podu prebirao lego figurice a mačka se umiljala pored njega.
- I ja se tako osjećam, Marie kaže nedostajemo im - reče Sophie toplo ga gledajući. Ovo mačka je prava investicija- osmjehnuvši se reče. Ovi iz azila su nam više nego zahvalni. Još ljudi im se javilo i uradilo usvajanje. Zašto imam strah od ovog lega? Plašim se da će progutati figuru?

Dječak se približi Danielu pružajući mu lego.

- Jesi li ti tatin najbolji dječak - upita milujući ga po crnoj kosici i uvojcima.
- Tata, još noviji lego ima…
- Je l' može više bez lega i ovako ne spavam od straha da ćeš svaki tren da se udaviš.
- Ne možemo da brinemo mamu - lagano osmjehujući se govori Daniel. Dođi tati, uzevši dječaka stavi ga u krilo.
- Još samo ovaj set, molim te tata!
- Ovo su neke mamine mazne tehnike kada treba nešto da se kupi - nasmiješi se Daniel.

- Samo moje? - iznenadi se Sophie. Ako ja počnem da nabrajam sve tvoje tehnike...
- Dobro, slažeš se za još jedan set? - upita Daniel.
- Molim te mama?
- Samo još jedan! Kuća je puna lego kockica. Moravši pod njihovim pritiskom da popusti.
- Ne mogu da vjerujem kako vrijeme brzo leti - reče Daniel uzevši je za ruku gledajući u prsten.
- Da... Pogotovo kako je stigao ovaj mali vragolan - reče uzdahnuvši od sreće
- Žudio sam za ovim kako sam te upoznao - reče promuklog glasa. U mislima sam nas vidio ovako. Gledao ju je toplo dok je mazila dječakovu ruku. Dugi uvojci padali su joj niz leđa. Zatvori oči kad joj rukom pređe kroz kosu.
- Umorna si - tiho joj reče.
- Malo, slabo je sinoć spavao - izusti. Pun je energije. Nije baš nešto da voli mirovati.
Spustivši dječaka u njeno krilo počeo je da joj masira sljepoočnice. Podigla je ruku prema njegovom obrazu i blago ga pogladila.
- Sada kada sagledam cijelu situaciju shvatam da se sve odigralo dobro. U ljubavi ne treba tražiti objašnjenja, već se truditi da se razumije. Moramo se predati životu i ljubavi i imati povjerenje. Svi pravimo greške, ali te iste greške naprave ili bolje i lošije ljude. Jedan zagrljaj je sasvim dovoljan da dobiješ nadu kada se probudiš i vidiš svjetlo umjesto tame. Kad se čovjek vodi snagom ljubavi i najveće okeane lomi. Žena kad je voljena isijava drugačiju svjetlost. Za tebe, za tebe imam srce meko kao pero. Kada bi navodila zbog čega te sve volim, sto listova bi bilo malo.
Danielu su se nakupile oči u suzama. Naglo ustavši, tupo se zagledao kroz prozor.
- Moram nešto da ti kažem. Već par dana skupljam snagu, kao kakve mrvice sa stola. Sophie ga je začuđeno pogledala. Spustivši dječaka na krevet, uze šoljicu kafe i priđe Danielu.
- Znaš da cijelo ovo vrijeme radimo na povjerenju? Zabrinuto ga je gledala. Šta god da je posrijedi, sve rješavamo zajedno. Uze mu ruku isprepletavši prste sa svojima. Danielu počeše da naviru suze. Pogledao je u dječaka i pogled vratio na Sophie koja ga zbunjeno posmatrala.
- Bolestan sam. Imam karcinom - tiho izusti, izvukavši ruku iz njene.
Zvuk šoljice koja se rasprsnula po podu ostavivši ogromnu mrlju odjeknu stanom. Nakupiše joj se suze u očima. Ne, ne može da vjeruje da je upravo to čula. Ima „karcinom". Drhtavim prstima mu obuhvati lice. Glas u grlu kao da joj je zapeo. Lice joj je bilo blijedo. Da bi je umirio, pomazio je rukom po kosi privukavši je na svoje grudi počela je da tiho jeca, stegnuvši ruke čvrsto oko njegovog struka. Suze su mu nakvasile majicu. Jecaji su navirali u prsima, jedan za drugim kao kakve eksplozije izlazeći van. U suznim očima poput plime prelamali su joj se stihovi u glavi.

Kada jednom u odrazu
zadnje zore
Zrno naše nade počne
da drijema
Pisaću pjesme što
ljubavlju gore
Da brišu svako sutra u kom te nema.

Ne, ja neću moći vjetru na
put stati
Kad počne da nosi
pahulje maslačka,
Al' znam iz pokidanih niču,
nove lati
K'o rađanje sunca što bilo
je tačka.

I možda kiša što se niz
okna sliva
Stapa moje suze u rime gorčine,
Al' ljubav živi sve dok se o
njoj sniva
I novim žarom kida
veo paučine!

Kada jednom posustaneš,
u očima mojim
Ti potraži svjetlost kada svud
je tmuša,
A ja ću nježne čase naći
u tvojim
Da vaskrsne nada u
zagrljaju duša…

I imaće jesen proljećne ukrase
Na filtriranoj mapi naših života,
Jer znam da tužni časi srećne
ne gase
I da ovo nije naša zadnja nota.

Al' u trenu kad nada počne
da blijedi
I sve naše postane
sjećanja sjena,
Zadnji otkucaj srca najviše vrijedi,
Jer znam tvoja duša, u mojoj
je skrivena.

Kraj prvog dijela

---
[46] Bubić S., *U zagrljaju duše*

# Sophie

## O AUTORU

Rođena 1984. godine u Tesliću. Završila srednju trgovačku školu u Tesliću. Život joj je umjetnička biografija i najbolji učitelj. Vjeruje da nema običnih trenutaka i da uvijek treba gledati vedriju stranu života.
Izdala je roman „*Divenire*", inspirisan istinitim događajima, u izdanju Tronik dizajn, Beograd, koji je doživio veliki uspjeh kod čitalačke publike.

*J. Collins*

CIP - Каталогизација у публикацији Народна библиотека Србије, Београд

821.163.41(497.6)-31

НИКОЛИЋ, Јелена, 1984
- Sophie / J. Collins. - Beograd : MiS, 2022 (Beograd : Studio Laser Art). - [9], 249 str. : autorkina slika ; 23 cm

J. Collins je pseudonim Jelene Nikolić.
- Str. [4-6]: Spokoj duše u govoru srca : (o prvom dijelu romana „Sophie" J. Collins) / Slavojka Bubić.
- O autoru: str. [250]. - Napomene uz tekst.

ISBN 978-86-904036-0-8

COBISS.SR-ID 57414153

----------------------------------

Lightning Source UK Ltd.
Milton Keynes UK
UKHW010634290322
400773UK00001B/27